夫君別作妖

2

霧雪燼 著

風文創 1218

目錄

第二十九章　遇刺

當李姝色和沈峭鬧彆扭的時候，貴妃和張素素一家已經踏上了回宮的路途。

張素素和貴妃在同輛馬車上，看什麼東西都覺得新鮮好看，再瞧見自己身上的粗布衣，只覺侷促不安，有些跟這車不相配似的。

又見貴妃斜靠在位置上，閉目養神，哪怕是這樣不端正的姿勢，她做起來也是如此優雅，活像一幅睡美人圖。

宮裡的娘娘都是這麼看不清歲數的嗎？

她和李姝色差不多大，但她的母親就是個鄉下村婦，皮膚黝黑，臉上布滿歲月的溝壑，完全瞧不見年輕時候的樣子。

但是貴妃……臉上一點細紋都瞧不見，瞧著倒像是十八歲，連頭髮都烏黑到發亮。

貴妃實在是太美了，美到她都有些嫉妒，憑什麼這麼美的娘親是李姝色的娘？

她的心口起伏了下，隨即想到與貴妃共處一室的是她，心中那股不快才逐漸平息。

李姝色啊，這輩子妳都別想認回妳的娘親！

她會頂替她的位置，享受她的公主之尊。

貴妃察覺到張素素的打量目光，裝作不知，待她的目光逐漸變質時，才緩緩睜開眼睛。

張素素也沒有收回目光，屁股往貴妃處挪了挪，用小女兒姿態仰頭說：「母妃，您好似很喜歡李姝色，還賜了玉簪給她。」

這是在試探她嗎？

貴妃眼中輕蔑一閃而過，她嘴角勾起。「談不上很喜歡，只是覺得那孩子生得乖巧，妳差點嚇到那孩子，給個見面禮安撫下罷了。」

她隨手拿下的玉簪看似隨意，也沒有其他金簪值錢，但那是陛下給她的定情信物，她本來就是準備給小公主的。

張素素聽了貴妃的話，眼中閃過欣喜。「原來母妃是為了女兒著想。」

貴妃笑了笑。「可不是？素素，妳要知道，公主最看重的是什麼？是名聲，是規矩。妳日後進宮，母妃先派人教妳規矩，妳可得好好學。」

張素素知道她一個村姑，若是進宮後不懂規矩，肯定讓人瞧不起，便忙不迭地點頭。「是，孩兒知道了。」

貴妃表情不變。「雖然會吃點苦頭，可公主不能輕易喊累，妳明白嗎？」

張素素撇嘴。「母妃，會很累嗎？」

「這件事誰也幫不了妳，唯有自勉。母妃能做的就是安排宮裡最好的教習姑姑，還有再請儒師替妳授課，讓妳成為真正的公主。」

張素素雖然心裡覺得累，面上卻嬌笑道：「謝母妃掛心，素素一定好好學。」

貴妃這才滿意地點點頭，將李姝色的事帶過。

她暫時還不能將她的小公主推至人前，否則現在也不會費心調教一個靶子。

馬車正好端端地走著，突然車身一震，張素素眼疾手快地拉著貴妃的手臂。「母妃，您沒事吧？」

貴妃掙開她的手道：「無事，小心點，怕是要不好。」

張素素聞言，心頭一緊。

不好？怎麼個不好？

還未等她反應過來，馬車四周突然出現一群黑衣人，伴隨著肅殺之氣。為首的黑衣人刻意啞著嗓音喊道：「留下買路財！否則，格殺勿論！」

「殺！」其他黑衣人附和喊道。

坐在馬車裡的張素素臉色一白，嘴唇顫抖道：「母、母妃，是……是悍匪！」

良州窮鄉僻壤之地，悍匪橫行無忌，明明幹的是打家劫舍的骯髒事，卻偏偏打著劫富濟貧的旗號。

所以老百姓們也挑著日子出遠門，甚至有的還要算上一卦，若是算出不宜出門，即使火燒眉頭，也不敢踏出家門半步。

張素素有些暗恨，怎麼今日出門就如此不順，居然碰上盜匪？

貴妃想到自己要來尋女的時候，錦衣衛魏忠就提到過賊匪的事，還以此想要勸阻她。但是她一心只想早日尋回小公主，哪裡會把區區悍匪放在心上？

況且，護衛隊雖然是皇家侍衛隊，暗處卻有錦衣衛，她更加不會怕。

貴妃不知道的是，暗處不僅有錦衣衛，還有皇帝特地撥給魏忠帶領的頂尖暗衛。

貴妃掀開車簾，遙祝坐在馬上的身子偏了偏。「娘娘，您待在車裡，待奴才收拾這區區盜匪！」

他還真沒把這十幾個盜匪放在心上。

貴妃環視一周，按理說盜匪都是些烏合之眾，並且魯莽行事，哪裡像眼前這些人，身穿夜行衣，訓練有素的樣子，怎麼看都不像是匪徒。

貴妃吩咐道：「遙祝，別全殺了，留個活口。」

遙祝道：「是，娘娘。」

貴妃放下車簾，身子坐了回去，心中不由得暗笑。

終於，要出手了嗎？

來的一路上，太平得讓她以為那些人放過她，不會朝她下手了。

果然，她還是那個受盡寵愛、遭人妒恨、欲讓人殺之而後快的貴妃。

張素素已然被嚇得不成樣子，身子都哆嗦起來。「母妃，這麼多悍匪，我們可怎麼辦？」

貴妃瞧她一臉被嚇到的樣子，心中不由得想，如果坐在這裡的人是她的小公主，她會是什麼表情，也會被嚇得六神無主嗎？

「素素，放心，會沒事的。」

她的話有股不知名的魔力，張素素的心瞬間被安撫。

她瞧著貴妃淡定的臉，怦怦跳動的一顆心也逐漸平穩下來。

這十幾人氣勢擺得雖足，但實際動起手來，卻是不堪一擊。

侍衛們都沒怎麼出手，只遙祝一人就絕殺全場，毫不費力地全部一刀割喉，血濺當場。

但他沒忘了貴妃的話，提著最後一人來到馬車前，利刃架在那人脖子上，威脅道：「不許動。」

貴妃再次掀開車簾，露出一張嬌美卻不失威嚴的臉，語氣高高在上地問：「說，是誰派你們來刺殺本宮的？」

裝什麼盜匪？真當她是瞎的嗎？

張素素在貴妃身後，探出一雙眼睛，看見遙祝半邊臉還有著未擦的血滴，襯著白皙的臉龐分外明顯，不由得脖子縮了下。

匪賊聽到貴妃問話，竟哈哈大笑出聲。「沒人指使小爺！時運不濟啊……」

下一秒，他眼中閃過決絕，「嗤」一聲，竟用脖子抹刀。

瞬間大量的血液噴濺而出，濺濕了車駕前的泥地！

張素素瞪大眼睛，不受控制地「啊」了聲。

遙祝聽到她的叫聲，恨恨地將賊匪的屍體甩得遠遠的。

貴妃有些失望地放下車簾，瞟了眼瑟瑟發抖的張素素，揚聲道：「原地休整。」隨後，語氣溫和地說：「素素，妳還好嗎？」

貴妃這個樣子，又讓張素素刷新了對她的認知，看著比誰都柔弱的娘娘，面對這種場景居然面不改色，淡定自若。

難道是在宮裡見慣了殺戮，所以見怪不怪了？

貴妃的心情其實也不算好，所以沒那個心情去敷衍張素素，只淡淡地說：「妳若害怕，便去後面的馬車尋妳的……養父母，等出發的時候再回來。」

張素素心頭湧上一股暖流，貴妃娘娘還是心疼她的，便抖著身子「哎」了聲，隨後手腳並用地爬下馬車。

正在處理屍體的遙祝見張素素爬下馬車，忙不迭地迎上來。

張素素一下馬車，就對上他半邊沾染血污的臉，不由得拿出一張隨身的帕子，遞給他。

「遙祝，你先擦把臉吧。」

遙祝第一反應是不敢收，畢竟他身分卑微，實在難承受公主的贈與，但是面對自己一直以來心心念念想見到的公主，他還是伸出雙手虔誠地接過。

當張素素的指尖滑過他掌心的時候，他手指微動，臉上越發恭敬。「謝公主賞。」

張素素「嗯」了聲，便立馬轉身奔向後面的馬車。

後面的馬車坐著張二叔一家人，所有人抱成一團，瑟瑟發抖地蜷縮在馬車的角落。車簾被掀開，個個像驚弓之鳥般大喊出聲。「別殺我！別殺我！」

張素素無奈地喊道：「乾爹，乾娘，你們在瞎叫喚什麼？」

看著眼前驚慌得不成樣子的爹娘，再回想剛剛貴妃娘娘淡定自若的樣子，鮮明對比下，她有種感覺，貴妃娘娘才合該是她親娘。

張二叔一家見是她，等她進了馬車，紛紛圍過來，抱住她大哭。

其中，張二嬸子甚至道：「素素啊，娘都要怕死了，我們回去吧？京城再好，我們也不去了！」

她此話一出，張素素就面露不悅地推開她。「乾娘，妳在胡說什麼，我是公主，怎麼能不回京城？」

張二嬸子睜著通紅的眼睛愣住。「妳叫我什麼？」

張素素有些不耐煩。「乾娘啊，妳如果不想去京城，就自己一人回去，反正我是不可能回去的。」

那些盜匪雖然厲害，但是貴妃身邊的侍衛也不是白養的，兩三下就把盜匪搞定了。

張二叔明白過來，他這女兒是飛上枝頭，想要甩開他們這群人呢。

他先是推了推張二嬸子的身子，罵道：「妳這婆娘，瞎胡說什麼？素素是公主，妳什麼身分？喊妳聲乾娘都是抬舉妳！」隨後，又朝著張素素道：「素素啊，剛剛妳乾娘也是嚇糊塗了，說話都不經過腦子，妳別放在心上。說到底，我們始終是一家人，哪有妳去京城，我們卻不跟著的道理呢？」

張素素在這話裡聽出了威脅之意，臉色有所緩和地說：「乾爹，十日前我們討論的事，想必大家都還記在心裡。放心，等回京後，我成了公主，必不會虧待你們。」

大寶、二寶、三寶齊齊點頭。「都聽素素的。」

張素素有些高傲地昂起頭，畢竟她之前在家因為是個女孩子，說話沒什麼分量。如今不一樣了，她可是公主，她說什麼沒人敢反駁！

第三十章 危險

貴妃心裡知道，回去的路上必不會太平，但是沒想到，這刺殺居然是接二連三的。像是演練過般，先是派十幾個人來探探底，隨後就逐漸動起了真格。

遙祝的臉上也不見了剛開始的輕鬆，如今神色凝重，眼觀四面，耳聽八方，眉眼隱隱有肅殺之氣。

就連魏忠都在上次戰役中被逼現身，貴妃看到魏忠出現，心沈了下，只道了句。「你來啦。」

魏忠恭恭敬敬地行禮。「請娘娘、公主放心，臣一定安全將妳們護送回宮。」

張素素聽到聲音，瞧著魏忠，一眼就認了出來，是上次到張家來看玉珮的男人。

一路有兩個熟人護送，張素素的心也隨之定了下來。

她剛開始還以為是盜匪，後來就意會過來了，這麼多又這麼凶悍，一撥接著一撥，恐怕是刺客！

而且這刺客就是奔著貴妃和她而來的！

雖然想通了這點，但她仍不後悔去京城。

「吃得苦中苦，方為人上人」這句話，被她牢牢記在心裡。

子。

前面有魏忠和遙祝開路，走得四平八穩，但他們像是緊繃的弦，隨時都準備出手的樣子。

終於，行了大半的路程。

很快，行至一處狹窄的古官道，青石路面上車轍痕跡清晰可見，燕尾鐵連接著青石更加牢固，不遠處有座石橋，橋下有不算湍急的水流湧動。

橋面上有人立馬提刀，馬上坐著一眼看不到盡頭的黑衣斗篷人，黑衣、黑面具、黑皮靴，若是在夜晚，定是要隱於黑夜中。

可惜，現在是白天，他們兩隊人馬就這麼遙遙對立，隱隱形成對峙的形勢。

魏忠沈著臉一擺手，車隊立馬停下。

張素素即使不會武功，也感覺到不對勁的氣氛，撩開車簾一看，立馬震驚地捂住嘴巴。

貴妃透過撩起的縫隙，也是皺起了眉頭。

原先的小打小鬧已然過去，現在便是要動真格的了，反正他們也沒有想著讓她活著回去。

遙祝拉著韁繩，往後面動了動，叮囑了聲。「娘娘，公主，請待在車裡。」

這一路上，隨行的侍女已經犧牲大半，就連侍衛也是，貴妃便讓花嬤嬤與她同車，除了這輛車外，就只剩身後跟著的一輛馬車，裡面坐著的正是張家人。

張家人臉上全是麻木之色，一路走來，經歷了太多次惡鬥，都已經見怪不怪了。

不過再怎麼麻木，也明白過來，這次不比前面幾次，弄不好會全部交代在這裡。

張二叔一家人還是提心弔膽。

張素素臉上也湧現不安。「母妃，嬤嬤，他們也是盜匪嗎？」

貴妃突然冷笑了聲。「盜匪？若真是區區盜匪，本宮又何須放在眼裡？」

花嬤嬤也道：「公主，這些人不是盜匪，至於他們的真實身分，等妳進宮後，就會明白了。」

一進宮門深似海，這句話可不是隨便說說的。

待在鄉下雖然一輩子窮苦，但是可保畢生無虞。然而，進了皇宮，性命可就由不得自己了。

張素素見她們諱莫如深的樣子，識趣地閉上嘴巴。

無論如何，她都要去天下間最富貴的地方，反正貴妃是她娘，她怕什麼？

廝殺正式開始，沒有花俏的招式，招招都是取人性命的死招。

這是一場你死我活的戰場，誰也不敢鬆懈半分。

馬蹄踐踏，刀光劍影，兩方打得難捨難分。

張素素不敢抓住貴妃的手臂，卻敢朝花嬤嬤的手臂下手，幾乎要把指甲嵌進去，心跳如雷。

花嬤嬤是個合格的演員，即使被掐痛，也不會多說什麼。既然娘娘說她是公主，那麼她就是公主，亦是她半個主子。

這次的黑衣人來勢洶洶，帶著破竹之勢，銳不可當，讓魏忠和遙祝的心中皆一凜。

他們被逼得連連後退，眼看就要退至馬車處。

這時，不知從哪兒又蹦出一些錦衣人，他們身形宛如銳利的刀，刀刀見血，俱是無情的殺人機器。

局勢一下子逆轉，魏忠心道，你們這群人終於捨得現身了！

遙祝看向他，魏忠不著痕跡地向他點了下頭。

他們可是陛下指派的暗衛，不會輕易出手，一旦出手便是開弓箭，勢不可擋。

魏忠還以為終於能歇一歇，沒想到對方居然玩起陰招，強攻不成，開始射起冷箭！

他額頭的冷汗都要冒出來了，和遙祝一左一右擋在馬車前，揮掉射來的箭。

同時，因為密集的箭攻勢太猛，不得已拉著馬車一步一步往後退。

「錚」的一聲，箭頭直直穿過車簾，釘在馬車中央，距離貴妃的腳僅一步之遙。

張素素再也偽裝不了淡定，驚恐地喊出聲。「母妃，嬷嬷，他們放箭了！」

貴妃有些不耐煩地瞥她一眼，開口喊道：「魏忠！」

「臣在！」魏忠應道。

「全員後退，不可戀戰！」貴妃吩咐道。

「是。」魏忠應道。

這時，馬匹突然受驚，抬起雙腿，跑了起來！

馬車裡的三人突然顛簸了下，花嬤嬤連忙一左一右拉著貴妃和張素素。

剛坐定，馬車就動了起來，行駛的速度越來越快。

同時，車外響起兩道驚恐的聲音——

「娘娘！」

「公主！」

花嬤嬤一個人實在拉不住兩個人，便直接捨下張素素，緊緊抱著貴妃，以免她被顛簸撞到車壁上。

貴妃嬌貴，要是磕著碰著，陛下得心疼死。

貴妃終於在花嬤嬤的幫助下穩住身子，冷靜下來後發覺馬車越跑越快，察覺不對的她，立馬掀開車簾，一眼就瞧見射在馬屁股上的箭！

原來，這才是馬兒受驚的原因！

可眼下，三個弱女子，兩匹狂奔的馬兒，怎麼看都是九死一生。

車後有魏忠和遙祝緊緊策馬跟隨，終於與馬車並駕齊驅。

魏忠伸出手，喊道：「娘娘，快把手給我！」

那邊，遙祝也仿效。「公主，快把手給我！」

貴妃回頭看了眼花嬤嬤，花嬤嬤也在催促她。「娘娘，快把手給魏大人！」

貴妃卻是在猶豫。

花嬤嬤從小看著她長大，那年她被送去鄉下的時候，身邊也只有嬤嬤一人跟隨。

那時，莊子裡的人奴大欺主，得到繼母的指令，不僅給她幹各種粗活累活，更妄圖把她推入河裡，造成意外溺水而亡的假象。

是花嬤嬤把她救上岸的。

所以，在這生死攸關的時候，她是絕對不會丟下她的！

而那邊張素素雖想著要把手給遙祝，但是伸了幾次手，卻又害怕地收回，她見貴妃沒有用這種方式逃離，她自己也不敢用。

就在兩邊男人著急喊的時候，貴妃卻一把拉住馬兒的韁繩，大喝了聲。「駕！」

得先讓馬兒聽她的指令，等熟悉了她的指令，再慢慢安撫馬兒，使馬兒停下來。

魏忠察覺到她要做什麼，立馬瞪大了眼睛。「貴妃娘娘，不可！」

要是真出了什麼差池，他家五十幾口人都不夠賠貴妃一條命啊！

貴妃一改之前嬌柔模樣，眉間現出英氣，喊道：「囉嗦什麼？還不快快為本宮開路！」

張素素看著貴妃的背影，貴妃再一次打破了她的認知，那突然表現的英姿讓她心馳神往，覺得這樣的女子才該是她張素素的娘親！

韁繩在貴妃的手掌重重劃過，很快掌心就被磨出一道血痕。她的皮膚本就嬌嫩，那血痕印在她的掌心，顯得格外刺目。

魏忠咬牙，只能按著貴妃的意思去辦。

馬兒的速度終於有減緩的跡象，貴妃心中一喜，便勒緊轡繩，喊了聲。「吁——」

兩匹馬兒聽到主人的指令，焦躁不安的步伐逐漸趨於平緩，最終停下。

貴妃的身子不由得往前傾，被花嬤嬤一把抱住，才沒摔下去，耳邊傳來花嬤嬤驚呼的聲音。「娘娘，您的手！」

張素素也挪著身子過來，喊道：「母妃，您的手受傷了！」

貴妃這才感覺掌心一片刺痛，甩開轡繩的時候，發覺掌心一道觸目驚心的血痕，正在往外滲血。

貴妃忍了忍，沒有痛呼出聲，這麼多年的養尊處優，她還真沒有受過這麼大的罪。

當花嬤嬤滿眼心疼地替貴妃包紮傷口的時候，魏忠直接下馬跪地。「臣護駕不力，請娘娘責罰！」

遙祝也跪著問張素素有沒有事。

雖然傷口刺痛，但是貴妃的眉頭都沒有皺一下，畢竟陛下不在身邊。

所以，哭給誰看呢？

貴妃道：「好了，這件事也不能全怪你們，你們起來吧。現在當務之急，還是盡快回京。」

魏忠這才行了個大禮起來。
這時，突然聽到不遠處有馬蹄聲傳來，他眸光一厲，以為是刺客追來了。卻見一道蒼黃色身影策馬而來，身後跟著的正是皇家護衛隊，他心中一凜，給遙祝使了個眼色。
遙祝率先對張素素說：「公主，陛下來了。」
陛、陛下？
張素素聞言，瞪大了眼睛往那邊瞧。
魏忠白了遙祝一眼，這人眼裡就只有公主，其他人都不放在眼裡，這件事也不知道先跟娘娘說。然而，就在他剛要跟貴妃說的時候，卻見貴妃突然跳下馬車，捧著受傷的手往陛下奔去。
待蒼黃色身影下馬，貴妃一個猛撲到男人身上，未語淚先流，哪裡還能看到剛剛英姿颯爽的模樣。
貴妃哭了，哭得委屈，這麼多年了，連皮都沒有磕碰過，如今卻是手掌都被磨破，還在往外冒血珠子。
皇帝緊抱著她的身子，低沈的聲音在她耳邊問：「嬌嬌，妳沒事吧？」
「陛下！」貴妃哭得梨花帶雨。「嗚嗚，臣妾以為這輩子都不能再見到您了！陛下，臣妾剛剛怕極了，就想著若能最後再見您一面，死也無憾了……」

們要日日相見的！」

皇帝的心都被她說得揪了起來，卻也忍不住呵止。「別胡說！什麼叫最後一面？日後我

貴妃的眼淚啪嗒啪嗒止不住地掉，剛剛就想掉的，但是奈何他不在身邊，如今人在身邊，這淚珠子還不得跟不要錢似的？

她用無傷的那隻手緊抓著他的衣服，哽咽地喊了聲。「陛下。」

皇帝被她這一聲喊得心都軟了，又低頭見她的手被包紮著，忙捧著她的傷手問：「這是怎麼了？」

貴妃嘟著唇，還是有著無窮無盡的委屈。「沒事，只是點小擦傷。」

皇帝眉頭皺起，朝著把自己當透明人的魏忠喊了聲。「魏忠，你來說。」

魏忠被點名，連忙跪下請罪。「是臣護駕不力，請陛下責罰。」

一模一樣的詞，貴妃的態度是不追究，但是陛下……

也不追究？

才怪咧！

皇帝語氣威嚴。「孤讓你護著貴妃，你就是這麼護的嗎？護駕不力，你還有臉說？等回去就去領二十板子，若還有下次，孤就革了你的指揮使一職！」

魏忠連忙叩謝皇恩。不就是挨一頓板子？他皮糙肉厚的，不怕打。

貴妃擦了擦眼角的淚水，平復心緒，聲音都哭啞了。「陛下，您怎麼過來了？那些刺客

呢？」

皇帝捧著她的手，心疼地呼了口氣，回道：「已經解決了，孤放心不下妳，算著時辰，妳差不多這兩日會回來，便出城來接妳。」

貴妃聞言，又紅了眼眶，盈盈水眸看著他，乖巧地「嗯」了聲。

從貴妃撲到皇帝懷裡的時候，張素素就在不遠處一直看著。

她還是第一次看見天顏，只覺他高大威武，霸氣外露，讓人不敢直視。又見他下一秒緊抱著貴妃，瞬間臉上的威嚴盡失，眉間柔和，小心呵護，宛如這世間千千萬萬擁抱愛妻的溫柔丈夫。

哪怕是在他們小鄉村，也聽過貴妃娘娘獨得聖恩這樣的話，當時她聽了只覺豔羨，如今親眼看見，心中不只是震驚的情緒而已。

原來有人哭起來這麼好看，哭得讓人心疼，卻又透著一股倔強，像是被霜打的小白花，傲然挺立，卻在遇見主人的時候，委屈泣露。

原來陛下寵一個人，會把人捧得高高的，罰一個人的時候也毫不留情，板子說打就打，職位說革就革。

這就是大家口中的權力滋味？幾乎顛覆了她十幾年平淡無趣的生活。

她也好想，嚐一嚐這權力滋味。

遙祝見張素素愣愣地看著陛下、貴妃二人，而兩人似乎都忘了公主的存在，抱在一起你儂我儂，他忍不住上前提醒道：「公主，您快去拜見陛下。」

拜見他嗎？

張素素捏起了手指。

貴妃高貴，但是第一眼看她渾身氣息還是柔和的，所以她可以毫無顧忌地抱住她。但是陛下……她連張口都不知道怎麼張了。

貴妃將這幾天的刺殺全部跟皇帝講了一遍，痛罵盜賊宵小之輩，竟然對她窮追不捨。

皇帝聞言，眉頭蹙起，聽出了不對勁的地方。

區區盜賊，怎麼可能幹掉這麼多護衛？況且，剛剛看到的黑衣人可不單單是盜賊這麼簡單。

他眸光幽深，好脾氣地聽貴妃痛罵盜匪，只覺得她罵人也罵得好聽，若不是有外人在場，真恨不得一把抱入懷中，好好疼寵。

貴妃雖然罵的是盜匪，心裡卻跟明鏡似的，她自然是有多委屈就說得多委屈，這樣皇帝日後查到罪魁禍首的時候，才不會輕易姑息！

皇帝聽她罵完，安撫地拍了拍她的後背，吩咐魏忠。「這件事孤就交給你們錦衣衛了，務必給孤查清，將剩餘賊子全部緝拿歸案！」

魏忠恭敬道：「是，陛下。」

貴妃發洩完情緒，這才想起被冷落在旁的張素素。

從皇帝懷中出來，貴妃擦了擦眼角的淚水，向張素素招手。

張素素的心怦怦直跳，踩著步子上前幾步喊道：「母妃。」

皇帝的眼神這才移到張素素的身上，不能怪他一直沒有注意到她，貴妃貌美，她身邊所有女的都變成陪襯。

貴妃莞爾。「陛下，她是我們的小公主啊。」隨後，又看向張素素說：「素素，還不快點喊父皇。」

「父……」張素素喉嚨乾澀，緩了會兒才將剩下的字喊出。「父皇。」

她承受著皇帝的視線打量，頭一次對自己的選擇產生懷疑，她真的能夠能成為公主嗎？

誰知，皇帝僅打量三秒，隨後便哈哈出聲。「嬌嬌，與妳有三分相似。」

貴妃嬌笑。「還有三分像陛下。」

人都是一個鼻子、兩個眼睛，像與不像都很難說。

不過皇帝與貴妃的一唱一和，倒是把張素素的身分給定了下來。

張素素內心狂喜，挺直胸膛，從這一刻開始，她便是大魏名正言順的小公主了！

在旁的遙祝心中也是止不住的喜悅，小公主是他找到的，雖然沒有要居功的意思，但他就是高興！

他，生是公主的奴，死是公主的鬼！

第三十一章　教訓

距離美人娘娘回京已經大半個月，李姝色有一次在照鏡子的時候，突然想到了她。

原因無他，就是那日看到美人娘娘那股打從心底產生的熟悉感，她找到了原因。

那原因竟源於她自己。

眉眼處實在是太像了。

不過，有句話說得對，好看的皮囊千篇一律，大抵天下美人都是有幾分相似吧。

她也沒糾結，只是覺得如果以後有機會去京城，定要見她一面，畢竟她還收了她的玉簪呢。

她畫的服裝設計圖大部分已經完工，便找個時間把這些圖拿到縣城裡的成衣店去看看。

她來到上次光顧的成衣店，一進去就看到門口顯眼處擺放著的青衣長衫。

李姝色挑眉，這不是她上次讓這家店給沈峭訂做的衣服款式？只不過袖口處做了點改動，不過還是可以看出就是上次她訂做的款式。

她當下便歇了要合作的心思。

老闆娘還記得她，笑意盈盈地迎上來。「秀才娘子，今日怎麼有空過來？」

李姝色淡淡地道：「過來看看布料，順便再看看衣服。」說著，眼神便有意無意地往那件衣服瞟了瞟。

老闆娘的臉色僵了下，隨後變成之前的笑臉模樣。「這店裡的衣服妳隨便挑，若有看中的，我低價賣給妳，不會亂收妳錢。」

李姝色敷衍地「嗯」了聲。

這個時候，從門口走進來一對年輕夫妻，男的一眼就挑中那件青衣長衫，眼睛落在上面不捨得移開。

老闆娘見生意上門，立馬讓李姝色隨便看看，隨後揚著笑臉迎了上去。

李姝色裝作看布料的樣子，聽著那對夫妻和老闆娘的談話。

雖然男子很喜歡那件衣服，但是他娘子聽到價格嫌貴，不捨得買。

老闆娘舌粲蓮花，將那件衣服誇上了天，又說男子穿上這件衣服會是怎麼樣的俊美，走在路上，怕是要吸引不少人的視線。

當然，因著男子的娘子在，她不敢說吸引多少女人的視線，害怕生意做不成反而結了怨。

男子被誇得臉熱，當即拍板就要買，他娘子拗不過，便和老闆娘講起價來。

李姝色是在這個時候離開的。

在外面等了好一會兒，才見那對夫妻出來，可見這其中殺價的場景得有多厲害。

她走到他們身後，喊住了他們。「兩位，請稍等。」

他們雙雙回頭，女子好奇地問：「姑娘，妳是在叫我們？」
李姝色禮貌地問：「是的。瞧你們手中的衣服，是剛買的吧？」
女子點頭。「是啊，剛剛在妳身後的店買的。」
李姝色又說：「這件衣服，本來我也是看中要買給我家相公，奈何老闆娘要價太貴，我實在捨不得買。」
女子輕咳了聲。「是貴，剛剛我和她也是討價還價許久，這才能買下。」
李姝色面露好奇。「哦？不知姊姊買這件衣服花了多少錢？」
女子也不隱瞞。「一百文。」
李姝色先是面露驚訝，隨後抿嘴道：「謝姊姊告知，不過……算了，我還是去別家逛逛吧。」
女子覺得她這反應有些奇怪，便攔住她問：「怎麼了？妳好像有話要對我說？」
李姝色咬了咬下唇，裝作為難的樣子，就是不肯說。
女子有些急了。「妳說呀，可不要急壞姊姊。」
李姝色這才糾結道：「剛剛老闆娘要價五十文，我嫌貴沒買……怎麼到姊姊這裡，價格翻了一倍？」
她這話一說，女子臉色就變了，她費了半天的口舌，才以一百文把這件衣服拿下，哪裡能夠想到，居然還是買貴了，老闆娘這是拿他們當冤大頭宰嗎？

女子立馬站不住，抄著衣服就往成衣店走，她身後的男子攔也攔不住，還有些擔心她扯壞了衣服，忙拔腿跟上。

李姝色嘴角一勾，轉身離開了戰場。

這老闆娘剽竊她的設計圖，若是跟她打過招呼也就罷了，這麼偷偷摸摸的，實在不是正當的生意人。

若是女子過去一鬧，老闆娘夠聰明，選擇息事寧人，退五十文給女子，她就當是幫那女子省錢了。

若是老闆娘嚥不下這口氣，女子下次也不會再來這家店了。讓她少個客人，就當是小小懲戒吧。

李姝色拿著服裝設計圖跑遍了縣裡的成衣店和裁縫鋪，沒有一家合她心意的。主要是怕這些店做不出設計圖想呈現的效果。

沈峭就曾指出她的設計顏色豔麗，精緻大氣，不像是尋常人家能夠穿得起的。

如今看來，他說得不錯，她可以換個目標客群，換成那些富人，或許適合更大的成衣店，這麼一想，她的心便安定了。

走在回家的大街上，突然被人從身後叫住。「哎，姑娘。」

李姝色轉身一看，是剛剛那個女子，便問：「姊姊，怎麼了？」

女子臉上笑呵呵。「我跟那老闆娘吵了一架，最終她退給我五十文，我和相公正要回去，正巧就碰到了妳，所以特地前來謝謝妳。」

李姝色聞言，笑道：「姊姊客氣了。」

這件衣服的做工布料肯定不只五十文，那老闆娘估計也是為了留客，碰到個硬脾氣的客人，不得不做這個虧本生意。

女子道過謝之後，便和她相公相攜著離開。

李姝色心中那股鬱氣散去不少，她從這件事也意識到，這個時代可沒有什麼智慧財產權的觀念，所以她不能隨便挑個合作對象，要慎之又慎。

好在，如今手頭寬裕，也不差錢，否則真到山窮水盡的時候，她早就把設計圖賤賣了也說不定。

來的時候，沈母給了她三兩銀子，誇她上次大採購買的東西好，這次進城再好好採購一次。

李姝色自然不負所託，開開心心地去逛街了。

路過一品鮮的時候，看見裡面食客滿座，火鍋的香味攔不住地飄出來，她想要進去吃，但是摸了摸荷包，還是決定等下次，和沈峭帶著沈父、沈母一起過來吃。

畢竟，一個人吃火鍋多無趣。

裡面的小二看見站在門口的李姝色，特地跑出來，要將她給迎進去。

李姝色拒絕了，說就是路過。

小二笑道：「大公子、二公子回府城前，特地叮囑過，要是看見你們夫妻二人，定要讓你們吃個夠！」

這麼客氣？大約是那個黑盒子起了作用吧。

不過，他們把黑盒子交出去，可不是為了來一品鮮蹭飯的。

小二太過熱情，她只好謊稱有事，才得以脫身。

既然王庭堅已經回府城，那麼李琸睿也回京了吧？不僅李琸睿，還有美人娘娘，此刻也已經回宮了吧？

李姝色惦記的美人娘娘此刻的確已經回宮。

回去第一件事就是安頓張素素，就在自己宮裡收拾了個房間，給她住下。

至於張二叔一家，沒有身分進宮，這種小事驚擾不到她這裡，花嬤嬤就安排他們一家先安頓在客棧裡，再做打算。

張素素是頭一次進宮，見什麼東西都覺得稀奇精緻，一雙眼睛都不夠看。

而且宮中的規矩大，一路走來與貴妃接受眾人的跪拜，心境也在悄悄改變。

遙祝就在旁寸步不離地跟著她，每走過一個地方，就向她介紹，他這細心的樣子都引得貴妃和花嬤嬤側目。

回到自己殿裡的貴妃，有些疲累地拆掉頭上珠釵，準備沐浴休息，但是手上的傷卻是沾不得水，貴妃不免感到有些煩躁。

花嬤嬤仔仔細細地給她又換了藥，傷口有些疼痛，貴妃皺著眉轉移話題。「遙祝那孩子，死心眼一個，妳找個機會提點一下吧。」

花嬤嬤有些不明白地開口。「娘娘，如何提點？」

貴妃想了下，道：「別挑明了，這件事妳知、本宮知，我們連陛下都瞞著，更沒必要和他說。」

花嬤嬤瞬間明白過來，又說：「娘娘，陛下看著感覺對那張素素不甚想搭理的樣子，不會看出了什麼吧？」

貴妃卻揚眉。「本宮說誰是公主，誰就是公主。陛下就差枕邊風，現在剛接觸有些冷淡，以後會愛屋及烏的。」

花嬤嬤道：「那是自然，凡是娘娘喜歡的東西，陛下就沒有不喜歡的。」

貴妃望著包紮好的傷口，幽幽道：「雖然是個靶子，但是也要慎防被靶子反噬。」

花嬤嬤應道：「在娘娘的眼皮子底下，翻不出什麼浪花。」

貴妃卻道：「本宮瞧著，那孩子不像是個心思單純的，如今還稚嫩，什麼念頭都擺在眼裡，但在宮裡待久了，等長大些，我們就不一定能看出她的心思了。」

花嬤嬤說：「不就是個小小農家女，娘娘需要花這麼大的心思嗎？」

「小小農家女？」貴妃輕笑。「嬤嬤，留神著吧，能裝作什麼都不知道地扮演公主，就是她的好本事。」

遙祝是貴妃一早為自家小公主挑的人，小公主被刺客抓走後，他也沒想著到乾爹福全公公身邊去伺候陛下，而是一直守在永壽宮。貴妃有時看見他，他就跪下恭恭敬敬地回答說，是在等小公主。

他這些年一直在調查小公主的下落，況且上次又九死一生地見到了玉珮，貴妃到底對這個孩子存了善心，有意點撥這孩子兩句，別認錯主子，跟錯了人。

花嬤嬤使喚人將遙祝叫來，正在替張素素張羅收拾屋子的遙祝，先是把所有事情都跟人交代好後，才去了花嬤嬤那兒。

花嬤嬤開口第一句話便是：「你覺得公主如何？」

遙祝低頭回道：「公主單純善良，您與娘娘放心，奴才必竭盡所能，保護公主一生。」

花嬤嬤謹記貴妃說的適當點撥，公主是假的這件事，宮內目前就只有兩人知道，可是連陛下都瞞著。

這全憑遙祝這孩子的悟性，如果他真的沒有悟性，貴妃和她也無能無力了。

花嬤嬤清咳一聲，招呼他坐下喝茶。「瞧你這孩子，忙得滿頭都是汗，先坐下歇歇。」

遙祝在宮裡，除了和福全最為親近外，第二親近的就是花嬤嬤了，畢竟在永壽宮住了這麼多年，他時常被花嬤嬤照應。

遙祝坐下，頓覺口乾，才發現自己和公主說了太多話，連口水都沒有來得及喝。見他喝了兩大口茶，花嬤嬤不禁道：「渴成這樣，宮裡還能缺你這口茶？」

遙祝被說得有些害羞。「嬤嬤，接公主回宮太興奮，就忘記喝水了。」

瞧他這樣子，三句話有兩句話都離不開公主，這份真心若是放在對的人身上，想必娘娘和她都會更欣慰些。

花嬤嬤道：「遙祝，你覺得這宮裡，娘娘處境如何？」

「娘娘深受陛下恩寵，盛寵不衰，是宮裡的獨一份。」遙祝實話實說，沒有半分恭維的意思。

花嬤嬤又說：「你說的這些都是表象，集萬千寵愛於一身，亦是集萬千怨恨於一身，這宮裡的妃子哪個又是好相與的？都恨不得把娘娘拉下來才好。」

這是花嬤嬤第一次跟他說這種話，他知道不是隨便亂說的，便仔細聽著。

花嬤嬤繼續問：「我問你，你覺得是前面的靶子好射，還是後面的？」

遙祝幾乎秒答。「自然是距離越近越容易射中。」

「是了，」花嬤嬤意味深長。「娘娘需要個放在檯面的靶子，不管那個靶子是誰，但靶子始終只是靶子，你明白嗎？」

而張素素就是娘娘放在前面的靶子，她有了靶子，才能在背後更好地操作。

遙祝看著花嬤嬤意味深長的眼神，突然後背一涼。

娘娘是什麼意思？靶子是誰？難不成是公主？雖然公主沒有從小養在身邊，但是娘娘也不能夠這麼對公主吧？況且這一路，娘娘對公主多有照顧，怎麼可能拿公主當靶子？

一定是他多心了！

遙祝道：「明白。嬤嬤這麼說，就是想告訴我，公主驟然回宮，定會引起各方注意，很容易就變成別人攻擊的靶子。」他站起身來，語氣誠懇。「奴才剛剛的話是真心的，定協助娘娘，共同守護公主。」

花嬤嬤沈默了。

這孩子，難道從來沒有懷疑過那假公主的身分？他要是知道那是個假的，待真的回來，他又該如何自處？

不過，她都把靶子說出來了，他都沒有領悟到，她也沒法子了，總不能挑明說，假公主身分有疑吧？

罷了，這孩子就傻乎乎地跟著假公主吧，反正就在眼皮子底下看著，娘娘心裡有數。

第三十二章　剿匪

公主回歸，在宮裡引起不小的轟動，伴隨著封賞、封號，同時還有祭祖遊街，永壽宮頓時比平常熱鬧許多。特別是公主的及笄禮，辦得空前盛況。

及笄那日，張素素被封為昭素公主，賜名為李素錦。

陛下尋回失蹤已久的小公主，心裡高興，賞賜跟流水似的送進永壽宮。

但明眼人也能看出，這大部分是借著賞賜公主的由頭，討貴妃歡心的。

直到晚間，貴妃抱怨了句庫房都快堆不下了，賞賜之物這才稍歇。

與熱鬧皇宮不同的是，死氣沈沈的詔獄。

最近魏忠忙得焦頭爛額，盜匪一事，越查越心驚，他這陳案竟是拖到今天，公主的事都塵埃落定了，他都還沒下筆。

一日，貴妃問起盜匪的窩端了沒。

他回道：「已經聯合良州府兵竭力清剿，都是些烏合之眾，想必不日就能清剿完畢，還良州百姓太平度日。」

要說這匪患年年清剿，說是成功，但第二年他們還是會像雨後春筍般冒出來。

不過，這次陛下是動了大怒，那些賊匪也是在太歲頭上動土，朝廷把這件事放在心上，那麼遭受這次重創後，那些賊匪也能消停個好幾年。
對良州與周邊學子年後進京趕考也方便許多，畢竟年年死在路上被匪徒殺害的學子也有。當地學子也是戰戰兢兢，唯恐未到京城，就不明不白地死在賊人刀下。
貴妃聞言，滿意點頭，又問：「還有呢？」
還有？還有啥？不是說剿匪了嗎？
魏忠揣著明白裝糊塗地看向貴妃，貴妃一個玉茶盞就砸了過來，四分五裂地碎在地上。
「魏忠，那些匪徒是受了什麼高人指點，不是殺手卻有殺手的身手？區區盜匪，竟逼得你現身，還需要陛下來救？魏忠啊魏忠，本宮看你這位置是不想坐了！」
一番話下來，魏忠後背冒出一層冷汗。
從永壽宮出來的時候，馬不停蹄地又被叫去了景仁宮。
皇后表示事情雖然發生在宮外，但人是宮裡的人，她就要管一管。繼而問起了貴妃遇刺的事，語氣十分關心的樣子。
魏忠回得一模一樣，貴妃的反應是呵斥，而皇后的反應就有些莫測。
皇后表示讓他好好清匪，不要讓匪徒再為害一方，她作為皇后，有責任、有義務守護天下子民。
從景仁宮出來，魏忠又去了養心殿，陛下的態度則是曖昧不明。
他陳案結詞雖然還沒寫，但是有些證詞已經遞上去，按著血淋淋的手印，當真是抵賴不得。

陛下開口第一句便是問他剿匪事宜。

他報出剿匪十八項方案，條條細則切中匪患要害，陛下聽了，贊同點頭。再之後，陛下就讓他好好去辦，將剿匪之事提上日程。

他的證詞內容則隻字未提。

魏忠出來後，神色凝重。

這些殺手背後竟是赫赫有名的撫遠侯，是皇后的親爹，亦是國丈。

還有，就是那異姓王，為陛下的江山立下汗馬功勞的鎮北王，也摻和了一腳。

他有些不明白，當年小公主剛出生，就與他家世子訂親，雖然小公主是從鄉下接回來的，比不上皇后親生的清瑤公主，但也不能幹出刺殺這種混帳事吧？

魏忠搖搖頭，端看陛下怎麼處理吧。

出宮的路上，迎面碰到進宮的李琸睿，行了個禮，喊道：「睿王安好。」

李琸睿看見魏忠，停下腳步問：「聽說你最近在查貴妃遇刺的事？」

睿王是皇后的養子，又向來與二殿下親厚，是同一條船上的人。

他回道：「是，王爺，正在查。」

李琸睿好奇地問：「如何？」

「陛下下令清剿，不日定能還良州百姓安寧。」

「當真是盜匪？」李琸睿又問。

魏忠面無表情。「陛下讓臣怎麼做，臣就怎麼做。」

李琸睿笑了。「祝魏大人此去剿匪，一帆風順，早日歸京。」

「謝王爺吉言。」

他的確是要動身去良州了。

朝廷要來剿匪的事，傳遍了整個良州，大家見面時會議論兩句，並沒有放在心上。

畢竟，這不是朝廷第一次派人來了，不能說每次都無功而返，雖有震懾效果卻只能平靜一段時間。

等朝廷的人一走，盜匪往往會更加肆無忌憚地發頓瘋，報復百姓。

其實，百姓們既盼著朝廷派人來剿匪，又不願他們來，這便是其中緣由。

李姝色穿越到這裡，還是頭一次聽說有匪患這回事，說不怕是假的，但問了沈家一家人，都讓她放心，鍾毓村是個好地方，很少有匪徒進村擄掠的事，良州這麼大，盜匪盤踞的地方也就那幾處，不會波及到這裡。

像這種抱有僥倖想法的念頭本來是不該有，但是她再怎麼擔憂也無用，她又不能提刀上陣，她一個弱女子只能祈求上天不要讓匪賊發現鍾毓村。

她又聽說朝廷派兵剿匪，是因為貴妃回京途中遭遇盜匪，陛下震怒，這才派人來清剿。

那一瞬間，李姝色對貴妃的擔憂又占據上風，忙問貴妃有沒有事。
那人回，自然無事，和昭素公主一併好好地回宮了。
果然封號是昭素，李姝色心道。
聽見貴妃無事，她便放心許多，都說紅顏薄命，她其實是為貴妃捏把汗的。
哪怕，她知道貴妃結局不是在這裡。至於貴妃在原著中的結局……
她幽幽嘆口氣，感慨了聲，紅顏薄命啊。
李姝色原本剛鬆了口氣的心，又揪了起來。
她不想，美人娘娘落得那樣的下場。
有些說不清也道不明的陰霾縈繞在心頭，她是真的一點都不想。

六、七月正是朝廷剿匪行動白熱化的時候，其中以胡通為首的匪賊最為囂張，危害地方百姓也最大。
朝廷這次派的人不是飯桶，在平家嶺一帶伏擊胡通，大敗胡匪，以包抄之勢圍困所有匪徒，然而最終一個不防，還是讓胡通以及幾個心腹逃離了包圍圈，一路向北奔逃。
消息不脛而走，距離平家嶺一帶不遠的幾個村子都人心惶惶，害怕在睡夢中，匪徒就殺上了門。
鍾毓村的村民亦是如此，村長得到消息後，還特地召集村民，讓村裡的壯丁輪流守崗，一有動靜就敲鑼示警。

沈家出的人是沈父，這是沈家一家人商量後的結果。因為沈峭即將在半個月後去府城參加鄉試，是最為要緊的時候，村民們也表示理解。

李姝色知道古代的賊匪是極為不講道理的，進村後燒殺擄掠，無所不用其極，活活屠村的都有。

她現在作為鍾毓村的一員，自然也將村子放在心裡，真心希望村子不會遭受任何的厄運。

或許是她多慮了也不一定，畢竟按照賊首胡通逃離的路線，怎麼拐也不會拐到鍾毓村來。

不過，若是這半個月還不能抓到胡通，那麼沈峭離村去府城的路上，豈不是有機率會碰上那些亡命之徒？

這點她想到了，沈父、沈母自然也能想到。

於是晚飯間，沈父首先開口。「峭兒，你打算如何去府城？」

沈峭老實回答。「暫時還沒有想好，朝廷正在全力追拿胡通，或許在我出發前，已經拿住了他。」

這是最理想的狀況，可若是拿不住呢？

沈母面露憂愁地開口。「要不，這次秋闈就不去了？你如今還小，三年後再考也來得及。」

秋闈每三年八月舉行一次，沈母有此想法也不奇怪，畢竟天大地大，自己孩子的性命最大。

沈峭卻是搖頭。「娘，苦讀這麼久，孩兒想早日考完，讓你們過上好日子。」

他這想法也不奇怪，畢竟這就像是每年的高考，早考完、早輕鬆，否則還要緊繃神經再等三年。

李姝色自然是懂的，但是古今有別，現代的高考，不會像古代這般，隨時有喪命在路上的危機啊。

她更傾向於沈母的話，但是沈峭的桃花眼瞧了過來，漆黑眼眸的意思很明顯，就是想讓她幫他說幾句好話。

李姝色不著痕跡地躲過他的眼神，裝作沒有看見他的求助。

弟弟是初生之犢不畏虎，現在外面多亂啊，這考試也不一定非要去嘛！

沈父贊同沈母的話，勸沈峭道：「要不還是依你娘所言，三年後再考？」

沈峭卻是固執搖頭。「胡通等人不會張揚地攔截官道，現在各處官道都有朝廷的兵隊把守，爹娘你們放心，不會出問題的。」

兒行千里母擔憂，哪裡能夠不擔心呢？

沈母重重嘆口氣，最終還是沒能說服自己兒子。

晚上，沈峭吹滅燭火上了床。

又是熬夜苦讀的一天，距離秋闈越近，他越是不敢鬆懈。

李姝色也沒睡，不好打擾他，她現在最主要的就是做好後勤工作，端茶倒水，洗水果、做糕點，不談紅袖添香，只求讓他能夠安心讀書。

天氣炎熱，深夜至凌晨的時候，才好過些。

在六月時，李姝色就直接將自己的衣服進行改良，剪成短衣、短褲，頭一次穿的時候，她永遠忘不了沈峭震驚的眼神，但是也給他做了一件後，他立馬就被說服了。

他們自然是不敢穿出去，只是晚間睡覺的時候才會穿，為的就是貪圖涼快些。

好在井水涼爽，擺了一大盆在屋裡，晚間有風吹過窗戶的時候，也能降溫不少。

等他躺下，李姝色憋了一天，終於開口說：「夫君，當真非去考不可嗎？」

沈峭「嗯」了一聲，語氣因苦讀有幾分沙啞。「非去不可。」

李姝色轉過身子，看著他的側臉問：「為何？」

沈峭也轉過頭來，黑暗中，眼神卻聚焦在她的臉上，頗有些認真地說：「自然是為了妳，早日當上大官夫人。」

李姝色愣住了。

不正經！

最主要的是，沈峭一直覺得是自己讀書拖累了家裡，這種負罪愧疚感越來越重，他如今只想早日考完，早日回報家裡。

如果考不中，他就不再讀了，就去當個私塾先生，給孩子們當啟蒙老師，這樣也能賺點錢養活自己和家人。

李姝色不知道他心裡的規劃，只是知道原著裡他日後就是要當狀元的人，所以也不再勸他，就讓他按照既定的軌跡走吧。

不過，聽到他說這種不是情話卻勝似情話的言語，李姝色心裡其實是高興的。

這時，她的腹部一熱，一隻大手覆了上來，給她揉了揉。「還痛嗎？」

李姝色小臉染上緋紅，幸好是在夜晚，沈峭看不見，她聲如蚊蚋。「好多了。」

幾個月前，她還在慶幸這具身體還沒有來癸水，覺得挺開心，越晚來越好。

但是就在前個月月初，大姨媽突然造訪，她無知無覺，還是沈峭發現了不對勁，看到她身後血跡，臉當場就白了，抱著她就往外走，說是要找大夫。

當時，整個良州都風聲鶴唳，縣城裡商鋪和藥店也都關了門，要去哪裡找大夫？

李姝色還沒反應過來，以為自己怎麼了，兩個人就被沈母叫住，沈母有經驗，一眼就瞧出她來月事了，忙跟沈峭說她沒事。

沈峭沈著臉，沈母的話也不聽。

李姝色突然反應過來，忙甩動雙腿說要下來。

她要是為了這件事去看大夫，不得羞愧死！

沈母立馬拿出家裡備用、裹著草木灰的月事布給她穿，她雖不想穿，但是也無可奈何，畢竟古代又沒有衛生棉。

不過這次來，倒是比上次痛些，她不太愛活動，於是改良了月事布，穿了也更舒服些，就更不樂意動了。

沈峭上次就被沈母耳提面命，教導他每個月特殊時期，要好好照顧她，不能讓她碰涼水、吃涼食，還說如果她痛，就給她揉揉肚子，如果她發脾氣，一定要讓著她。

沈峭全部都記在心裡，幾乎每一條都落實了。

今日早上聽到她喊痛，就替她揉過，不過那時天熱，給她揉了兩下，她就有些煩躁地說會出汗，不讓他繼續揉。晚間溫度降下來，他才繼續替她揉。

李姝色舒服地哼唧了聲，隨後往他懷裡躲了躲，示意他繼續給她揉著肚子。

沈峭抱著她的身子，一隻手給她枕著，一隻手給她揉肚子，心有所感地在她額頭吻了下，哄道：「乖，不疼了，睡吧。」

李姝色用氣音發出個「嗯」字。

突然有種被弟弟寵著的感覺，不得不說，感覺還挺美妙。

李姝色閉上眼睛後，迷迷糊糊地想。

第三十三章　遇匪

這半個月再也沒有進一步傳來剿匪的好消息。

也就是說胡通依舊在逃，然而沈峭卻要動身出發了。

李姝色和沈母一樣的心情，就是不放心啊，一大早起來就在焦慮，昨天晚上還作了個惡夢，夢見沈峭被攔路搶劫，還被人一刀抹了脖子。夢裡的場景太過真實，真實到讓她害怕。

本來沈父買了爆竹，打算等沈峭一出發就放，想添添喜氣，但是剿匪的事，讓他斷了這個念頭，要是不小心把匪徒招來就得不償失了。

按照規矩，沈母給家裡常年供奉的觀音上香，保佑沈峭考試順利，一舉奪魁。

李姝色因著那個夢，也特別誠心地拜了拜觀音，求沈峭此去一路平安。

沈母早就收拾好了沈峭的包袱，由於不是第一次出門考試，沈母收拾起來很有經驗。

當看到沈母將銀票拿給沈峭的時候，李姝色突然出聲。「娘，為了謹慎起見，不要把錢放在一起，讓夫君手上拿些零頭，大的銀票就縫進衣服裡，讓夫君隨身帶著就好。」

她也是為了保險起見，若是真的遇到不測，搶劫的人一般是為了裝著錢的荷包，雞蛋不能放在同一個籃子裡，同樣錢也不能只放在一個荷包裡。

最好是每件衣服都塞一點，畢竟搶劫的人也不至於把所有衣服都給搶了。

沈母聽了她的話，立馬拿出針線，將大大小小的銀票分散地縫在每件衣服裡。

在沈母縫錢進衣服的時候，李姝色看著即將去考試的沈峭，想了想還是叮囑了好幾句。

「夫君，上考場後不要緊張，保持平常心。在考場上也要照顧好自己，考試重要，你的身體也重要。」

鄉試要考三場，每場要考三天兩夜，這不單單是腦力活，更是體力活，就是擔心他會挨餓著涼。至於考試方面，她知道結果，所以並不過分擔憂。

沈峭聽著她關心的話語，心中暖意橫生，點頭道：「為夫知道。我走之後，妳一人在家也要小心，如今外面亂，最好不要出門，若實在想要出門，等我回來，再帶妳出門玩。遇到事情，就和爹娘商量，知道妳心裡有主意，但是不想妳活得那麼累。」

離別之情，這一刻突然就迸發了出來。

他怎麼叮囑她這麼多？要是少說點，她或許就不會這麼捨不得了。

從今天開始，她晚上就得一個人睡，也沒有人的手臂給她枕，也沒有人給她暖床了。

這麼好的床伴就要走了。她其實，好捨不得。

李姝色紅著眼眶，應道：「夫君放心，家裡一切有我。」

沈峭走的第一天晚上，她睡不著。

自己一個人獨自睡了快三十年，如今不過和弟弟年輕的肉體睡了幾個月，就感覺回不到過去了。

唉……長夜漫漫，李姝色有點體會到什麼叫做深宮寂寞的感覺。

她坐起身子，披了件外衣，掀開被子下床。剛打開門，發現沈母也沒有睡，獨自站在院子裡，仰頭看著天空中的一輪彎月。

她走到沈母旁邊，問了句。「娘，您還沒睡啊？」

沈母看著她，應道：「是啊，峭兒此去路途凶險，娘很擔心。」

李姝色同樣擔心，但還是安慰著她。「夫君吉人自有天相，而且他走的是官道，有府兵把守，日夜巡邏，定不會出事的。」

她這麼安慰沈母，也同樣是安慰自己。

沈母幽幽嘆氣。「這孩子要強，老是說因為讀書不事生產，拖累了家裡。其實我和他爹從來都是為他感到驕傲的，從來也不覺得他是拖累……」

李姝色理解沈峭想要早日出頭的心情，以及他對家裡的愧疚，也明白沈父、沈母對子女無怨無悔的付出。

「夫君做什麼事都心裡有數，況且這次不去，再等就是三年，他怕等不起。」

沈母「嗯」了聲，也不知道有沒有把她的話聽進去，繼續仰頭看天，雙手合十，閉上眼睛，十分虔誠地祈禱。

李姝色也跟著雙手合十，一起祈禱。

雖然知道他此去應該無礙，但心中總是不安，希望他考試順遂，也希望他路途順利，無病無災。

被婆媳倆牽掛的沈峭，如今趕路到了一座破廟，距離有人煙的落腳點還有段距離，今晚只能在此將就一晚。

好在不是頭一次在外過夜，他有經驗，拿著火摺子生了火，從包袱裡拿出李姝色為他準備的脆餅和水壺。

這脆餅，是李姝色給他的愛心餅，上面還撒了一層芝麻，入口即化，滿口留香。

沈峭吃著餅，看著眼前的火，對父母和李姝色的想念空前高漲。

不過分離一日而已，他心裡失笑。

然而，剛吃完手中的餅，面前的火苗突然不規則地跳動了下，破敗的門窗颳來冷風，那在風中瑟瑟搖曳的火苗，差點沒有挺住。

沈峭眉頭一皺，心往下沈了沈。

下一秒，一道撞擊聲在他耳邊炸開，破敗的兩扇門被人從外面用力推開，發出不堪重負的響動。

四、五個彪形大漢，面露不善地走了進來，身上的血腥味幾乎瀰漫整間破廟。

廟裡那身形高大、怒目圓睜的四大天王，高高在上地俯視眾生，身穿鎧甲，威風凜凜。

看到他們，沈峭幾乎是瞬間站了起來，他手裡還拿著水壺，緊緊握住，才沒有讓它滑落。

「老大，竟遇到個書生！」男子聲音粗嗄，不懷好意地看向沈峭。

沈峭心中一凜，難道真是出門沒有算一卦的緣故，才會遇到眼前這群人？

被喚做老大的男子，臉色蒼白，右手一直捂著左胸，手上有未乾涸凝固的血跡。

沈峭的桃花眼眯了眯，隨後裝作什麼都不知道的樣子，拱手道：「小生在此借宿，與各位大哥相遇即是有緣，各位大哥若是不嫌棄，請自便吧。」

男子提著刀剛要上前，腳步未動，罵聲就已經先傳出來。「兔崽子，你爺爺我……」然而剛動，就被老大一把抓住手臂，他堪堪止住聲音。

老大的聲音比之他的多了幾分溫和。「我和我幾個兄弟乃是走鏢的，也是途經此地，想要在此落腳。」

他沒說幾句話，就開始喘氣，臉色越發蒼白。

沈峭聽這老大還算客氣，便面露友善地說：「同是趕路人，相逢何必曾相識，幾位大哥找地方坐下歇歇吧。」

說著，他也坐了下來，但後背卻是僵挺著。

也不知道從哪兒傳來的消息，說是他們一行人往北逃竄，朝廷來的欽差知道他們背地裡往南邊逃，打算來一齣「最危險的地方就是最安全的地方」嗎？

沈峭心想，若是能活著，就把消息遞過去吧。

但前提是，他能活著。

他想到了李姝色，她總說他是狀元之資，讓他以平常心答卷，不知她有沒有想過，她夫君有可能死在考試的路上？

那四個男人扶著自家老大靠近火堆坐下，老大捂著胸口痛呼出聲，連連抽氣。

粗嗄的男聲使喚沈峭。「書生，把你的火堆讓出來，自己再生個！」

沈峭求之不得。「好，我出去撿堆柴火。」說著，拿起包袱就要往外走。

然而，那老大語氣幽沈。「書生，不就撿個木柴，不需要把包袱帶著，還是說你不放心我們這些老大哥？」

沈峭勉強一笑。「怎麼會？」

老大道：「老三，你陪著書生一起去。」

老三賊眉鼠眼地道：「是，老大。」

等沈峭一走，男人用粗嗄聲音問：「老大，你留這書生做什麼？還不如一刀殺了，一了百了。」

老大耐著性子。「老二，你的心太急了，先瞭解好情況，再看要不要殺，反正他捏在我們手中，你怕什麼？」

老二雖不贊同，但還是聽話地點頭。

老大道：「去翻翻他的包袱。」

老二是個急性子，一下子就將沈峭的包袱翻了個遍，把裡面的荷包放在手心掂量了下，嘲諷道：「書生還真是窮酸！」

手無縛雞之力，他的衣服送給他們，他們都穿不下，他隨意拿出一件，從中間撕開一塊布，舉過來道：「老大，拿著捂傷口，這書生的衣服挺乾淨的，還透著股皂角味，家裡定有位美嬌娘！」

隨後，又將餅和水一併拿出來，剛打開包裹著餅的帕子，濃濃的香味便撲鼻而來，引得在場幾個男人都嚥了嚥口水。

老二的肚子頓時咕嚕兩聲，嚷道：「好香！」

從未見過這樣的餅，聞著香，吃起來更香，他有些心猿意馬。「老大，待會兒問問這書生家住哪裡？搶了他的娘子給您當壓寨夫人！」

老大輕笑一聲。「醜的老子可不要。」

老二一咬那脆餅，嚷道：「醜的老子要！」

老大敲了下他的腦袋，說：「就知道女人，還不快點翻翻他的路引在不在？」

老二叼著剩下的餅，又翻了一通，很快地在一堆凌亂的衣服中翻到了路引。

打開看了看，大字不認識一個，又翻了一下，再遞給老大。「老大，這小子有路引。」

「有就好，放回去吧。」老大回。

老二這才將路引重新塞回衣服堆裡，他們兄弟幾個啥都好，就是不識字。

想想還真有些羨慕這些讀書人，渾身氣質跟他們這些大老粗都不一樣。

沈峭出門撿木柴的時候，賊眉鼠眼的老三就一直跟著他，生怕他跑了似的，時不時在他身後發出兩聲怪笑。

沈峭一眼看出，這些人不是尋常走鏢的，十有八九是那跑路的胡匪。

那個老大很有可能就是胡通。

老二看著是個嗜血魯莽的人，身有蠻力，心狠手辣。

跟在他後面的老三一雙鼠眼滴溜轉，壞心思全在一雙眼睛裡，偶爾閃過凶狠的光。

至於那老四、老五，兩人面相看著像是老實人，若不是跟他們走在一起，他當真認不出他們是胡匪。

都說胡匪打家劫舍，無惡不作，也是這次朝廷剿匪的重要目標。

他落入他們手中，又是個手無縛雞之力的書生，恐怕是凶多吉少……

沈峭撿了一路柴火，就想了一路，眼看著離破廟越來越遠，老三突然出聲。「書生，你撿的柴火夠多了，回去吧。」

沈峭停住步伐，老三眼睛瞇了瞇，手指握住了刀柄。

他抱著柴火轉身，道：「好。」

沈峭回去的時候，一眼就看到自己被翻亂的包袱，面對四雙不懷好意打量的眼神，他面上裝作憤怒地問：「幾位大哥，小生的包袱這是怎麼了？」

老二的聲音像是被水潤過，沒有之前粗嗄，但是依舊難聽，他說：「書生，這可怪不得我們，你走之後，突然出現幾隻大耗子，把你的包袱翻成這樣，我們也是好不容易才把耗子給趕走的！」

說完，他舔了舔嘴角，感慨剛剛的脆餅真好吃，若是日日都能吃上，真可謂是快活似神仙。

沈峭面無表情地擱下柴火，翻了翻自己的包袱，發現裡面的東西幾乎全部都被翻過拿走，除了幾件衣服和路引。

他想到自己留著捨不得吃的餅，眼中暗光一閃而過，也幸好阿色提醒娘把錢分散縫進衣服裡，讓他不至於落得身無分文的下場。

他面無表情地把包袱收拾好，就連火摺子都被他們拿走了，他不得已只能用一根柴火去他們那堆火引了火過來，才重新生好一堆火。

真是匪賊，睜著眼睛說瞎話，竟把自己比喻成耗子。他們是看他一個瘦弱書生，覺得他手不能提、肩不能扛的，才會如此欺辱他。

沈峭的胸口起伏了下，卻也深知自己處境，不好正面與他們對上，只能智取。

老二當著沈峭的面，將從沈峭包袱裡翻出的饅頭遞給老三，老三拿著饅頭就開始啃。

老二訕笑道：「給你水，吃慢點，跟八百年沒吃過飯似的。」又瞧見坐在那邊文質彬彬、不喜不怒的沈峭，揚聲問：「書生，你是哪個村的？」

沈峭心中一緊，含糊地說：「就在北面不遠處。」

老二來了興致，屁股挪了過來。「北邊可是有好幾個村子，有祁連村，有范田村，還有張家村等等好幾個村子，你到底住在哪個村子啊？」

其實張家村本來是個大村，不過後來因為田地分配就以溝為界，用東、西兩邊分村了。東邊還是名為張家村，西邊則改名為鍾毓村，所以村子裡大多還是以張姓為主。這也是十幾年前的事，外地人不知道也在情理之中。

沈峭想糊弄過去，但是發現這賊匪對良州大大小小的村還挺熟悉，便知糊弄不過去，回道：「張家村。」

這張家村還能養出這細皮嫩肉的小白臉？

「張家村？」老二揚起了眉頭，又問：「你叫什麼名字？」

沈峭道：「坐不更名，行不改姓，小生張小良。」

老二點頭。「哦，張小良啊。」

沈峭反問道：「你叫什麼名字？」

老二回答。「名字都是虛的，叫我老二就成。」

就是連編都懶得編名字騙他了，沈峭心道。

老二跟查戶口似地又問：「你看著年歲不大，家中還有幾口人，娶妻了沒？娘子多大，有孩子沒？」

重點在於，娶妻了沒有，一般小白臉就喜歡好看的小娘子，不好看的他們都不樂意娶回家。

沈峭聽著便覺不對勁，謹慎地回答道：「家中僅有爹娘二人，小生一心苦讀聖賢書，還未娶妻，等日後中甲及第，再娶妻也不遲。」

老二把話給嚥了回去，心中隱隱覺得他是在騙他，那麼好吃的餅真不是他娘子做的？

「老二，過來，你別打擾人家休息。」胡老大喚他，打斷了他的問話。

老二這才把屁股又挪了回去，眼神示意地問，殺還是不殺？

胡老大悄悄搖頭，示意他少安勿躁，隨後看向沈峭說：「我們幾個兄弟的路引丟了，小良你應該是去府城參加鄉試的吧？能不能捎帶我們幾個兄弟一程？」

這些人居然想要進城？府城門口是要查路引的，沒有路引不給進城。

沈峭自然是有路引的，況且他來路明確，進出良州府城自然來去自如。

提到路引，他這才知道眼前這群人打的主意。

雖然沒有路引難以進城，但也不是全無辦法，正所謂有錢能使鬼推磨，只需進城檢查時，跟著有路引的人一同接受檢查，再塞點銀子打點，守城衛兵也就會睜隻眼、閉隻眼了。

畢竟每天進出那麼多人，即使是混進去一、兩個沒有路引的，只要不主動暴露，誰又能知道？

沈峭面露難色。「大哥，並非是小生不願幫忙，而是你們有五個人，小生怎麼可能私帶五人進城？」

見他沒有一口拒絕，胡老大忙說：「只要小兄弟肯幫忙，帶我一人進城便好，我的這些兄弟先在城外歇腳，等我進城安定下來，補回路引，再接他們進城也不遲。」

讓他帶個賊匪老大進城？

沈峭心中冷哼，面上卻不顯地道：「相逢即是有緣，想來丟掉路引也不是你們所願，小生願意相助。」

胡老大這才滿意地朝他笑了笑。「那就有勞你了。」

路引上標著他的體貌特徵，恐怕是他們自覺沒有一人與他身高、體型相符，這才使了下策，留他一命，讓他帶胡老大先進城。

這也說明，進城前他的性命暫時無大礙，但是進了城後，可就不一定了。

畢竟，他是見過這幾個人的，為了保險起見，進城之後，胡老大必定會找機會滅口。

不過，胡老大為什麼一定要進城？還是說，城裡有什麼人會接應他？

沈峭斂去眸中思緒，聽著柴火灼燒時噼哩啪啦的響聲，拳頭逐漸捏緊。

他答應阿色會讓她當上大官夫人，絕不會死在赴考的路上！

第三十四章　繡春刀

半夢半醒地睡了一晚，沈峭被那五個匪徒的說話聲吵醒。

原來，他們出去打了一隻野兔子，如今剝了皮放在架上炙烤，正商量著怎麼分食。

老二無疑是對胡老大最忠心的，把兔子腿拿給胡老大。

胡老大接過，說：「給小良留塊肉。」

老二先是嗤了聲，隨後有些不情不願地喊醒沈峭遞給他一塊兔肉。

畢竟，他們昨晚就將沈峭帶的乾糧分食一空，如果不給他吃的，怕是要餓暈在半路上。

沈峭也不矯情，接過後動作優雅地吃了起來，與旁邊五大三粗啃食兔肉的幾個男人形成鮮明對比。

胡老大經過一夜的休養，臉上也恢復了些氣色，問沈峭。「小良，你讀書多少年了？」

沈峭嚥下兔肉，答道：「十年。」

十年寒窗苦讀可不是隨便說說的，胡老大心中暗道可惜，可惜這書生遇見了他們，這十年書算是白讀了。看在他還算聽話的分上，到時候給他個痛快吧。

胡老大說：「趕緊吃吧，不夠我這裡還有，吃完我們早點趕路，你也想早點進城不是？」

沈峭應了聲。「好。」

聽到他這麼配合聽話，老二忍不住嘀咕了句。「老大，怎麼感覺這小子聽話得有些過分了？」

胡老大低聲道：「兩種可能，一是他已經察覺了我們的身分。」

他話音剛落，老二就捏緊刀柄，低聲道：「老子現在就去宰了這個兔崽子！」

胡老大拉住他的手臂，低聲道：「別衝動，我說過，他在我們手心，翻不出花樣來。」

老二這才放下刀柄，又問：「那第二種可能呢？」

胡老大沒好氣。「跟你一樣，傻。」

老二無語。

或許真如老大所說，傻吧，瞧他懦弱的樣子，明明知道他們昨晚翻了他的包袱，卻是連個屁都不敢放。

果真是，百無一用是書生。渾身沒二兩肉，做起事來，就是敢怒不敢言。

老二哼哼兩聲，眼神得意地瞧著沈峭。

沈峭恍若沒有察覺他們的打量視線。眼下便是拚演技的時候，他雖不是戲子，但為了活命，也不得不和這群匪賊演戲，好好周旋一番。

沈峭吃完兔肉，發現身上有了點力氣，便打量起那邊的五位盜匪。

他發現除了說過話的老二、老三外，老四、老五幾乎不怎麼說話。

老四任勞任怨地幹活，剛剛勤勤懇懇烤兔肉的就是他。老五是刀劍不離身，渾身透著股冰冷的殺氣，跟老二的戾氣不同，他的殺氣是從骨子裡散發出來的。

雖然他並沒有看到他們出手，但是他斷定，這幾人中恐怕是悶不吭聲的老五武功最高。

很快，那邊五兄弟分食完兔肉，紛紛拍了拍手掌，站起身來，催促沈峭趕路。

沈峭收拾好自己的包袱，跟上他們的步伐。

他們對這裡的地形似乎很熟悉，也不把他往官道上引，走的都是些崎嶇、彎彎繞繞的小路。

沈峭擦了把額頭的汗，回頭看了看在殿後的老五，轉頭快走兩步趕上前面胡老大的步伐。「大哥，怎麼不走官道，這路……小生從來沒有走過。」

哪知，胡老大哈哈一笑。「小良啊，我們五個還能把你拐賣了不成？這小路雖然難走，但是離良州府城近，往常三日路程，走這條道，只需一日。」

官道有府兵把守，這不知名的小路卻沒有人知道，看來這是要切斷他求助的機會。

不過，沈峭不會輕言放棄。

走了半日，沈峭感覺口乾舌燥，身體疲累，腹中空空，有些支撐不下去，便停下腳步，找了個大石頭坐下後，喘著粗氣說：「大哥，小生走不動了。」

老二轉過頭，沖著他罵道：「你這書生，才走幾步路？想當年，老子打……」

「老二！」胡老大喝斥一聲，阻止了老二的話。

老二撇開臉，不再看沈峭一眼。

胡老大走到沈峭身邊，語氣還算客氣。「小良，你是書生，的確比不上我們這些哥哥五大三粗的，要不你先歇歇，我們再繼續走？」

沈峭有些不滿地嚷嚷。「又渴又餓，小生的乾糧都被耗子給吃了，還怎麼走？」

把這群人說成是耗子，也是他們先挑起的，屬實活該。

老二聽了，又忍不住揮拳想要揍沈峭的樣子。

胡老大語氣微沈。「書生，你要是再不趕緊走，今晚可就要露宿野外，這林子裡不太平，時常有野狼出沒，你也不想被野狼給吃了，是吧？」

沈峭聞言，裝作害怕地嚥了嚥口水，隨後又梗著脖子說：「那小生要吃東西，沒東西吃，小生走不動！」

「早上不是給你兔肉吃了嗎？你餓死鬼投胎的啊？」老二罵道。

「就是，你吃的那塊兔肉原本是我的！」老三瞪他一眼。

老四沒說話，老五抱劍面無表情。

沈峭被說得紅了臉，但還是不服輸地說：「既然幾位大哥嫌棄小生累贅，不如就此分道揚鑣？」

老五的劍柄一動，似乎是在等誰的命令。

老二是最耐不住性子的，忍不住拎著沈峭的衣領威脅道：「書生，乖乖把你剛剛的話給老子給嚥回去！」

沈峭臉色一白，幾乎被掐著脖子，顫抖著嘴唇說不出話。

胡老大抓住老二的手臂道：「老二，別衝動，你快勒死他了。」

老二見沈峭快被自己給掐暈過去，這才不滿地鬆開手，鬆開後還嫌棄地道一句。「百無一用是書生。」

「咳！」沈峭緩了好一會兒，才說：「幾位大哥，小生跟你們打個商量。小生知道離這兒不遠處有處涼棚，我們去喝口涼茶，吃點茶點，等填飽了肚子再趕路可好？」

那處涼棚自然是支在官道上，為的也是來往路人停歇方便。

沈峭上次去府城應試的時候，就在那個涼棚吃過茶點，估計離這兒不遠，所以才有此一說。更重要的是，他與那老闆有過一面之緣。

胡老大沒說話，似乎是在猶豫。

老二直接開口。「老大，不行的，如果碰上……」

胡老大打斷他的話。「沒有如果，書生你既然餓了，去吃茶點便是，我還是讓老三跟著你去，怕你一個人不方便。」

他一個人有什麼不方便的？沈峭知道他這是要派老三來監視自己。

不過，這是唯一的機會，他自然毫不猶豫地點頭。「好，即使趕路要緊，但是填飽肚子更要緊，那涼棚小生是一定要去的。」

胡老大還是不敢出面，躲在不遠處，指使沈峭和老三去涼棚買茶點。

這涼棚沒有名字，老闆是個高壯大漢，他一人就撐起了這涼棚，一口鍋，兩張桌子，八條板凳，就是全部的家當。

既然要買東西，自然是要銀子的，然而沈峭的荷包被他們搜刮了去，現在要是拿出銀票，肯定就會暴露他還有錢被私藏起來的痕跡。

所以，他來之前，就毫不客氣地跟胡老大「借」了錢。

胡老大給了他幾個銅板，讓他和老三多買點茶點。

老闆見有客來，忙招呼他們坐下，這幾天因為剿匪的事，官道上的人少，他的生意都淡了不少，天天都見不到一個人。如今看到人來，自然是能有多熱情，就有多熱情。

沈峭和老三坐下後，他要了兩份涼茶，和十個饃饃，還將水壺遞給老闆，讓老闆將水壺裝滿涼茶。

老闆自然高高興興地為他們準備。

所謂茶點就是尋常的饃饃，自然不會有店裡的手藝好，麵皮有些硬，但是出門在外，有口吃的就不錯，哪裡還能在乎別的？

咬著粗硬的饃饃，他又想到了李姝色的餅。

阿色不常做餅，但是每次做的都很好吃，他覺得比縣城裡專門賣糕點的也差不了多少，這次出門，她特地給他準備足了路上吃的口糧，沒承想一朝被搶，他還落得隨時喪命的處境。

這麼一想，嘴裡的饃饃更加難以下嚥了。

老三催他。「小良，我們趕緊吃，老大還在等著我們呢。」

人哪有不吃飯的？只不過是他們這些盜匪餓慣了，能忍著罷了。

沈峭也能忍，但是這種情況，容不得他忍，他「嗯」了聲，加快吃饃饃的速度，眼光卻時不時瞟向老闆。老闆雖然健壯，但依舊不是五個匪賊的對手，他不能貿然出聲害了老闆。

但是，眼瞧著時間一點點流逝，他手裡的饃饃也只剩下最後一口，而老三已經喝完涼茶，擦起嘴巴，他不免有些心焦。

就在這時，不遠處響起噠噠馬蹄聲，沈峭像看見救命稻草般往聲音來源看去。

只見一匹黑馬疾馳而來，馬上男子披著身紅底黑袍，勁風獵獵，袍尾翻飛。

沈峭不動聲色地收回眼神，不知來者是何人，他的心驟然警惕起來。

老三也是謹慎地摸上刀柄，鼠眼幾乎瞇成一條縫，他舔了舔乾燥的唇角。

沈峭吃下最後一口饃饃，又慢條斯理地小口喝起涼茶，祈禱那馬兒跑得再快些，離得再近些。

「吁——」馬兒在涼棚前停下，黑袍男人翻身下馬，手裡的馬鞭隨性而動。

老闆立馬笑臉相迎。「客官，可要來杯涼茶？」

「來杯。」男人冷聲丟下兩個字，隨後揮動衣袍，在另一張桌子坐了下來。

沈峭抬眸看去的時候，發現男子正將腰間的佩刀放在桌面上，待看到那彎刀時，他瞳孔一縮。

雖然沒有親眼見過，但是書裡有提過。

只見那刀身有弧度，並且較一般腰刀短小，刀鞘上面繡有鞘裙，排穗織底。

此乃繡春刀！

他腦子「嗡」一聲。

陛下憂心良州匪患，便任命錦衣衛指揮使魏忠為欽差，數日前來良州剿匪！

那刀擺在桌面的那刻，不僅沈峭看到，老三也看到了。

老三沒有動，唯有眼睛死死地盯著沈峭。大有他若敢出聲，便一刀要他命的架勢。

沈峭不敢輕舉妄動，眼看就剩最後一口涼茶，他突然手腕一翻，將那瓷碗給甩了出去！

伴隨著「啪嚓」聲響的是他怒吼的聲音。「老闆，你做的什麼生意！這茶裡怎麼有石子？」

老闆被嚇了一大跳，以為他是要挑釁，端著給魏忠的茶水上前一步道：「客官，小人小本生意，誠信經營，絕不會把石子摻進茶裡賣！」

老三也被他這舉動嚇了一跳，拉著他的手臂，對老闆歉意道：「老闆，不好意思，我這弟弟，平時脾氣暴躁了些，這碗我們賠，你去伺候別的客人吧。」

隨後，又沈聲對沈峭說：「弟弟，突然發這麼大的火做什麼？既然已經吃完了，我們就走吧。」

老三一隻手拉著他的手臂，另一隻卻是握著刀柄，眼睛分明是威脅意味。

沈峭被他拽得生疼，臉色泛白，眼看生機就在眼前，他自然是不甘心就這麼走了。

魏忠也察覺到他們兩人的不對勁，這兩個人最不對勁的就在於，書生和粗魯漢子的組合，怎麼看、怎麼違和。

更違和的是，本應溫潤如玉的讀書人，此刻卻暴跳如雷，斤斤計較；而看起來不講理的漢子卻是開口有理，息事寧人。

這豈不是太奇怪了嗎？

秋闈之期將近，學子進城考試也不奇怪。這一路，他就看到不少類似書生這樣的學子。這邊，老闆將魏忠的涼茶放下，忍不住嘀咕了聲。「上次來也沒有這麼大的脾氣，這次不知道是怎麼了。」

這奇怪的話，讓魏忠忍不住側目，正巧對上沈峭的眼神。

書生長著雙好看的桃花眼，好似會說話般，不甘倔強，看他像看溺斃前的最後一根稻草。

這眼神，他實在見過太多了。

老三見沈峭老實了，便直接拉著他的手臂，冷聲道：「走吧。」

就在他們踏出去了第一步，慢悠悠地喝了口涼茶的魏忠突然開口。「慢著。」

第三十五章　獲救

老三腳步一頓，幾乎是瞬間，當機立斷地掀桌扯過沈峭，橫刀架在他的頸上！

冰涼的刀身貼著溫熱的肌膚，沈峭後脊爬上寒氣，桃花眼閃過驚愕。

老三在他耳邊陰沈開口。「魏大人，好久不見。」

魏忠冷笑。「宵小之徒，還不快速速就擒！」

老三刀身逼得更近，幾乎要嵌入沈峭肌膚裡，高聲威脅。「放我走！否則老子殺了這書生！」

魏忠只看了一眼沈峭，隨後便大笑出聲。「錦衣衛辦事，從來不計較代價，你放不放書生，結果都一樣，死！」

說完，突然出手，凜冽刀光撲面而來，老三咬牙，當即推開沈峭，腰刀對上繡春刀，擊出噼哩啪啦的劍花，應接不暇。

而那健壯的老闆早在沈峭被挾持的時候，跑了個沒影。

沈峭摸了一把脖頸，摸到了點血珠，好在割得不深，只稍微有些刺痛。

他沒跑，他還要等著魏忠。

只見那腰刀終究不敵繡春刀的威勢，連連後退下，老三被刺中胸膛，瞬間倒地！

魏忠刀尖指著他的鼻子問：「胡通呢？」

老三不服氣地吐出一口唾沫。「呸！」

沈峭突然開口。「小生知道在哪兒。」

老三倏地用狠毒的目光看向他，然而下一秒便被一刀割喉，死不瞑目。

沈峭的心突了下，到底是第一次看見殺人，他的唇角抖了兩下，隨即就恢復如常。

這個樣子，倒讓魏忠高看他三分，若是尋常書生，不談多失態，害怕到說不話來都是輕的，沒想到這書生還能泰然自若。

魏忠收起渾身的殺氣，走向沈峭道：「書生，帶我去找胡通。」

沈峭深吸一口氣。「好。」

那邊，胡通四人見沈峭和老三遲遲未歸。

老二最先忍不住。「老大，那小子不會跑了吧？」

胡通皺著眉。「老三機靈，看著他呢，他的包袱和路引還在這裡，能跑到哪裡去？」

老四的手裡拿著沈峭的包袱，裡面放著沈峭的路引，也是變相威脅沈峭。

一行四人正等得不耐煩，想要過去看看的時候，魏忠就帶著沈峭殺了過來，與四人直接對上。

四人忙緊張地握上刀柄，眼神陰鷙地看向魏忠和沈峭！

胡通咬牙。「好個書生，枉我如此信任你！」

沈峭不慌不忙地應聲。「你是胡匪，小生好歹讀過聖賢書，怎會與爾等為伍！」

「我呸！要不是老大攔著老子，老子早就一刀宰了你！」老二嚷道。

「你們只不過是想讓小生帶你們進城，才暫留小生一命，何必說得冠冕堂皇。等你們進城後，小生還能有命在嗎？至於信任，你們拿著小生的路引，還敢大言不慚地說信任小生？」沈峭怒道。

「書生嘴巴厲害，老子說不過你。」老二哼哼。「正巧魏忠也在，新仇舊恨，一併來算！」

遇到他們，想必老三已經遭遇不測，但他們還有四人，四對一，那個書生暫且不算，誰有勝算還說不准！

魏忠上前一步，朝沈峭喊道：「書生，躲好。」

沈峭略一拱手，便默默退出戰場。

果然如他所料，平時悶不吭聲的老五武功最高，當胡通等人都敗下陣來的時候，他還挺著。

頭個被一刀斃命的是老四，他的武功比老三還不如，堪堪接了幾招，就露出破綻，被魏忠逮住機會一刀結束了性命。

胡通受了重傷，慢慢地也堅持不住，當魏忠的刀刺向面門的時候，老二撲到他面前，替他擋了致命一刀。

胡通悲痛欲絕地喊道：「老二！」

老二拚著最後一口力氣，朝著老五喊道：「帶老大走……」

老五揮出一手漂亮的劍花，暫退魏忠，一把拉起胡通的手臂說：「老大，走！」

胡通親眼看著老二在他眼前嚥了氣，然而自己胸前的傷口再次裂開，開始頭暈目眩，咬牙道：「我們幾個兄弟總得要活一個！」

他惡狠狠地盯著魏忠說：「老五，一定要給哥哥們報仇！」說完，「啊」一聲，提刀砍向魏忠。

幾乎是自殺式的砍殺，抱著必死的決心，為老五拚出一條生路。

看著繡春刀穿過胡通的身子，老五渾身一震。

胡通吐出一口血，死抱著魏忠的身子，還不忘朝身後的老五喊道：「走！」

老五冷冰冰地朝沈峭看了眼，隨後捏著刀柄，含恨逃離。

直到胡通嚥下最後一口氣，魏忠才恨恨地踢開他的身子，面無表情地擦了擦刀上殘留的血漬。

沈峭看著滿地的屍體，幽幽嘆口氣，從地上撿起自己的包袱。

這時，魏忠喊了他一聲。「書生，你叫什麼名字？」

沈峭回道：「小生沈峭。」

魏忠又道：「回城？我的馬在涼棚那兒，載你一程？」

沈峭本想拒絕，魏忠補了一句。「要是那老五殺回來，你可招架得住？」

沈峭嚥下拒絕的話，微一拱手。「那就有勞大人了。」

「你也不必憂慮，我會讓州牧發海捕公文，緝拿那逃跑的老五，想來那老五勢單力薄，只怕是要找個地方躲起來，不敢隨意出來作亂。」魏忠道。

話雖然這麼說，但是老五逃跑前的最後一眼，還是讓沈峭心底生寒，頓覺不安。

魏忠殺了賊首，逃跑了一個人對他影響不大，想著待在這鳥不拉屎的地方三個多月，如今終於要回京，心中鬆快，和沈峭交談起來。

「你是哪個村子的？進城是不是為了秋闈？」

沈峭回道：「小生乃鍾毓村人，此去府城，的確是為了秋闈。」

「鍾毓村？」魏忠來了興趣，又朝著沈峭看了一眼。

沈峭只覺莫名。「大人，為何如此看小生？」

魏忠道：「你們村子可是前些日子出了個公主？」

有這麼大的熱鬧，當時卻沒有瞧見這書生去看。

魏忠當時雖隱在暗處，但洞若觀火，可是將每張村民的臉都瞧了個遍。

沈峭應道：「是的，大人。您說的可是張家素素？」

「現在是昭素公主了。」魏忠心中有疑慮，便又問：「你與她可相熟？」

沈峭老實答道：「村子小，抬頭不見低頭見，張二叔家對小生家裡多有照顧，所以相熟。」

魏忠陡然來了興趣。「想不到啊，你瞧著比公主也大不了幾歲，你們可以算是青梅竹馬吧？」

沈峭聞言，忙道：「小生不敢高攀公主，若論青梅竹馬，小生與娘子才算是。」

魏忠眼中閃過一抹震驚。「瞧你未及弱冠，已經娶妻了？」

「嗯，父母之命，」沈峭頓了下，補道：「又有青梅竹馬之情，能娶到娘子，是小生畢生之幸。」

魏忠聞言，不免有些牙酸，但一想到家裡的母老虎，前些日子還來信問他，怎麼這麼久還不回京，莫不是被狐狸精迷了眼，樂不思蜀？

拿到信封，陡然心中一緊，日夜搜尋數月，今日碰到書生，才能夠滅掉賊首。

魏忠不免感慨了聲。「年輕就是好啊。」

曾幾何時，他家夫人也是溫婉柔情，如今回想起來，甚是懷念。

「你好好考，不要辜負你家娘子對你的期待。」

沈峭答道：「嗯。」

魏忠牽著馬繩，先自己上馬，然後伸手，拉著沈峭上馬。

沈峭沒騎過馬，身子有些緊繃，魏忠瞧出來了，有意放慢速度。

沈峭漸漸放鬆心神，適應馬的速度。

魏忠拿著轡繩，又問：「前些日子，貴妃娘娘去鍾毓村接回公主時，排場很足，你可看了？」

沈峭回道：「沒有，不過後來娘子與小生描述過。」

「你們村子裡的人不好奇，公主是怎麼被認出來的？」魏忠笑咪咪地問。

其實接回公主，甚少有人知道玉珮內情，但是既然沈峭剛剛說了，他家和張家交好，想來張家會與沈家道出其中緣由也不一定。

沈峭原本對這個不感興趣，但是魏忠這話問得蹊蹺，便道：「好奇，只不過當時張二叔家走得匆忙，所以就留下了這道謎題。」

張家居然沒有把玉珮的事對外人道？這其中是否有隱情？

魏忠道：「其實也沒什麼，不過就是一枚玉珮。對了，你既然與公主一同長大，有沒有見過她佩戴過塊鳳凰玉珮？」

若是從小佩戴，那沒什麼可疑。若是突然冒出的玉珮，那就有幾分可疑了。

最主要的還是貴妃對公主的態度，這幾個月來，說親近也不見得，說不親近也的確是寵著，畢竟是唯一的女兒。可是陛下還是讓他繼續留意，具體留意什麼也沒說，好似有沒有結果也不放在心上，就提了一嘴。

但是魏忠卻放在了心上，食君祿，就要為君分憂。

鳳凰玉珮？

沈峭的腦海深處突然閃過一道光，回說：「沒有注意過。」

魏忠不再問，跳過這個話題。

沈峭卻皺起眉頭，他從未見張素素佩戴過什麼鳳凰玉珮。倒是阿色，當年撿回她的時候，她的襁褓裡就放著一塊玉珮。

記憶有些久遠，他記不太清了，只依稀記得好像正面刻著字，背面刻著什麼圖案。

後來，他發過一場高燒，就再也沒有見過那玉珮了。

等考完回家，可以問爹娘，阿色的玉珮應該是由他們收著。

晚間，馬兒跑到了城門口。

本來城門已關，但是那守門的見來者是魏忠，忙不迭地打開城門迎他進去。

在城門處下馬，沈峭與魏忠告別。

一天相處下來，魏忠發現這書生是個不錯的苗子，若是以後高中，想來還有可能同朝為官。

魏忠祝福了句。「好好考試，明年京中等你。」

「謝大人吉言。」

當威脅良州最大的賊首胡通被殺的好消息，傳到鍾毓村的時候，全村無不歡欣鼓舞，村長更是當場宣布，所有臨時抽調的壯丁各回各家，無須晚上再守著村子了。

沈家人都鬆了口氣，這意味著良州匪患已解，百姓以後可以安居樂業，隨意出行，也意味著沈峭會平安進府城，平安鄉試，順利回家。

李姝色再次虔誠地上香，謝觀音的庇佑，如今她等著沈峭歸家便是。

估算著日子差不多的時候，一日晚間，院子的門被推開，走進來一抹頎長的身影。

李姝色定睛一看，正是沈峭，當即娉婷身影撲向了他。

沈峭伸手接住她，原地轉了個圈，才慢慢將她放下。

李姝色趴在他胸口，耳尖泛紅地低聲說：「回來就好。」

日夜兼程地趕回來，就是為了早日抱上懷裡的軟玉溫香，如今抱在懷中，那股飄忽不定之感才漸漸落在實處。

他，想她想得快要發瘋。

沈父、沈母聽到動靜，出來的時候，就看到眼前兩人相擁的一幕。

李姝色臉皮薄，當即就退出他的懷抱，有些不好意思地對沈父、沈母說：「爹，娘，夫君回來了。」

沈父、沈母也是喜出望外，三人簇擁著沈峭回了家，問起考試之事，沈峭只淡淡回了兩個字「尚可」。

李姝色知道，大佬謙虛，說是尚可，恐怕解元已是囊中之物。

在沈峭外出考試的時間，她閒來無事，又研究了蛋糕和涼皮，等他回家，忙迫不及待地進廚房做給他吃。

第三十六章　圓房

房間裡留下沈家三口人，沈母將他包袱裡的衣服拿出來洗，發現他常用的荷包居然不見了，有些奇怪地問：「峭兒，你的荷包呢？怎麼錢用光，荷包也不見了？」

沈峭面不改色地說：「許是不小心丟了吧。娘，去府城開銷大，所以我就把您藏的錢幾乎全用光了。」

沈母倒是不在意這個，府城自然不比農村，處處都要花銀子，幸虧帶的銀票夠，否則兒子得吃苦了。

沈母也不糾結，拿著衣服就往外走，替兒子清洗換下的衣物。

沈父臉上也是輕快的，且不談這考試結果如何，兒子平安歸來已經讓他放心不少。

但是沈峭心中一直有個疑問，便直接問：「爹，我記得當年您在嶼君山撿到阿色的時候，她的襁褓裡放著一塊玉珮？」

沈父眉間一凜，隨後嘆了口氣。「是啊。」

沈峭接著問：「那塊玉珮呢？兒子有些忘了它的樣子，能給兒子看看嗎？」

沈父卻是奇怪。「怎麼好端端的，問起玉珮的事？」

「就是好奇，突然想到了。」沈峭如是說。

沈父又是嘆了口氣。「這件事到底是我們兩個老人對不起色兒。」
沈峭心中一突。「什麼？」
沈父又道：「這件事你先別跟色兒說。當年你高燒不退，那時沒有銀子去給你請大夫，就把色兒的玉珮給賣了。」
沈峭面露驚訝。「賣了？」
他還想著怎麼自己高燒好之後，就再也沒有看見那枚玉珮，原來是父母為了給他治病把它賣了。
沈峭腦中有什麼東西一閃而過。「所以這些年，爹娘對阿色的好，全是因為愧疚和補償？」
沈父被兒子這麼一問，先是愣了愣，隨後才開口答道：「倒也不全是。你也知道，色兒小的時候，乖巧可愛。我和你娘只有你一個兒子，沒有女兒，所以是真心將她當親生女兒看待的。只不過，後來她越來越不知分寸……我和你娘也是一忍再忍，看在她的玉珮曾經救過你一命的分上，從不對她苛責半分。但是今年她又變了，變得懂事得體，又和你相處和諧，我們自然當兒媳婦來看待，卻又比兒媳婦多了幾分對女兒般的關愛。」
沈峭明白爹娘對阿色的態度改變，他又何嘗不是呢？
他點點頭，問：「是在縣城典當了嗎？」
「沒有，那時是晚上，急著用錢，哪裡還能跑到縣城裡去典當？只能賣給張二哥家，他家那時不比現在，張二哥那時打獵賺了不少錢，手頭寬裕，最主要的是，那枚玉珮也入得了他們的眼。」

所以那個時候，張二哥才會毫不猶豫地就買下它，不過那玉珮的確成色不錯，若是張二哥不肯買，他沈家照樣可以賣到村頭的張地主家。

沈峭聞言，急道：「爹，那枚玉珮長什麼樣子？」

沈父眼中露出回憶之色。「正面刻著一個字，好像是『李』字，背面刻著圖案，那圖案精妙絕倫，活像一隻栩栩如生的鳳凰！」

沈峭聞言，心中一驚，耳旁響起魏忠對他說過的話，讓他心神俱震。

他的喉頭動了動，問：「爹，您又不識字，怎麼知道那是個『李』字？」

「是剛抱回來的時候，讓村裡給你開蒙的老秀才看過。要是不知道她姓李，她不得跟我們家姓沈？」

沈峭眉間一挑。「不是說，是阿色的襁褓繡著個『李』字嗎？」

「她剛抱回來不久，你就發了高燒。賣掉玉珮之後，我們夫妻自覺對她有愧，怕日後她問起身世，我們便謊稱是襁褓繡著的，其實不然，是根據玉珮取的。」

沈峭心中隱隱有個猜測，也許真正的公主不是張素素，而是他家阿色？

他緊緊捏著拳頭，問：「爹，您知道他們是怎麼認出張素素的公主身分嗎？」

「不知道，」沈父老實道：「這件事只有他們張家知道。他們守口如瓶，我們這些外人怎麼會知道？」

「那你們就沒有想過，贖回玉珮嗎？」沈峭追問。

不提這個還好，一提這個沈父還生氣呢！

「你以為我們不想？自從色兒賣方子賺回銀子後，我就找了張二哥要贖回玉珮，可他無論如何就是不肯說出玉珮的下落，還糊弄我，一天一個說詞，最後還說那個玉珮已經被砸碎了。唉，如今他們一家去了京城，要想再贖回玉珮就更難了。峭兒啊，這件事你可千萬不要跟色兒講，以免色兒失望。現在為父就盼著你去京城參加會試的時候，能夠去尋那張二哥，把玉珮的下落給問出來。」

若是沈峭今日沒有此一問，沈父也要說出口，因為他對沈峭有信心，相信兒子定能考上舉人，去京城參加會試，這樣同在京城，沈峭還有可能與張二哥碰面，問出玉珮的下落。

沈峭明白沈父的意思，點頭說：「好，若是我日後去京城碰到了張二叔，定會問出玉珮的下落。」

阿色啊阿色，妳到底是什麼人？

若魏忠所言非虛，妳豈不是貴妃的女兒，當今天子的掌上明珠，小公主？

沈峭喉嚨有些發澀，這些訊息太過巨大，如今玉珮在張家手裡，而且張素素已經被所有人認定是公主，他若把心中猜測說出去，就是害人害己。

況且，他還沒有驗證魏忠是不是在誆他。

所以不能急，一切等到京城，再慢慢調查阿色的身分也不遲。

他問：「爹，那日貴妃接回張素素的時候，您不是去看熱鬧了嗎？」

「是啊，」沈父有些莫名。「你那日在家讀書，錯過了這等熱鬧。」

「那您也看到貴妃娘娘了？」

「是，貴妃娘娘天人之姿，為父慚愧，只敢看一眼。」

沈峭接著問：「那父親覺得她和阿色長得像嗎？」

「啊？」沈父一頭霧水地看著他。「峭兒，你什麼意思，她和色兒有什麼關係？」

「那不問阿色。張素素和貴妃像嗎？」

沈父笑了。「既然張素素是她親女兒，那自然是像的……吧？」

說到後面，他也有些不確定了。

他腦中閃過貴妃的臉，竟恍惚覺得，原來和貴妃長得像的人不是張素素，而是色兒？

他被自己這個想法嚇出一身冷汗，忙擦了擦額頭的汗珠。

這怎麼可能，那可是皇家，天下間最重視血脈的家族，還能認錯人不成？

沈峭知道在沈父這裡問不出什麼來了，便住了嘴。

但透過這次對話，他瞭解到不少東西，只不過有些疑問還要等到他去京城驗證一番，否則就是胡亂猜測。

這時，李姝色端著涼皮進來，放到沈峭面前道：「夫君，趕路辛苦，定是餓了，快來嚐嚐我新做的涼皮，看看味道如何？」
沈父也在一旁道：「是啊，你趕緊嚐嚐，色兒的手藝越來越好了。」
李姝色在家無事，所以經常研究吃食，本來自己就是個吃貨，等研究夠了，日後用來賺錢也行。
沈峭深深地看了眼李姝色，在她期待的眼神中動了筷子，心中卻是忍不住在想——
若阿色真是公主，他待如何？
難不成陛下還能將公主嫁給他這個一無所有的窮書生嗎？
恐怕，不能。
可無論如何，阿色已經是他的妻，即使她是天上的仙女，他娶也娶了，這一輩子都是他的人，不管何人，都不能將他們給分開。
李姝色見他嚥下第一口，眼睛亮晶晶地問：「味道如何？」
「甚好。」
李姝色嘴角一彎，她就知道，他喜歡吃。隨後，高高興興地轉身道：「我去喊娘一起吃飯。」
沈峭卻是看著她的身影，覺得再好的美食都食之無味。
他飽讀聖賢書，自詡品行高潔，從不有失，但是此刻，他卻有一股想要拋卻聖人教導，任由自己的私心一點點壯大。

他，不能失去阿色。

永遠都不能。

吃過晚飯後，李姝色燒了熱水。

經過幾個月的奮鬥，她終於學會怎麼生灶火，以及控制火勢。

在古代，洗澡絕對不是方便的事，畢竟這裡沒有熱水器，也沒有花灑，只能自己燒水，然後放水進浴桶裡洗。

等燒完水，夜幕降臨，李姝色才端著水盆進房間。

好在房間夠大，可以用簾子隔開一個小隔間，她往常就是在那個小隔間裡洗澡。

又因為房間少，所以沈峭讀書用的案桌也是用簾子隔出一間，靠牆處擺著書架，上面整整齊齊擺放著他的書，當然，還有一小塊李姝色練字用的字帖。

李姝色舒舒服服地坐進浴桶的時候，沈峭看書的眼睛往那邊瞟了一眼。

隨後又聞濺起如翠珠般的水花聲，聲聲入耳，彷彿有熱風在耳邊吹過，讓人心神一蕩。

書中的字就再也未曾入眼，桃花眼眸光暗了幾分。

李姝色儘量控制洗澡的聲音，深知沈峭讀書時，向來沈迷其中，兩耳不聞窗外事，所以就沒有想過其他，用自製的香皂擦洗身子。

這是她新研製的一款，裡面她還摻了桂花香，比之前的普通香皂要好聞幾分，她比較滿意。

待沐浴完，李姝色站起身子，隔著的簾子上倒映著她風姿綽約的身形，再聞幾聲水滴響，可以想見那晶瑩剔透的水珠是如何從她的雪膚上滑落，隱入水中，又或是從她手臂墜落，平白在水面砸出跳躍的水花。

那必定是極為炫目的場景。

昏黃的燭火，曖昧的影子，碰撞的水聲。

沈峭心念一動，撩開簾子走了進來。

正在穿衣的李姝色被嚇了一跳，捂著胸口有些不知所措。「夫……夫君？」

「可洗好了？」他聲音沙啞。

「洗好了。」李姝色撩開簾子，頗有幾分落荒而逃的窘迫。

往常都是她洗好，他再給她倒水，這次怎麼突然這麼急？

李姝色捂著怦怦跳的心臟，掀開被子上了床，突然聽見水聲，眼睛往那邊看去，才發現是沈峭進了浴桶。

她臉上有些發熱地偏過身子，他怎麼用她的洗澡水？

不……不嫌棄嗎？

正閉著眼睛，將將要睡去的時候，燭光熄滅，身旁多了一個滾燙的身軀。

李姝色不由得往裡面躲了躲，卻冷不防地被他一把箍著腰，陡然壓在身下。

她正在裝睡裝不下去了，睫毛顫抖著睜開眼，不染而朱的紅唇動了動。「夫君，怎麼不睡？」

「娘子。」

沈峭低下頭，灼熱的呼吸全部呼進她的耳朵裡，燙得李姝色渾身一震。

「嗯？」黑暗中，李姝色眼睛陡然瞪大。

「我們圓房吧。」他說。

短短五個字就將李姝色炸了個外焦內嫩。

圓……圓房？等等，怎麼好端端地要圓房？

哦，是了，他們還沒有圓房……

重點不是這個！重點是，為何要今晚圓房？

李姝色緊抓著胸前的衣服，連呼吸都感覺不是自己的了。「我……我還沒有準備好。」

「娘說，」沈峭今晚似乎有種別樣的固執。「妳來癸水，就等於長大了。」

雖然，古代和現代不一樣，但是……她還沒有準備好，況且她也才來幾次癸水啊！

李姝色聲音顫顫。「能不能再等等？我還沒有心理準備……」

「何須準備？一切交給為夫就好。」

他的話像是在誘騙不諳世事的小姑娘幹壞事，明明長著一張禁慾的臉，此刻眉間的隱忍之色呼之欲出，桃花眼尾都染上幾分動人的緋紅。

若是李姝色能看到的話，當真會為此心驚。

沈峭的心思一向活絡，之前不碰，是因為他自信，自信李姝色會愛上他，會留在他身邊，哪裡也去不得。可是現在，他不確定了，他現在一心只想得到她，況且他們本是夫妻，這不是尋常事嗎？

同床共枕這麼多個月，李姝色要真說不知道弟弟身體的變化，那是假的。

一開始，他的確是心無旁騖，但是後來，特別是夏天，她完全能夠感受到他溫熱的肌膚下流動的滾燙熱血。

她一心覺得，只要他不挑明，她得過且過便好。

可是如今，他突然挑明，她當真有幾分不知道怎麼辦了……

正胡思亂想著，沈峭的吻已經從她的耳垂，一點一點向下，來到她的紅唇處，沒有一絲猶豫地吻住，輕易地撬開牙關，長驅直入。

李姝色的手心幾乎汗濕，揪著胸前的衣服不肯撒手，彷彿是無聲的拒絕。

然而等頭暈目眩之際，卻是手腳發軟地鬆開，被他輕巧拿捏，抵在頭頂。

這不是他們的第一個吻，只不過與上次不同，這次她感覺完全沒有招架的餘地，死死地被他壓住。

終於放開她的唇時，沈峭伏在她頸間，語氣近乎癡迷。「阿色，妳好香。」

一句話，就讓李姝色呼吸急促，血液逆流，她難耐地用膝蓋抵住沈峭的身子，說話都不俐落了。「下、下次吧……」

說話間，那層在沈峭眼中極為礙事的衣物，已經從主人的身體滑落，他迫不及待的手指流連向下，丈量她的曼妙身形，他說：「為夫，會輕些。」

說輕些，都是騙人的！

李姝色的眼眸像是被水洗過般，顫顫巍巍的睫毛掛著幾滴淚珠，眼尾泛紅。一次過後，沈峭愛憐地吻了吻她眼角，安慰道：「夫君最疼妳了。」

李姝色委屈兮兮。「騙人。就知道欺負我……」

「不騙妳，這次讓妳壓著我，讓妳欺負回來可好？」沈峭語氣透著認真。

剛剛，可不就是他壓著她，做盡孟浪之事？

李姝色聞言有欺負回來之意，又想著自己怎麼能輸給弟弟，便不服地應道：「好。」

沈峭心念一動，握著她的腰，翻了個身子，將他們的位置對調過來。

李姝色有些難受地皺了下眉，還能察覺幾分不對勁，沈峭就放開放在她腰間的手說：「來欺負為夫吧。」

大騙子！

李姝色再次上了沈峭的當，新長出的指甲，狠狠地在他背後留下幾道抓痕，算是無聲地洩憤。

比上回更加累人，李姝色半點沒吃到好，倒吃了好一頓苦頭，終於在他肩頭可憐兮兮地出聲。「夫君，不欺負你了……」

實在是太可愛，太合他心意了，沈峭初嚐情愛滋味，便像是著了魔般，不肯放手。

可聽見她說得實在委屈，便抱著懷裡的小佳人躺好，手指摸了摸她冰涼如水的頭髮，心裡卻是軟得一塌糊塗。

他微喘道：「那換為夫伺候妳吧。」

第三十七章　吃排頭

第二天，日上三竿，李姝色才睜開眼睛，渾身痠痛得像是剛跑完三千公尺。不，她跑三千公尺都沒有這麼費勁過。

撐著腰坐起來，感覺身下有些清涼，她暗道，沈峭還算有些良心，還知道替她清洗一下。

掀開被子，目光所及之處，到處是昨晚放浪形骸的痕跡，李姝色忍不住伸出手指，輕輕觸碰了下便疼得皺起了眉，更遑論腰間明顯的指印。

他昨晚居然使了這麼大的力氣！

其實李姝色本就膚白嬌嫩，輕輕磕碰都能瘀青好幾天，稍微用力自然就會留下痕跡。

說到底，還是這副身子太嫩了。

即使沈峭再怎麼克制，到底血氣方剛，面對這嬌嫩的身子，又能克制到哪裡去？

李姝色兩頰緋紅，捏著拳頭，發洩般地捶了下他的枕頭，罵道：「混蛋！今晚就分床睡！」

可是，這裡只有這一張床。

李姝色咬牙。「不對，讓你打地鋪睡！」

穿衣漱洗後，看到沈峭正在院中和沈父劈柴，這大約是他鍛鍊身體的方式。
李姝色一眼就看見了他虎口處的咬痕，眼睛有些不自然地轉開。
雖然東、西廂房隔著一間房，但是古代的隔音不一定多好，所以她只能咬著下唇，以防聲音傳出去。
沈峭見她臉皮薄，不肯出聲，便將手指伸給她咬，她一把抓住，毫不猶豫就咬下去，也不知道咬在哪裡。等大汗淋漓鬆開的時候，就毫不留情地把他的手拋開，如今一看，才知道竟然咬在他的虎口處。
李姝色美眸狠狠地瞪他了一眼，他這人怎麼還堂而皇之地將傷痕給亮出來，就不怕別人看到嗎？
沈峭接收到她的眼神，喉結滾動，想到昨晚那銷魂滋味，便略有深意地看回去。
李姝色被他這一眼看得頭皮發麻，忙去找沈母。
找沈母告狀？才不是，她可開不了這口！
她是想問，家裡還剩多少銀子，明年三月便是會試，也不知道沈峭此去京城，銀子還夠不夠。如果不夠，她可以試試去縣城賣香皂，應該能受到人們的喜愛。
畢竟，沈峭昨晚都說香了。
這一問，才知道沈峭此去府城並沒有花多少銀子，況且沈母持家又素來節儉，所以銀子還剩四百多兩。

李姝色一聽，有些驚訝，怎麼感覺這錢還花不完了？

的確，不幹什麼翻修房屋的大事，是有些花不完。

況且，李姝色也不提翻修這事，是因為等沈峭考取狀元，大概會留在京城當差，那麼他留在京城第一件事，當然是將父母接到那邊享福啊！

沈母、沈父未必肯去，但是不去的話，沈峭會在背後被戳脊梁骨，說他不孝。

為了這一層，沈父、沈母必然是要動身去京城。

而她，因為是沈峭的妻子，也必是要去京城。

正是考慮到這些，她才想把一些賺錢法子留到京城再大展拳腳。

先是賣設計圖賺得第一桶金，再盤下鋪子開成衣店，等盈利了，再置辦香皂、脂粉、香水的買賣。

總之，她不貪多，也餓不死，心裡的主意打得噼啪作響。

永壽宮。

花嬤嬤進來的時候，貴妃正在對鏡描眉，峨眉遠黛，她描得極認真。

花嬤嬤走到她跟前，開口道：「娘娘，宮裡剛剛傳來消息，虞美人有喜了。」

貴妃描眉的手一頓，看了她一眼。「哦？」

「一個月前，陛下有寵幸過她一次。」花嬤嬤小心道。

貴妃聞言，卻是笑了。「陛下臨幸誰，不是尋常事？」

花嬤嬤卻道：「娘娘，您就打算這麼一直和陛下鬧矛盾下去嗎？奴婢只怕是便宜了旁人。」

貴妃又仔細修了修眉尾，見兩邊對稱後，才滿意地放下眉筆道：「都是陛下的孩子，何來便宜之說？再說，宮裡十幾年沒有孩子出生，也該熱鬧起來了。」

說來也是，自小公主誕生後，宮裡就不知是怎麼了，再也沒有孩子誕生，即使有妃子懷了，也會意外小產。

便有傳聞指稱貴妃娘娘失去小公主，嫉恨在心，見不得別人生下孩子，於是暗下殺手。

由於苦無證據，只能猜測，而且這猜測說得煞有介事，不像是空穴來風。

花嬤嬤也聽過，還委屈自家貴妃居然揹了這麼大的黑鍋。

別人生不生得出孩子，關她家貴妃何事，怎麼屎盆子就往她家貴妃頭上扣？

花嬤嬤道：「陛下已經有月餘沒來咱們宮裡了，娘娘，您就真不著急？」

貴妃的語氣有些無所謂。「他要是想起本宮，自然就會過來，若是想不起來，本宮著急又有何用？」

花嬤嬤咬牙。「都怪那昭素，若不是她家人不檢點，做出那樣的事，還連累娘娘向陛下求情，被陛下斥責，娘娘也不至於被冷落這麼多日。」

這事說來也簡單。

就是張家人跟來京城後，富貴迷人眼，留宿客棧一段時間後，便有了想要定居的心思。可是，他們哪有錢買房，便使了手段聯繫昭素，昭素自然不會坐視不理，於是自掏腰包買了房子給他們。

但這種事情一旦開了口，張家人就像一條瘋狗般咬住昭素，再也不鬆口了。不是要這個，就是要那個，昭素能解決的就都給解決，但是她總有解決不了的時候，便只能找到娘娘了。

這不，張家那二寶就因在青樓狎妓時，跟禮部尚書的兒子鬧起來，兩個人一言不合就開打，旁人攔都攔不住，最終那二寶居然把尚書的兒子打成重傷。

禮部尚書知道此事後，豈能容忍，即使知道他張家是昭素公主的養父母家，也毫不留情地將張二寶下了大獄。

那日，昭素就哭哭啼啼地跑到娘娘跟前，求娘娘一定要救救她二哥，還向娘娘差點磕破頭。

娘娘頂著昭素生母的名頭，這件事即使是不想理也得理，當即就拿著親手做的糕點奔向養心殿。

而禮部尚書和皇后那邊有瓜葛，所以娘娘去的時候，皇后也在。

其中拉鋸暫且不論，事情結果就是，陛下有段時間沒有來永壽宮了。

但若說不再搭理娘娘，送過來的賞賜也沒斷過，雖然指名道姓是送給公主，但是明眼人都能看出，那衣服、緞子不符合公主的年紀，就是賞給娘娘的。
君心，到底難測啊。
貴妃臉上看不出喜怒，她站起身道：「走吧，去給皇后娘娘請安。」
花嬤嬤嘆了口氣，這次過去，估計娘娘得吃點排頭……
貴妃到的時候，六宮皆在，世事變遷，斗轉星移，誰能想到向來寵冠後宮的貴妃，如今竟然失寵？
況且虞美人又懷孕了，日後陛下的心思大概多放在她身上，如果再生下兒子，母憑子貴，虞美人本身又貌美，日後受寵的人是誰就很難說了。
所以，這次六宮看向貴妃的眼神就很微妙，更有明擺著不屑的人光明正大地說：「貴妃來得真早，皇后娘娘與嬪妾們都說話好一會兒了。」
開口的自然是淑妃，雖位分在貴妃之下，但是奈何背後有皇后撐腰，向來不把貴妃放在眼裡。
那邊，虞美人摸了摸還沒顯懷的肚子，笑道：「淑妃姊姊真愛開玩笑，這哪裡是真早，分明是真晚，再晚一會兒，恐怕大家都要散了。」
今非昔比，她可永遠都記得那日，貴妃搶走陛下，讓她成為六宮笑柄的一夜。如今她翻身，懷了龍種，面對貴妃，自然會少幾分敬畏。
要是她能生下個皇子，貴妃只不過生了個公主，她的身分可不比貴妃更貴重？

貴妃向皇后行禮後，在左上首坐下來，撫了撫鬢角，開口道：「姊妹們不是還沒散？只要沒散，本宮來得就不算晚。」

虞美人接話道：「貴妃娘娘說得是，只不過您之前都是拿陛下做藉口，怎麼今日不用啊？」隨後彷彿想到什麼，捂住嘴巴說：「妾身忘了，昨日陛下並沒有留宿在永壽宮，瞧臣妾這記性，正所謂一孕傻三年，想來貴妃娘娘不會介意的吧？」

貴妃眼神淡淡地瞟她一眼。「無礙，若是陛下昨夜留宿在妳宮裡，想來妳也不會說這話了。」

虞美人臉上笑容一滯。

虞美人旁邊的芳美人對她道：「虞姊姊，妳想要見陛下，還不是易事？陛下還沒下朝，要是下了朝，肯定會先去妳宮裡的。」

皇后嘴角扯出一抹笑。「本宮已經將妳懷孕的消息告知陛下，想來陛下得到消息，必定高興，妳且在宮裡安心等著陛下便是。」

虞美人面上一喜道：「是，謝娘娘。」

她也是今早吃早飯時突然有嘔吐感，身邊有經驗的嬤嬤趕緊請太醫來，才知道她遇喜已有月餘。

很快地這個消息就傳遍六宮，而陛下正在早朝，估計下朝就能得到消息。

皇后臉上笑容不變。「不必謝本宮，到底是妳有福氣，陛下少去妳宮裡，妳這胎來之不易。要是真論謝的話，妳得謝謝貴妃才是。」

虞美人有些不解，瞪大了眼睛。「娘娘，這是何意？」

「小公主被刺客偷走後，宮裡就沒怎麼傳出好消息了。本宮想到小公主出生那日，天空有祥瑞之兆，那時國師還未離宮雲遊，就給小公主算了一卦，說是小公主的運道可興大魏。如今想來，小公主找回來，妳就有喜了，可不就是應了這句話嗎？」

眾人聞言，先是不解，後來慢慢就品出味來了。

什麼叫興大魏？公主只是女子，若是男子，將來還有繼位，興盛大魏的可能。

既為女子，又如何興大魏呢？

皇后娘娘說，小公主被偷走後，宮裡就沒有新生的孩子，如今小公主一回來，虞美人就有喜了，興大魏可不就是這個興法？

而深度瞭解便更知道裡面的門道。貴妃因為小公主養家的事向陛下求情，被陛下冷落，如今陛下月餘都沒有去貴妃宮裡，否則也不會被虞美人鑽了空子。

貴妃此生無法再孕，那麼可興大魏一說，不就應在後宮其他女子身上？

如今一想，她們眼前豁然開朗。

淑妃更是格格地笑。「貴妃姊姊，說來虞美人還真的要感謝小公主呢。沒有小公主，陛下哪裡會去她宮裡，繼而懷上孩子呢？」

這個回來的小公主好啊，還沒等別人下手對付她，自己就作死了，順帶著還把貴妃給拉下水，不知道何時才能翻身。

虞美人也不是個傻子，知道她自己就是鑽了陛下冷落貴妃的空子，但是她能鑽也的確是因為小公主，便道：「貴妃娘娘，嬪妾就再次恭喜您找到小公主，沒有小公主，嬪妾或許還真的沒有懷上孩子的福氣。」

此話一出，大多妃嬪都笑出聲，頓時堂內哄笑一片。

原本以為找回的公主是個落魄的鳳凰，卻道是落魄的鳳凰不如雞，貴妃娘娘有了這個女兒，還真的是有「福氣」呢。

皇后娘娘端坐著，但笑不語。

原本還在為沒有劫殺貴妃母女而苦惱，如今卻柳暗花明，接回來就接回來吧，接回來個山雞，還不知道是誰更添堵呢。

原本還想著小公主或許會成為自家清瑤的絆腳石，卻沒承想是她多心了，那個叫昭素的，連她家清瑤一根手指頭也比不上，昔日的賜婚只不過是場笑話罷了。

花嬤嬤臉色繃得緊緊的，她就知道，貴妃娘娘這次過來，肯定要被取笑一頓。

那昭素實在是太不爭氣了。

如今，張二寶將要被驅逐出京，此生都不能踏入京城一步，事情雖了，但是餘威尚在啊。

貴妃聽到他們的笑聲，只覺聒噪，她捏了把眉心，有些不耐煩地閉了閉眼睛。

十幾年了，自從小公主被劫後，她就沒有被如此輕慢過了。
等眾妃笑完後，皇后娘娘才開口道：「好啦。妳們也要努力，爭取像虞美人般也懷上孩子，這樣才不辜負貴妃用命接回小公主的良苦用心。」
是啊，貴妃接回公主的時候，還遇到盜匪，差點被殺了呢。
當時要是知道是接回個不省心的女兒，她還會親自去接嗎？
眾妃心裡樂呵道：「是，遵娘娘教誨。」
皇后手一擺，眾人這才散去。
三三兩兩攜手走在路上，議論聲止都止不住。
「我本以為小公主多有能耐，現在看來確實挺有能耐的。」
「是啊，現在不僅幫助了虞美人，以後能幫助我們也不一定。」
「貴妃費心費力接回這個公主，妳們說，她會不會腸子都悔青了？」
「胡說什麼？那畢竟是親生的，還能一直流落在外不成？」
「不過，皇后娘娘說的那祥瑞之兆，妳們聽過嗎？」
「沒聽過，管他有沒有，反正皇后的意思，我們大家都知道了，這小公主就當她是送子的就成。」
「哈哈哈哈，叫什麼昭素公主，乾脆叫送子公主成了！」
花嬤嬤臉色越發難看，偏頭看一眼貴妃，娘娘倒是神色如常。

花嬤嬤有些擔憂地開口。「娘娘，您沒事吧？」

貴妃語氣如常。「不就是幾句閒言碎語？本宮自進宮以來，聽到的還少嗎？何必為此生氣。」

花嬤嬤心中便定了，也是，她家貴妃走到今天，又怎麼會把這些話放在心上？

第三十八章 探望

三日後，京城張府門口。

「娘啊，我以為再也見不到妳了！我被他們打得好慘啊，以為我就要死在那大牢裡了！」張二寶在張二嬸子懷中哭得淒慘，驚天動地，惹得路人紛紛側目。

他哭得一把鼻涕、一把眼淚，偏偏臉又是鼻青臉腫的，平添幾分滑稽感，有路人看了，沒有忍住笑出了聲。

張二嬸子瞪了那路人一眼，隨後摟著張二寶進了門。

如今，張府可不是當初在鍾毓村的幾間破草房，而是三進三出的院落，配有十幾個丫鬟、婆子、小廝，儼然已經過上類似大地主的生活。

進去後，張二寶先是哭訴這一個多月來在牢獄裡受的折磨，之後便是痛罵張素素無情無義，眼睜睜看著自己受苦，也不知道上下打點，替他向陛下求情，讓自己早日出來，聲音越罵越高。「飛上枝頭，就真以為自己是公主了？也不想想，她能有今天是靠著誰……」

話音未落，門口傳來道女聲。「本公主也想知道，靠的是誰啊？」

隨之而來的是遙祝威嚴的聲音。「公主駕到。」

張家人紛紛噤口，朝門口看去。

昭素身著淡藍色繡花羅衫，額心一點眉心墜，烏黑的頭髮上簪著青玉釵，細白的手腕上戴著同色玉鐲，一眼望去，哪裡還有素日村姑模樣，行動舉止間，隱隱透著公主的貴氣。

這是貴妃請教養姑姑精心教導的結果，而她本人也很用心學，就怕被看她不順眼的清瑤公主給比下去。

張家人向她請安，這面上的功夫，他們一向做得來。

昭素看了遙祝一眼。「你先下去，我有話和他們說。」

遙祝點頭稱「是」，隨後又掃視張家人後，才轉身離開。

他向來不喜張家人，張家人就像是螞蝗般扒在公主身上，非要把她的血吸盡才好，加上公主又是心善之人，從不會對張家人不管不顧，實在是進退兩難。

他私下勸過公主好多次，奈何公主總是不聽，還說張家人對她有恩，她不能做那忘恩負義之徒。

遙祝心裡長嘆一口氣，他真希望不僅張家二寶離開京城，張家人都離開京城才好！

昭素這廂一坐下，張二寶就迫不及待地說：「素素，妳趕緊向陛下求情，讓妳二哥我繼續留在京城吧！」

昭素瓷白的臉龐有些冰冷，淡漠的眼神看向他，有些不耐地說：「二哥，你怎麼還沒有出城門？等等若城門關了，你就只能等明天才能離開，若是被人知道，又少不得要被打一頓。」

張二寶臉色一白，嘴唇顫抖兩下，隨後想到什麼，挺直腰杆說：「我怕什麼？我的妹妹可是公主！我都已經出獄，誰還敢打我！」

張二嬸子也幫腔道：「是啊，素素，妳可別嚇唬妳哥哥。」

張二叔也道：「素素，妳這話說得就見外了，咱們畢竟是一家人。」

張大寶、張三寶沒有說話，靜觀其變。

張大寶向來沈穩些，所以不輕易站隊。張三寶心思向來重，從來知道自己需要的是什麼。

昭素聞言，冷哼一聲。「一家人？乾爹、乾娘，莫不是糊塗了，本公主的爹娘是誰？你們又是誰？」

她端正坐著，突如其來的詰問，倒有幾分威嚴，張家人心中皆一驚。

在皇宮裡養了一段時間，士別三日當刮目相看，昭素又向來心氣高，不願意被人給比下去，所以事事從嚴地要求自己，力求用最短的時間讓自己成長為合格的公主。

這一問，張二寶剛要開口，張三寶就拉住了他，笑道：「爹娘這是又犯糊塗了，公主別介意，不知道公主這次前來，是為了何事？」

她過來，總不能是為了張二寶出城的事吧？

昭素輕咳一聲，緩緩道：「二寶，你以為這次大難不死，是因為誰？若不是母妃為了你去向陛下求情，你以為你還能有命在？你可知自己打的人是誰？那可是尚書的兒子，你以為憑你的小命，就能賠尚書的兒子？你渾身上下連人家的一根手指頭都比不上！」

張家人瞬間垮下臉，特別是張二寶，臉上隱隱透著不服。

昭素哼笑一聲。「不服？就憑人家爹是尚書，官居二品，你們呢，平民老百姓！你們拿什麼去跟人家鬥，拿你們幾條不值錢的命嗎？」

昭素簡直要被氣笑了，這麼長的時間，她一直都在忍耐，若不是今天二哥的一句話，她還真有可能繼續忍下去，只可惜，她聽到了。

張二嬸子咕噥了句。「我們不是還有貴妃？」

不提貴妃還好，一提貴妃，昭素就更加氣了。「你們還有臉提貴妃，如果不是為了給二寶求情，貴妃怎麼會被陛下冷落？如今宮裡誰不知道，貴妃失寵，虞美人又懷了龍子，貴妃在陛下心中的地位一落千丈！」

她幾乎是咬著牙將這些話給說出來，畢竟他們也不蠢，她昭素不是他們的靠山，被陛下恩寵的貴妃才是。

如果貴妃倒臺，那麼昭素一個假鳳凰，能成什麼事？且不談之後的榮華富貴，就連眼前的舒服日子估計也得到頭。

張大寶吃驚道：「怎會如此？」

昭素臉色也不好看。「所以，你們還是想想，是二寶留在京城重要，還是貴妃重獲聖心重要？」說著，就站起身道：「大哥說的那份差事，暫且擱置，這個時候就不要去觸霉頭，貴妃現在已然焦頭爛額，煩惱著怎麼奪回陛下的心呢。還有三哥想要去龍章書院讀書的事，我已經辦妥，不日三哥就可以去讀。」

張大寶面露憂愁，但是張三寶卻面上一喜地道：「多謝公主。」

張大寶心裡冷哼，三弟一天到晚就知道討好小妹，在爹娘面前說小妹好話，原來是這緣故。

昭素又道：「乾爹，乾娘，我出宮一趟不易，也不宜久留，你們好好想想我說的話，若是想通，就趕緊把二寶送出城吧。」說罷，也不等他們有什麼反應，便直接抬腳離開。

張二寶有些忐忑地看向父母。「爹，娘，我不想回鍾毓村，我想留在京城孝敬您二老！」

張三寶卻插嘴道：「二哥莫不是糊塗了，難道要因你一人，拖累全家嗎？」

張大寶也冷著聲說：「二弟，不可胡鬧。如今貴妃被冷落，素素在宮裡孤掌難鳴，尚且要努力保全自身，你就不要再給她添麻煩了。」

若是因為張二寶，把他們一家人都拖下水，那也太不值了不是嗎？

張二嬸看著二寶，畢竟是親生的，總歸有些不捨。「就真的不能留下嗎？」

張二叔咬牙。「還愣著做什麼？還不趕緊給二寶收拾行李，即刻送他出城，現在就走，趕在城門落鎖前離開！」

張二寶聽一家之主發話了，立馬哭了出來。「爹，娘，我不離開，我死都不離開京城！」

張二叔瞪了張二嬸一眼，張二嬸又是心疼，又是無奈地道：「我親自給二寶收拾行李，當家的你親自送二寶回去，一路上也好好照顧二寶。對了，三寶也跟著去，以免你爹一個人照顧不過來。」

張三寶被點名，原本是不想去的，但是想到他二哥可能不會乖乖地回鍾毓村，自己護送也能安心些，便應了。「好的，娘，妳放心，我一定將二哥安全送回村。」

永壽宮內，貴妃摘了護甲，揉了揉太陽穴，斜靠在美人榻上，閉目養神。

花嬤嬤上前替她捏肩，力道拿捏得當，對緩解疲憊有奇效。

這時，翠珠走了進來，福了福身子道：「娘娘，公主出宮奔著張府去了。」

貴妃揮手道：「本宮知道了，下去吧。」

翠珠退下後，花嬤嬤開口道：「倒是難得，咱們公主平日裡雖送過去不少東西，但是親自去的次數卻少之又少。」

貴妃不鹹不淡地出聲。「她聰明著呢，知道與那邊保持距離。」

「是啊，」花嬤嬤頓了下，又說：「不過，自從娘娘被陛下冷落後，她好似也少來咱們這兒了，往常陛下在的時候，她來得可勤快了。」

貴妃語氣沒有一絲波動。「人之常情，這世間誰不想入陛下的眼？」

花嬤嬤忍不住道：「畢竟不是娘娘親生的。若是娘娘親生的，想必這個時候定好生陪在娘娘身邊，寬慰娘娘，以解娘娘冷落之苦。」

「若是那孩子……」貴妃腦中一閃而過李姝色的容顏，嘴角彎起。「大概會想著法子哄本宮開心吧。」

「是啊，都說母女連心，奴婢看小公主面相，就知道她是個極孝順的孩子。」花嬤嬤接話道。

貴妃想到李姝色，心情便好了起來。「所以本宮才要好好為她平定後宮，以免成了別人構陷的靶子。」

「娘娘也是用心良苦。」花嬤嬤嘆息一聲。

如今娘娘失寵，不管是認的女兒，還是親生的女兒，都不在身邊，不知道心中有多苦呢。

「娘娘，說來也怪，怎麼為了那張二寶的事，陛下就如此惱了娘娘？」

貴妃睜開眼睛，眼中一片清明，她揮開花嬤嬤的手，坐起身子，冷靜開口。「不只是為了這事。」

花嬤嬤怔住。「哦？娘娘，您的意思是？」

「若是為了這事，陛下還不至於冷落本宮這麼長時間，想來還有其他的事……本宮也是糊塗了，月前本宮就提到盜匪有異一事，陛下當即就表情不對，本宮那時候沒有放在心上，如今想來也許是本宮抓著盜匪的事不放，惹怒了陛下。」

花嬤嬤皺眉問：「娘娘，何出此言？」

「遙祝那孩子，調查出了點東西，他告訴本宮，這件事不僅牽扯到撫遠侯，就連那鎮北王似乎也摻和了一腳。」貴妃冷笑道：「本宮原以為，皇后一族對本宮虎視眈眈，沒想到就連差點成為親家的鎮北王也想要置本宮於死地！」

花嬤嬤若有所思。「那鎮北王世子不是和清瑤公主走得近，難不成他家和皇后打了聯姻的心思？」

貴妃卻道：「那鎮北王世子風度翩翩，年輕有為，又自視甚高，未必就把清瑤放在心上。」

花嬤嬤道：「許是皇后有意？」

「皇后自然是有意，鎮北王戰功赫赫，是本朝唯一的異姓王，與陛下是過命的交情，陛下對待其他王爺都沒有比對他親的。皇后若是結了這門親，太子又有何懼？」

花嬤嬤應聲。「娘娘說得是。」

貴妃眼中逐漸泛冷。「到底女人如衣服，兄弟如手足，在陛下眼裡，本宮又算什麼？」

花嬤嬤急忙勸慰道：「娘娘多心了，陛下心裡還是有您的，否則您也不會專寵這麼多年。」

貴妃不想欺騙自己，神色黯然，嘴巴裡似乎都泛著苦味。「寵著一隻不會下蛋的母雞，這樣的寵又有何用？」

花嬤嬤眼眶泛紅。

是啊，盛寵又如何？娘娘傷了身子，注定不能再有子嗣。

況且，這盛寵之後，不也說冷落就冷落了嗎？

如今虞美人又懷了孕，娘娘日後又該如何自處呢？

養心殿。

福全做著例行公事。「陛下，公主一個時辰前離了宮，如今已經到了張府。」

皇帝意味不明地開口。「她倒是孝順，這個時候不去看望貴妃，卻去了張府。」

福全不敢搭話，畢竟誰知道陛下是正話反說，還是別的意思？

皇帝突然又問：「貴妃如何？」

福全一下子沒有反應過來，「啊」了一聲。

皇帝睨他一眼。「孤在問你，貴妃有沒有主動來見孤？」

福全打著哈哈。「陛下，您不是讓貴妃待在宮裡好好反省的嗎？」

皇帝眉間一凜。「你這蠢貨，孤只是讓她反省，又沒有給她禁足，她都不知道來見孤嗎？」

福全訕訕地笑了笑。

皇帝有些難以置信。「她當真一次都沒有主動來找過孤？」

福全道：「可能貴妃以為陛下還在生氣，所以……」

皇帝眉間染上幾分煩躁，突然站起身子，大步往外走。

福全跟在後面說：「陛下莫不是要去見虞美人？虞美人如今害喜得厲害，天天求見陛下呢。」

「糊塗東西，孤要去看……」突然，皇帝腳步一頓，改了口。「對，就是虞美人。」

「是，陛下。」

好歹收了虞美人的銀子，提一嘴也是可以的，況且去不去還是要看陛下的心思。

第三十九章　暈倒

貴妃被按摩一番，感覺來了精神，便對花嬤嬤說：「嬤嬤，妳去庫房翻翻有什麼好東西，我們去朝露殿一趟。」

花嬤嬤問：「娘娘是想去看看虞美人？」

「是啊，她懷孕後，本宮還沒有賀她有孕之喜，是該去看看她。」貴妃道。

在這後宮，貴妃受到的賞賜是最多的，所以花嬤嬤毫不費力地就挑好了禮品，跟著貴妃來到朝露殿。

貴妃一進殿門，就聽到裡面傳來的說話聲。

「陛下一來，臣妾這害喜症狀都好了許多，果然這孩子知道是您來了，就不再鬧臣妾了。」

「孤以後有空自然會多來陪妳。」

「多謝陛下，臣妾和孩子日日夜夜都盼著陛下過來呢。」

花嬤嬤偏頭看貴妃一眼，見貴妃臉上沒有絲毫波動，心中大定，扶著貴妃的手臂向聲音源頭走去。

虞美人正坐在床上，神態嬌憨，坐在床邊的皇帝，身體前傾，兩人就這麼旁若無人地對視著，好似沒有發覺外人的到來。

直到福全提醒了句。「陛下，貴妃娘娘來了。」

皇帝這才挺直後背，斂起笑容，轉頭看了貴妃一眼。一眼後，沒忍住又看了一眼，眉間皺起。

貴妃先是向皇帝行禮。「臣妾參見陛下。」

皇帝淡淡地道：「起來吧。」

虞美人眼中難掩得意之色。「娘娘，嬪妾身子有些不適，請恕嬪妾不能下床給您請安了。」

「無礙，」貴妃嘴角揚起一抹笑。「妳的身子要緊。本宮來此也是為了慶賀妹妹有孕之喜，特地讓人從宮裡挑了一尊送子觀音，希望妹妹能夠為陛下誕下皇子。」

虞美人笑道：「多謝娘娘。喜兒，收下吧。」

「是。」

這麼一番話說完，貴妃似乎就要走了。

然而，就在這時，貴妃突然捂著嘴巴重重地咳嗽了聲，嬌弱身軀猛地微微顫抖，彷彿那風中不堪一吹的花，隨時有折斷的風險。

皇帝眉心一皺，沒忍住地問：「貴妃可是身子不適？」

貴妃強顏笑道：「勞陛下關心，臣妾受了點風寒，若不是為了賀妹妹有孕之喜，也不會出門。」

說著，眼睛看向皇帝，有些羞、有些怯，一月有餘不見，如今這眼宛如初見。

只看一眼，貴妃便收回視線，看向虞美人道：「就不打擾妹妹休息，本宮先回去了。」

虞美人簡直巴不得。「恭送娘娘。」

貴妃扯了下嘴角，沒有再看皇帝，徑直轉了身。

皇帝的視線卻沒有離開過她，眼睜睜看著她離開。

然而，沒走兩步，貴妃突然停住腳步，伸手摸了摸太陽穴，隨後身子一軟，向著花嬤嬤的方向倒去！

花嬤嬤大驚。「娘娘！」

剛接住貴妃柔軟的身子，花嬤嬤就被人推開。

皇帝將貴妃的身子抱在懷裡，快要失態。「貴妃？貴妃！」

貴妃還沒有完全暈過去，茫然睜開眼，弱弱地喊了聲。「陛、陛下……」

隨後，雙眼一閉，徹底暈在皇帝懷裡。

皇帝驚呼。「妳怎麼了？快醒醒！」

然而貴妃沒有反應，那邊花嬤嬤已經大驚失色地開始喊太醫。

皇帝一把抱起貴妃的身子，邊往外走邊喊：「嬌嬌，妳不會有事的，孤一定不會讓妳有事的！太醫！還不快去傳太醫！」

永壽宮。

貴妃躺在床上，緊閉雙眼，往常嬌嫩的紅唇如今毫無血色，像是凝了層白霜。

雖然太醫已經說過貴妃無礙，只是受了風寒，靜養幾天就好，但皇帝還是擔憂，一直陪在身邊，直到黃昏。

花嬤嬤原本以為自家貴妃是裝暈的，心中還暗嘆演技真好，連她一直跟在娘娘身邊的人都沒有看出破綻。

現在才發現，竟是真的。

怪不得娘娘這兩天總是覺得疲累。

晚間，貴妃才幽幽轉醒，睜眼就看到坐在床邊的明黃色身影。

他的手一直握著她的，見她醒來，手更是緊了緊，皇帝說：「貴妃，妳醒了。」

貴妃黑白分明的眸子靜靜地看著他，溫聲問：「陛下，您怎麼在這兒？」

其實，她去朝露殿的時候，也沒有很大的把握，沒承想連老天都在幫她，他果然在那裡。

原本是想裝暈，但若陛下事後問起太醫，必會露餡，於是她便來了齣真暈。

其實很簡單，只要夜裡開窗睡覺，並且沖泡涼水，必然會受寒，然後在帕子裡放點容易讓人昏迷的藥，咳嗽的時候聞上一聞，便會順利暈過去。

而且這個法子，只會讓太醫誤以為是受風寒的緣故。

皇帝放鬆了手掌，卻沒有放開，回道：「太醫說妳受了風寒，這兩天進食少，身子沒能撐住，故而暈過去，現在可好些了？」

貴妃微微點頭。「這兩天臣妾胃口不好，不過現下有些餓了。」

皇帝面上一喜，忙吩咐人。「快，燕窩備好了嗎？」

花嬤嬤立馬端上來。「陛下，早就備好了，兌了牛乳，娘娘最愛吃了。」

皇帝接過燕窩，用勺子攪拌了下，小心翼翼地送到貴妃唇邊。「來，太醫說妳剛醒，不宜大補，等妳身子好些，孤再讓御膳房送些烤乳鴿和紅燒獅子頭來。」

貴妃張嘴，淺嚐了口，其實嘴巴裡沒味，但還是很配合地嚥下。

正所謂小別勝新婚，一月有餘不見，又見貴妃清瘦許多，皇帝的心像是被一隻無形的手攥住，有些抽痛。

吃了小半碗，貴妃就吃不下了，皇帝將碗遞給花嬤嬤，揮手讓她下去。

花嬤嬤退下後，皇帝轉頭看向貴妃，伸手摸了摸她光滑細膩的臉，聲音一如既往地低沈。「貴妃，妳瘦了。」

貴妃嘴角彎了彎。「虞美人遇喜，陛下倒是紅光滿面，比之前更加手神俊美了。」

可不是，正值壯年，現在又喜當爹，能不開心嗎？

皇帝聞言，寵溺地朝她一笑。「這話怎麼聽著這麼酸？嬌嬌，妳若喜歡孩子，孤便把虞美人的孩子給妳帶如何？」

貴妃一聽，震驚地張大嘴巴。「陛下莫要糊弄臣妾。」

她是不會要別人孩子的，這不相當於要虞美人的命嗎？

她曾經失去過小公主，知道那種生不如死的滋味，己所不欲，勿施於人。

皇帝卻道：「虞美人位分低，論規矩，孩子不能留在身邊撫養，孤替孩子找個養母，也是為了他們母子倆好。」

雖然規矩是規矩，但到底還不是陛下一句話的事？只要陛下肯點頭，虞美人的孩子自然可以留在身邊。

貴妃回握他的手，搖了下頭。「陛下，小公主既然已經回到臣妾的身邊，臣妾已經心滿意足了。孩子都是母親的命，臣妾怎麼忍心奪走虞美人的孩子呢？還請陛下恩准，虞美人的孩子能留在她身邊撫養。」

皇帝聞言，卻沒有鬆口。「妳呀，等孩子生下來，說不定就有撫養的心思了，先不著急回孤，知道了嗎？」

貴妃無奈地點頭，心道，無論她再如何喜歡孩子，也不會奪走別人的孩子。

這時，門外傳來花嬤嬤的聲音。「陛下，公主來見娘娘了。」

皇帝鬆開貴妃的手，坐直身子，讓花嬤嬤傳昭素公主進來。

昭素原先來過一次，但那時貴妃還昏睡著，沒留多久就走了，現下聽說貴妃醒來，便換了一身月白色長紗，戴著貴妃親賞的蝴蝶步搖，施施然走了進來。

進來後，禮數周全地給皇帝和貴妃行禮。

皇帝喊平身，又賜了座。

昭素一坐下，便神情緊張地看著貴妃道：「母妃，聽到您暈倒的消息，兒臣可嚇壞了！」

貴妃臉上有了些氣色，說話也不像剛醒來時那麼虛弱了。「母妃沒事，現下好多了。」

昭素臉上湧現自責，低低抽泣地說：「都是兒臣不孝，惹得母妃擔憂，若不是為了兒臣的事，母妃也不會勞累到病倒。」

這話其實也不假，如果不是為了那張二寶，貴妃依舊是受寵到令后妃牙癢癢的，哪裡需要使這一招？

不過，這些爭寵手段，她不是不會，只是很多年不用了而已。

貴妃勉強笑道：「素素多心了，是母妃自己不小心受寒，不關妳的事，母妃和妳父皇向來知道妳是孝順的。」

貴妃一向喊昭素為「素素」，雖然親切，但又好像是另一種提醒，提醒她永遠是那個村姑張素素，而不是什麼金枝玉葉。

同樣，張素素也不喜歡「昭素」這個封號，更不喜歡「素錦」這個賜名，彷彿這一生都離不開個「素」字。可是她也無可奈何，這封號和賜名是皇上定的，即使再有不滿，也必須千恩萬謝地叩首。

昭素聽了貴妃的話，臉上這才恢復如常地道：「母妃，您驟然暈倒，兒臣實在擔憂，不如就讓兒臣這幾日侍奉在側，也好盡一盡兒臣的本分？」

貴妃本欲拒絕，然而還沒有張口，就被皇帝搶先說：「素素，妳白天還要與其他公主、皇子聽學，晚上是休息的時候，不可太過勞累。妳母妃這裡有孤，妳且安心。」

貴妃連忙接道：「是啊，素素，母妃有妳父皇呢。即使妳不侍奉在側，母妃也能感受到妳的孝心。」

昭素見他們都這麼說，這才應道：「好，都聽父皇和母妃的。」

她雖然想要在貴妃面前表現自己，但奈何貴妃不給她這個機會，不過皇帝都這麼說了，她自然是更希望皇帝能夠陪在貴妃身邊。

畢竟，貴妃重新獲寵，於她而言，也是有利的。

她冷眼瞧著，雖然皇帝是生貴妃的氣，但是貴妃一暈倒，他就什麼也顧不及，眼裡就只有貴妃了。

可見，貴妃始終在皇帝心中有一席之地。

這也是她樂於看見的。

鍾毓村。

李姝色自那晚後，白天躲著沈峭，晚上也躲著沈峭，就那麼大的床，恨不得從中間劈開，他一半，她一半才好。

沈峭忍了好幾日，終於今晚有些忍不住了，剛伸手摸到她被子的時候，就發現她把小被子裹得緊緊的，他一時間竟然拉不動，忍不住笑道：「娘子，妳不熱嗎？」

李姝色說：「不熱。」

他溫熱的指尖碰了下她的額頭，摸到了一點濕潤，哂笑。「那為何額頭冒汗？」

這打臉來得太快，李姝色也不知道說些什麼了。

前幾日，還可以用身子有些不舒服來做掩飾，現下除了躲著，似乎也只能躲著。

李姝色那夜著實被他給騙到了，現在還有些悔恨交加，覺得自己太過單純，才會輕易讓弟弟給騙去。

正胡思亂想間，沈峭不知怎麼地就拉開她的被子，還用蒲扇替她搧風，問：「還熱嗎？」

李姝色被這涼爽的風吹得飄飄然，舒服地哼了聲。「不熱了。」

沈峭再次伸手探了探她的額頭，好整以暇地說：「感覺娘子還是有些熱，定是蓋了被子的緣故，來，為夫替妳扯開被子。」

李姝色驚呼。「哎！」

下一秒，她的被子就離開身體，黑暗中她瞧不太真切，也不知道被扯到哪裡去了。

李姝色有些惱。「你把我被子拿走了，那我蓋什麼？」

沈峭掀開他的被子，一副歡迎的語氣說：「來為夫被裡，這樣妳我都有被子蓋。」

李姝色無語極了。

她本來就有被子蓋的！

見她沒動，沈峭自顧自地掀開被子直接蓋在她身上，順便攬過她的身子入懷，在她耳邊若有還無地質問。「為何一直躲著為夫？」

他還敢說呢，還不是那天他騙了她！

李姝色兩頰染上緋紅，不情不願地開口。「沒、沒有。」

「那日是為夫不好，」沈峭先是語氣誠懇地道歉，緊接著又問：「身子可還痛嗎？」

疼倒是不疼，就是有些發痠，不過這話她才不會與他說，她沒有吭聲，只淡淡地哼了聲。

沈峭知道她身子嫩，這些日子就讓她好好休養著，不過看著她一直躲著、不樂意搭理他的樣子，他不禁想，難不成是那日下手不知輕重，讓她厭煩了此事？

他不由得反思了下自己。想來想去，他終於想到一個比較穩妥的方法，讓李姝色不對這種事反感。

「娘子，為夫那日的確孟浪了些，在此為夫向妳賠罪。」

他們的身子貼得嚴絲合縫，他每說一個字，呼出的熱氣彷彿都能鑽進她耳朵裡，如通電般酥麻。

李姝色的心跳不由得加快，聲音有些啞。「賠罪就不必了，知錯能改就好。」

「好，為夫知錯，」他說：「既然錯了，就該罰。」

李姝色不解。「罰什麼？」

像是看到魚兒上鉤，他低低一笑。「罰為夫好好補償娘子。」

何謂補償？

這就是他所說的補償？

李姝色再次上了他這個騙子的當！

當衣衫盡褪的時候，她才知道他所說的補償是這種的。

他邊吻她，還邊哄著她說，上次是初次，所以有些痛，這次就不會了。

李姝色覺得也是，她對這方面並不是如稚子般一無所知。所以，她將信將疑，任由他的指尖撫過她身上的每寸肌膚，她也嘗試著做出回應。

只不過，她還是忽略了一個大問題！

尺寸不符……

即使前期準備做得再足，李姝色還是難忍地紅了眼尾，連指尖都在發顫。

心裡那個悔啊，她就不應該相信他說什麼補償的話，他還是那個用甘甜糖果誘她上當的騙子，先給她一點甜頭，隨後就是毫不溫柔地掠奪！

李姝色這次沒有咬在明顯的虎口處，而是抱著他的脖子向下拉，不甘心地咬在了他的肩頭，才將悶哼聲堵在喉嚨。

第四十章　高中

第二天一早，沈峭神清氣爽，反觀折騰了大半宿的李姝色還在沈睡中，完全沒有要醒來的跡象。

醒來的時候，李姝色咬著被角，恨自己不爭氣，又被弟弟給哄騙了。

弟弟話說得好聽，說她又香又軟，還誇她長得好看，誇她這麼多，就只是為了得到她的身子。

她算是看透了，弟弟沒有心，弟弟床上的話都是用來騙人的！

李姝色扶著痠痛的腰下了床，沈峭正好劈完柴火進來，看她這彆扭的姿勢，上前摟住她的腰，大手給她揉了揉，問：「還痛嗎？」

李姝色一臉正色，不說假話。「不是痛，就是痠。」

「為夫給妳揉揉，娘子太過嬌弱，看來為夫下次還是要手下留情。」沈峭語氣有些曖昧不明。

李姝色有些羞赧地推開他的手。「你休想這麼快就有下次！」

「好，都聽娘子的，娘子什麼時候說下次，就什麼時候再下次。」他一臉縱容地說。

李姝色更加羞惱了。

飯後，李姝色約了孫媛那小丫頭去滴水湖。

滴水湖真是個好地方，野菜一叢接著一叢地長，正是應了那句話「野火燒不盡，春風吹又生」。

雖然沈家現在的情況還不至於頓頓吃野菜，但是野菜也有野菜的吃法，現代不就有人專門尋野菜吃嗎？

野菜若是做得好，味道也是不錯。況且她整日悶在家裡，出來逛一逛權當散心了。

沈峭似乎很有把握中舉，如今正在準備考明年三月的會試，就等著中舉的捷報傳來，等冬天一過，就打算動身去京城了。

孫媛這小丫頭長得真快，身高都快要到她肩膀了，畢竟長大了些，性格也變得更加沈穩，但還是一如既往地喜歡黏著她。

李姝色時不時做的零嘴小吃都會送給孫嬸子家一份，一來二去，兩家也比之前更加親近了。

孫媛與李姝色並肩走著，路上無聊，還聊起八卦。「阿色姊，妳知道嗎？張孝良他好像要娶妻了。」

李姝色心想，她還真的不知道，畢竟自從那次拒絕他後，兩個人幾乎就沒怎麼碰過面了。

村子說大不大，說小也不小，一個在村東頭，一個在村西頭，若是刻意不見，確實難見到。

李姝色狀若好奇地問：「是哪家的女子？」

「聽說家在縣城裡，是教書先生的女兒，還識字呢！」孫媛眼中透著幾絲光亮。

李姝色一下子就捕捉到了，她問：「媛媛想要識字嗎？」

「想！」孫媛幾乎毫不猶豫地喊道：「我喜歡讀書，我想要像沈峭哥哥那般認字！」

李姝色心中動容道：「我跟著夫君也識得幾個字，若是有空，我便教妳吧。」

孫媛聞言，幾乎要跳起來。「真的嗎？我也可以識字嗎？太好了，謝謝阿色姊！」

李姝色看著孫媛發自內心的笑容，也跟著笑。「當然可以，只要妳肯學，我都願意教。」

兩個人正說著話，突然眼前蹦出來一個人。

孫媛的聲音立馬止住，喊道：「孝良哥哥。」

許是家裡吃食好的緣故，張孝良看起來比之前又胖了一圈，腰間的腰帶緊勒著肚子，幾乎要斷裂。

雖然長胖不少，但是他臉上愁容滿面，眼睛緊緊盯著李姝色，哀怨地喊了聲。「阿色。」

孫媛一聽這情況不對，大眼睛看了眼李姝色，又瞟了瞟張孝良。

李姝色語氣冷漠地問：「有事？」

張孝良語氣繼續哀怨。「我就要成親了。」

李姝色不以為意。「哦。」

聽到她這不鹹不淡的一句，張孝良神情激動了。「我們私奔吧，我根本就不喜歡她，我只喜歡妳！」

李姝色萬萬沒有想到，這地主家的傻兒子還沒有對她死心，她語氣逐漸無奈。「你別鬧了成不成？上次我們已經說得很清楚了，如今我只想跟夫君好好過日子。」

孫媛也在一旁道：「沈峭哥哥可是村子裡唯一的秀才，阿色姊怎麼可能跟你私奔？況且沈峭哥哥長得比你好看百倍，你拿什麼跟他比？」

李姝色深以為然地點頭，小姑娘兩句話就說到了重點。

張孝良聞言，卻道：「他……不就是個窮酸秀才，也不就比我高一點？但是他既沒有我壯，也沒有我有錢，他根本就比不上我！」

李姝色震驚地睜大了眼睛，這算什麼？是誰給他的自信，居然能睜眼說瞎話到這種地步？

孫媛替她罵了回去。「你胡說！沈峭哥哥必定中舉，以後是做大官的人，你又憑什麼和他比？」

村子裡誰不知道沈峭參加了秋闈？日常碰到沈父、沈母都說沈峭必定中舉這類的好話，久而久之，似乎大家都在等著報錄人傳來好消息，然而這一天暫時還沒有到來。

張孝良聞言，反駁說：「中舉？就算沈峭再怎麼是個讀書的料子，也不可能一次就中吧？況且，若說中舉，報錄人呢？怎麼報錄人還沒有到村子裡傳來好消息啊？我看啊，他這分明就是沒中！」

李姝色聞言，頓時惱怒地喊道：「你胡說，我家夫君定會中舉，你少烏鴉嘴！」

李姝色現在是聽不得一個「不」字，因為沒有人比她知道沈峭在讀書上花的心思。雖人人誇讚他有天賦，是個奇才，但是其中的努力辛苦又有幾人知？

每天天不亮，沈峭就起來溫書，常常到了夜半，還在點燭苦讀，春去冬來，一刻都不曾停歇。

她原先還覺得沈峭考上狀元，不過是作者的設定使然，現在才發現，這是他應得的，這樣的恆心和毅力，何愁考不上狀元？

張孝良被她這麼一吼，愣了下，隨後像是不願激怒她般地說：「我說的本來就是事實，按理說沈峭若是高中，現在報錄人應該已經來了，這麼久連個影子都不見，可不就是沒中？」

李姝色白了他一眼，沒給好語氣地說：「人醜就應該多讀書，而不是在這裡貶低他人，狂妄自大地抬高自己的身價。我再說一遍，我的夫君不管中不中舉，他就是比你好千倍萬倍，你即使是說破了天，我都會好好跟他過日子，絕不可能跟你！」說著，就拉著孫媛的小手，氣呼呼地離開。

張孝良看到她這個樣子，抬了抬腳，最後沒有去追，只站在原地重重嘆了口氣。

走了一段距離，孫媛開口道：「阿色姊，妳莫要生氣，張孝良他根本比不上沈峭哥哥。」

其實她不是為這件事生氣，因為張孝良剛剛的話，有點戳中了她的心思。

按理說，報錄人該來報喜了，若是一直不來，只能說明，沒有中舉……

可是不應該，她相信沈峭定會中舉的。

雖然沈峭表面看不出有任何憂慮之色，但是沈父、沈母是不會掩藏自己心思的人，有時站在門口就往外看，彷彿是在等什麼人般。

那個樣子，她一眼就看出是在等報錄人。

可是，已經好幾天了，報錄人還是沒有影子……

李姝色說：「媛媛，我不生氣了，今天的事妳就當沒發生，不要說出去，知道嗎？」

孫媛鄭重點頭。「知道的，這件事關乎阿色姊的名聲，我肯定不會說出去，連阿娘也不說。」

李姝色道：「真乖。」

和孫媛採完野菜回來，忽然聽到一陣鑼響，李姝色起初還以為是自己聽錯了。

直到孫媛這個小機靈鬼喊道：「阿色姊，妳聽，是敲鑼聲！」

是的，是敲鑼聲！

李姝色面上一喜，快步趕往回家的路。「媛媛，走！」

這時，沈家的院門前已經圍滿了人，只見那騎著高頭大馬的三人，高舉布條，彩旗飄揚，走過來還伴有敲鑼打鼓聲，眾人紛紛昂首期盼。

待那報喜的三人走近，下馬後，大聲地喊道：「快請沈解元出來，恭喜高中了！」

沈解元！

眾人面露驚色，這沈峭可真是讀書的料子，以前是童首，如今成解元了！

沈父和沈母早就盼著這一天了，當即熱淚盈眶地將沈峭喊出來，同時將報錄三人給迎進家門。

天天準備的茶水此刻也派上用場，招呼三人坐下吃茶，沈母又連忙招呼兩、三個鄉親幫忙，好準備豐盛的飯菜招待三位。

其中一個報錄人卻說：「且慢，沈伯母，縣令大人說沈解元高中，是件天大的喜事，他在府裡備好了酒席，想要宴請沈解元以及沈娘子。」

縣令向來善待沈峭，如今既然他要作東宴請，沈峭自然沒有拒絕的理由，當即就道：「好，我和夫人一起去。」

沈父贊同點頭。「你能有今天多虧了縣令大人，此番見到大人，定要好生感謝一番。」

沈峭應了聲。「是。」

沈母道：「色兒說去滴水湖挖野菜，怎麼人還沒有回來？」

正被沈母念叨的李姝色此刻已經到了家門口，還未進門，就被人團團圍住。

「阿色，妳真的是好福氣，沈峭高中了。」

「是啊，日後等沈峭當官，妳可就是官夫人了。」

「沈峭又得第一，我看啊，以後能當狀元也不一定！」

「阿色幸虧懸崖勒馬，要是當初真的跟人私奔，現在可不就虧大了？」

這麼酸溜溜的話，自然是出自張秀秀口中。

張秀秀自然是嫉妒的，先是張素素搖身一變成了公主，轉眼間就被接回宮；現在李姝色也即將成為官夫人，而她還只是一個村姑，這天大的好事什麼時候才能降臨到她的頭上啊？

李姝色才不理會這酸話，回應了眾人的恭喜後，終於從人群中擠進了屋。

沈母見她回來，忙迎了上來。「色兒，妳回來得正好，峭兒高中，縣令大人要宴請你們夫婦，妳快隨峭兒一起去吧。」

李姝色朝沈峭看去，他的灼灼桃花眼含著笑意，眼尾上挑，平添幾分張揚肆意，當真是耀眼至極，她道一聲。「夫君，恭喜。」

沈峭嘴角微揚。「也同樣恭喜夫人。」

他永遠都記得他的承諾，誓必要讓她當大官夫人。

李姝色杏眸圓潤，俏生生地朝著他看，散發著動人的光。

沈峭看了喉頭一動，壓下心中幾分情動。

這時，沈母催促二人說：「好啦，你們倆別耽擱，趕緊去吧。若是回來得晚，就在縣城裡住下，不必回家了。」

李姝色和沈峭皆聽話地點了點頭。

第四十一章 殺機

「爹，三弟，你們寸步不離地看著我，就這麼害怕我偷偷回京城嗎？」

坐在馬車裡，神情鬱悶的張二寶說。眼看著離鍾毓村越來越近，他的心也跟著越來越沈，直到沈入谷底。

一路上，他無數次想過逃回京城，但奈何每次都被三弟抓個正著，爹又偏向他，一點給他逃走的機會都沒有。

他們等一下就離開，回京城享福去了，留下他一人在鍾毓村吃糠嚥菜，這對嗎？

張三寶道：「二哥說的是哪裡話？我既然得了娘親的命令，一定安全把你送到家。」

「呵，你別以為我不知道你在想什麼。你不就是想著我回京城，會連累你的榮華富貴嗎？」張二寶冷哼。「還有那張素素，明明是個假鳳凰，還真拿自己當公主了，到被揭穿的那天，就等著哭吧！」

話音剛落，後腦勺就被人重重打了下。張二寶驚訝回頭，隨即委屈地喊道：「爹，你幹麼打我？」

張二叔沈聲說：「我跟你們說過多少次了？不管在哪裡，不管有沒有外人在，素素就是如假包換的公主，哪怕是在夢中，你們也得把嘴巴給我閉緊了！」

張三寶接著道：「是啊，現在全家就二哥成天把什麼假鳳凰掛在嘴邊，生怕別人不知道似的。」

呸，那還不是因為只有他被趕出京城了？

張二寶正要為自己辯駁幾句，突然車門外傳來一聲慘叫。「啊！」

車內的三人還沒有反應過來，馬車突然停住，三個人七倒八歪地撞在一起。

張二寶首先叫出了聲。「車伕，你怎麼搞的……」

他的話還沒說完，就被張三寶捂住嘴巴。

張三寶神色凝重地看著他。「噓。」

張二叔也沈下臉，額頭的冷汗都要冒出來了。

「砰」一聲，車門被人從外面打開，寒光閃現，三人面前出現一把刀，刀尖赫然染著紅血。

三個人被嚇了一大跳，張二叔看著眼前的黑衣人，控制不住顫抖的嗓音道：「大、大俠，饒命啊……」

張二寶直接被嚇得雙腿都在打顫，三人中唯有張三寶還算鎮定。「大俠，若是劫財，我們可以把身上的錢財都給你，但求放過我們父子三人一命！」

「對對對，我們把錢都給你！」說著，張二叔就伸手往袖子裡把錢袋子掏出來，擺在黑衣人面前。「大俠，給！」

不是說盜匪已經被消滅了嗎？而且魏忠已經班師回京，怎麼還會出現賊匪？

老五一手執刀，一手接過錢袋子，在手心掂了掂，確認重量後，便直接塞進袖子裡，收為己用。

就在三人舒出一口氣的時候，老五突然從胸前掏出一張畫像，展開在他們眼前，開口問：「認識這個人嗎？」

父子三人打量半天，也沒有看出畫中人長什麼樣子，卻也不敢搖頭，誰知道這匪賊惱怒起來會做什麼事？

也不怪他們看不出來，實在是因為老五的畫工太差，只能依稀辨得兩隻眼睛，一個鼻子和一張嘴巴，其他真的什麼也看不出。

張三寶輕咳一聲，努力控制聲音問：「大俠，此乃何人？」

「此人是一書生，叫張小良。」老五語氣含著幾分殺氣。

張小良？張孝良？他們是認識一個叫張孝良的，但他只是地主家的傻兒子，不是書生啊。

但三人都聰明地選擇閉嘴，害怕一旦說錯話，就人頭落地了。

求生慾極強的張三寶眼珠一轉道：「大俠，除了他的名字，你還知道哪些訊息嗎？我們父子三人一直在良州生活，對這兒的人事熟悉，說不定真的認識。」

「對，你的畫像畫得四不像，我們哪裡看得出來？」張二寶忍不住咕噥一聲，但對上老五的冷眼，就立馬住嘴了。

老五沈聲道：「他說他是張家村人。」

「可巧，我們是鍾毓村人，與張家村人一溝之界。原本十幾年前是一個村子的人，後來分村，才以溝為界，東、西兩村分成張家村和鍾毓村。」張二叔道。

老五冷哼。「我不想瞭解這個，既然你們不認識他，那就沒有留下的必要了。」

他又不是沒有調查過，可是查遍周邊所有村子，也沒有查到一個叫張小良的書生，如今也是邊打劫，邊碰運氣，若是遇到認識張小良的人便最好，若是遇不到，慢慢找便是。

他此話一出，父子三人渾身都打了個哆嗦。

當老五的刀架在脖子上的時候，張三寶腦中突然閃過一道光，他叫喚道：「我知道了，我知道他是誰了！」

張家村哪有什麼書生？張家村唯一的書生能是誰？

不就是十里八鄉、遠近聞名的天才沈峭嘛！

管他是不是沈峭，先把小命保住再說，況且……

張三寶眼眸暗了暗。

那塊玉珮的來歷只有幾個人知道，沈家並不知道素素相認靠的就是玉珮。但世上沒有不透風的牆，如果後來他們聽到消息，想要為李姝色證明身分呢？

雖然素素已經在宮裡站穩腳跟，卻也架不住人言可畏，況且那李姝色長得和貴妃很像……

爹曾說，沈叔在貴妃未接回素素前，就來跟他要回玉珮，而且不只一、兩次地要，雖然爹已經用各種理由搪塞了過去，但難道要一直這麼搪塞嗎？

當真是後患無窮！

正所謂死道友、不死貧道，沈家不死，他們家頭上始終懸著一把劍！

想到這裡，張三寶便急說：「他叫沈峭，鍾毓村和張家村唯一的秀才，你說的肯定是他！」

老五眼睛閃過殺氣，沈聲吐出兩個字。「沈峭？」

張二寶抹了把頭上的冷汗，嘴唇青紫，也不知道是被嚇的，還是被驚的。

三弟居然將沈峭推了出來！好歹是從小一起長大的，他怎能這麼做？

他雖心裡這麼想，但嘴巴卻閉得死死的，大氣都不敢出。他明白三寶的意思，沈家始終是個禍害，他們知道的事太多了。

張二叔的肩膀一鬆，高度緊張的眉間居然有片刻的愣怔。

二寶嘴巴不嚴，若是被人問起，一不小心說漏嘴可怎麼辦？

到時候他們的榮華富貴就都會煙消雲散，不僅如此，欺君罔上的罪名也不是他們能夠擔待得起的！

張二叔給了張三寶一個眼神，示意他繼續說下去。

張三寶繼續道：「這沈峭，十里八鄉的人誰不知道？十幾年前也算是張家村人，長得個子比我高點，比我瘦點，那臉……哦，他長得細皮嫩肉，很少下地幹活，走出去就是一股書生氣，絕對不會認錯！」

老五聞言，覺得與張小良的樣子的確有些像，便問：「你確定是他嗎？」

「大俠若是不信，我可以把他的畫像畫給你看！」張三寶從小有畫畫的天賦，之前奈何在小鄉村，根本沒有發展的機會。而去京城後，便請了畫手專門教學，如今畫技進步良多。

只見他幾下，就在老五畫像的背面，用他給的木炭勾勒出沈峭的畫像。

其餘三雙眼睛都隨著他的炭尖移動，張二叔額頭冒出的冷汗從額間滑落，滑至鼻尖，「啪」一聲滴在地板上，濺出水花。

隨後，一滴又一滴。

直到，張三寶將最後一筆完成。

老五瞳孔一縮，從張三寶的手中搶過畫像，眼中的殺意越來越濃，咬著牙說：「就是他！」

張家父子三人紛紛鬆了口氣，張三寶手中的炭筆滑落，渾身癱軟地倒在車壁上。

竟然真的是沈峭，是瞎貓碰到死耗子，還是連老天都在幫助他張家，竟無形中除去了這個大麻煩！

老五收回刀，冷聲。「我說過，誰告訴我此人下落，我就不殺誰，這一路我殺了很多人，算你們好運。」
張三寶立馬說：「多謝大俠高抬貴手，這沈峭家也很好找，鍾毓村最西頭那家就是他家。」
老五手指一動，將沈峭的畫像揉成團後再用力撕碎，恨聲道：「定取狗賊小命！」
老五走後，張家人緩了很久都沒有緩過來，喘氣的喘氣，擦汗的擦汗，彷彿連大口呼氣都成了奢侈，在鬼門關走了一遭的滋味，太驚心動魄了！
張二叔說：「快！趕緊回去，鬼知道還會不會遇到賊匪！」
張三寶道：「爹，二哥，你們坐好，我來駕車。」
張二寶卻突然叫住他。「三弟，你……我們好歹和沈峭一起長大，而且我們兩家向來親厚，你這不是置他沈家於死地嗎？」
張二叔直接白了張二寶一眼，吩咐張三寶出去駕車，然後轉頭對張二寶說：「你個蠢蛋！他沈家活著對我們來說就是麻煩。你三弟做得對，這叫什麼？這叫借刀殺人！難不成你要替他們去死？敢情剛剛那刀是架在你弟弟脖子上，而不是你的脖子上，是吧？」
張二寶被他爹的話一嗆，閉上了嘴巴。
張三寶拉著轠繩，駛動馬車，冷風吹過，渾身冰涼。
但是他眸中閃過痛快的神色，好像頭頂懸著的劍頃刻間消弭無形了。
好不暢快！

鍾毓村。

沈家出了一個解元，沈父、沈母臉上喜不自勝。陪著鄉親們說了好一會兒的話，眼看著夜幕降臨，大夥兒就都散了。

沈母收拾瓜果碎殼，邊收拾邊跟老伴說：「也不知道峭兒他們兩個今晚回不回來？」

沈父猜測。「晚上回來不安全，留在縣城裡過夜也好。」

「也是，」沈母說：「想來峭兒若是吃了酒，縣令大人也不放心讓他離開。」

沈父坐在板凳上，心裡這才有了踏實的感覺，突然湊到沈母跟前說：「咱家的峭兒真爭氣，考了個解元，明天我就去祭祖，好讓祖宗們都知道這件天大的好事！」

沈母看他一眼。「瞧你得意的，心裡慶幸當初有把祖墳遷過來吧？」

「那是，咱家祖墳肯定冒青煙了，等我百年後，也要葬在那裡。」沈父由衷地說。

沈母呸他一聲。「這大喜的日子，說這不吉利的話做什麼？等你百年，我也百年，我們定要葬在一起的！」

沈父惱了。「剛剛還不讓我說，妳現在還說。」

沈母的掃帚掃過去，叫道：「沒個正經，還不趕緊去開門，沒聽到有人敲門了嗎？」

沈父這才聽到真的有敲門聲，疑惑道：「難不成是峭兒他們回來了？這麼快？不對，應該是鄰里，討杯喜茶來了。」

沈父邊說邊開了門，一開門就看到來人面容陰沈，渾身透著股殺氣，他心裡一咯噔，問：「您是？」

來人開口問：「可是沈峭家？」

沈父回道：「正是。」

「啪嚓」，寒光閃過，沈父的身子直挺挺地倒下。

老五提著刀，渾身戾氣地踏進了沈家的門……

縣城陳府。

陳縣令在自家裡擺了一桌，用來慶賀沈峭高中之喜，沈峭中解元，也是宣揚寶松縣的名氣。

此次酒席出席的人有縣丞和縣尉，還有寶松縣出了名的大善人周員外，寶松縣有頭有臉的人物都在場，就是為了見一見這沈解元的風采。

沈峭和李姝色一一與他們見禮，陳縣令紅光滿面地喚他們入席，高舉酒杯祝賀沈峭高中之喜。

「沈秀才，哦，不對，現在應該叫沈解元，真是年輕有為，待明年進京春闈，之後殿試必定高中一甲，前途無量啊。」周員外舉著酒杯，說著場面話。

李姝色本來以為沈峭個性清冷，不善與人交際，沒想到此番與眾人碰杯，場面話一句接著一句，就沒有冷場下來的時候。

沈峭舉杯應道：「借員外吉言，小生幼年家中貧困，員外善心，曾資助小生紙筆，小生銘感五內，不敢忘懷。」

周員外是遠近聞名的善人，他曾資助貧困學子入學，當然不只資助沈峭一人，這十里八村只要是上學的讀書人，他都送過紙筆。

在李姝色看來，要麼這周員外是真的心善，為孩子的教育添磚加瓦，要麼就是廣撒網，投資潛力股，雖然不圖什麼大回報，但是有這份情義在，將來誰家學子有出息，他多少也能沾點光。

李姝色全程只當自己是背景板，當別人誇她貌美賢良時，她就笑了笑羞澀地看向沈峭，剩下的話他就會幫她說。

氣氛炒起來後，歌舞接著上演，開場舞尋常，平平無奇，幾個舞女舞動衣袖，笑靨如花。

酒過三巡，那些舞女逐漸離場，音樂聲也隨之變化，徐徐如春風吹過，舒緩如河流溪水聲，中庭圓方舞臺緩步走上一女子。

那女子身形婀娜，體態輕盈，面容姣好，顧盼生姿，只見她的身影隨著音樂聲舞動，舞姿曼妙，步步生蓮。

這時，陳縣令道：「上臺的正是小女陳清蘭，讓大家見笑了。」

縣丞接話道：「陳小姐舞姿輕曼，今日一見，方知什麼叫做婀娜多姿，一舞賽飛燕。」

周員外也誇讚道：「陳大人的女兒豆蔻年華，小小年紀就能做此舞，正可謂是內外兼修，宜室宜家。」

周員外這話誇得有些意思，宜室宜家這樣的詞都出來了，這怎麼聽怎麼像是在配對？

李姝色喝了一口果酒，只關注看舞臺上的表演。

這時，她的耳邊又飄來一句話，是陳大人開的口，他問沈峭。「沈解元，你以為如何？」

李姝色心裡咯噔了下，什麼意思？這頓飯還真的別有用意？陳大人這是看上她家夫君，要把他和他女兒湊成對？

瞬間，她的心裡就不是滋味了。

雖然她口口聲聲說，沈峭喜歡誰都成，日後若是和平分手，給她一紙和離書，她立馬走得遠遠的，獨自過自己的小日子。但是，真當這刻來臨，有人向沈峭介紹別家女子時，她的心就像被泡進醋缸裡，汩汩地往外冒著酸水，嘴巴都鼓起來了。

她不由得眼睛瞟向沈峭，沈峭也看她一眼，隨後回道：「陳小姐天人之姿，小生幸得相見。」

這麼自謙的話，本沒什麼毛病，但是李姝色聽了，則輕輕別開頭。

什麼叫做天人之姿？他見過什麼天人，就在這裡瞎扯？還幸得相見？少見這次，他又不會少塊肉，又不會怎麼樣，何必感到榮幸？
李姝色撇撇嘴，果然男人都是見異思遷！
陳縣令一聽，眉間微動，哈哈大笑起來。「我家小女可是仰慕你許久，今日聽說你高中，我要擺宴席，非要上臺表演為你慶祝。哎呀，孩子大了，不成體統，我也管不了她。」
李姝色無言。
就這麼為一個陌生男人表演適合嗎？你是她親爹，你還管不了她？這話說出去幾人會信？
反正，她不信。
沈峭也是沒有想到陳縣令會這麼直白，有些愣住，沒有說話。
周員外乘機說：「既然陳小姐仰慕沈解元已久，今日高興，不如就把這個親事定了如何？」
訂親？李姝色瞪大了眼睛。
他們在她這個原配夫人面前談給她夫君訂親？況且，這陳家小姐是以什麼身分嫁給沈峭呢，總不能是以妾室身分吧？
她的疑惑終於被縣尉問出口。「沈解元已然娶妻，陳小姐以妾室身分嫁給他定然不合適，但是若讓沈解元休妻，怕也會誤了解元的名聲。不如，就娶為平妻如何？」
平妻？

李姝色神色暗淡，怪不得要將她叫來這頓宴席，果然是宴無好宴，在這裡等著她呢。

讓陳家小姐當妾室不合適，讓沈峭現在就休了她也不合適，會揹上忘恩負義之名，這樣各退一步，折衷下來，唯有娶陳小姐為平妻最為相宜。

縣尉以為自己提的想法非常好，還看向李姝色問：「沈娘子，妳以為如何？」

她能如何？若是拒絕，豈不立馬招來善妒不容人的罵名？若是應下，該罵人的就是她了。

李姝色勉強一笑道：「民婦一切都聽夫君的。」

只要沈峭同意，她就沒意見，只是今後他們分道揚鑣，沈小姐也不必做什麼平妻，她直接讓位便是。

聽到她這麼說，眾人都覺得這事有戲，畢竟最難纏的就是李姝色的態度，她這麼識大體的話一出，那就沒什麼困難了。

眾人看向李姝色的眼神不免多了幾分深意，這位沈娘子傳聞粗俗無比，就是個尋常農家婦，登不得大雅之堂。

可現下看來，舉止得宜，說話有度，完全不如傳聞那般粗鄙。

而且她雖穿著粗布衣，但是肌膚勝雪，唇紅齒白，面若桃花，端看面相便是仙人之姿，出俗得好看。

怪不得之前傳出那樣的醜聞，沈解元也不肯放手，原來是放不開這美色啊。

眾人隨即看向沈峭說：「沈解元，我看你與那陳小姐郎才女貌，真是天生一對，如今我願做媒人，促成你們這一段佳話。」

李姝色聞言，心中冷哼，不鹹不淡地看沈峭一眼，隨後有些鬱悶地捧起酒杯。

一杯下肚，嘴巴裡火辣辣的，這才驚覺自己拿錯酒杯，竟喝了沈峭的杯中酒，頭立馬開始犯暈。

沈峭的聲音也是在這個時候響起，他說：「多謝各位抬愛，不過陳小姐天人之姿，小生愚笨，實在配不上。況且我家祖訓，一生一世一雙人，我爹只有我娘一位娘子，子承父訓，我這輩子也只會有一位娘子。」頓了下，又說：「就是我身邊這位，李姝色。」

李姝色暈乎乎的腦袋一下子炸開。

他剛剛說什麼？一生一世一雙人？

她眼睛瞪得大大的，懵懂無辜地看向他，沈峭心頭微熱，愛憐地伸手拍了拍她的頭，溫聲問：「頭暈不暈？」

李姝色像個傻子般搖了搖頭，笑了。「不暈。」

明顯有些喝醉的憨態。

眾人沒有從震驚中反應過來，就看到他們夫妻這麼自然秀恩愛的神態，當下就消了一半的心思。

然而，還是有不死心的人說：「男人三妻四妾本是尋常，而且你日後封侯拜相，難道就只守著一個女子過一輩子嗎？」

出聲的正是周員外，他家就是一房正妻和十七、八房小妾，有錢就是任性，小妾隨便納，反正也養得起。這在外人看來，就是令人豔羨的事，所以他除了大善人的名聲外，還有一個風流多情的名頭。

沈峭被周員外這麼一問，竟較真地點了下頭。「能。」

周員外心裡想著，鬼才信！

沈峭語氣逐漸認真。「小生雖卑微，但從不食言，在這裡許下的諾言，將來必定奉為金科玉律，時刻牢記於心。」

李姝色就這麼看著他，一邊耳朵聽進去了，一邊耳朵出，所有這些話，她就只記住了一句。

那就是，他許她，一生一世一雙人。

李姝色傻呵呵地張開嘴巴，努力忍住不笑出聲。

少年的承諾真的是熱忱又動人，最簡單的話語最是能打動人心，李姝色這輩子就沒聽過比這還要動聽的話。

陳縣令見沈峭心意已決，擺擺手說：「也罷，這件事就是桌上的閒聊，作不得數，大家也不要放在心上，就當本官沒有提過這件事。」

陳縣令用了「本官」一詞，大家也紛紛有眼力地稱是。

李姝色本以為陳縣令會生氣，卻瞧他眉間並沒有動氣的跡象，心中才略安定些。

他這麼說，無非就是想要保住自家女兒的名聲，否則若是傳出去，陳家的女兒要嫁給沈峭為平妻被拒，那麼陳家的臉要往哪兒擱，陳家的女兒以後該如何自處？

這時，陳小姐一舞完畢，款款行了禮後，陳縣令直接讓她退下。

陳小姐大概是真的對沈峭有意，退下前臉上還有些心不甘、情不願。

這個話題揭過，氣氛便又熱鬧起來。

不久，李姝色就酒勁上頭，兩頰緋紅，只知道傻笑了。

沈峭見她不勝酒力，又見酒席已經吃得差不多，便有了回去的心思。

陳縣令被拒，心中大抵還是有些不快，也沒有留客，就派了小廝套上馬車，送他們夫妻倆回去。

第四十二章 沈痛

與眾人告別後，沈峭扶著李姝色上了馬車。

李姝色軟軟地倒在他懷裡，捏著眉心，嬌聲喊著頭疼。

沈峭捏起她的下巴，桃花眼緊盯著她的紅唇，好整以暇地問：「現下知道喊疼了，剛剛怎麼不替為夫拒絕？」

若是直接拒絕，就不會喝悶酒，這會兒也就不會頭疼了。

李姝色剛要張口說話，他的唇突然壓下來，以銳不可當之勢，攻城掠地。

這下好了，頭更暈了，李姝色嫩白的手指緊緊抓著他的袖子，無力承受著他的吻。

馬車一路行駛在寂靜的小道上，李姝色昏昏沈沈地緊閉雙眸，靠在沈峭的肩膀上休息。

耳邊傳來他平穩的呼吸聲，以及車伕甩動馬鞭和馬蹄踏地聲。

李姝色的心此刻很平靜，也很滿足，她問：「夫君，你打算何時出發去京城？」

此去京城，千里迢迢，預計在路上的路程，得有兩個月。

但好在良州匪患已除，他此去理應沒有安全隱患。

沈峭回她。「年後。」

「嗯，」李姝色睜眼，眼睛定定地看著他。「那陪爹娘好好過個年，年後你去京城，還不知道什麼時候才能再見。」

春闈之後便是殿試，殿試結果出來後，還要再等官職分配，這一等估計得有半年。

他們這一分別也得半年，況且還不知道其中會不會有其他變故，例如皇帝賜婚……

等再見面的時候，就不知道是什麼情況了。

如今，他可以硬氣地拒絕陳縣令家的千金，但是以後還能如此拒絕公主嗎？到時候會不會落得一個抗旨不遵的罪名？

李姝色這麼一想，心中微驚，不由得蹙起眉頭。

聽她這傷離別的口氣，沈峭伸手捏了把她細膩的臉蛋，戲謔地笑問：「這麼捨不得為夫？」

李姝色鼓起嘴巴，沒有說話，害怕一開口就是酸味，總不能說害怕他跟公主湊成對，自己小命危矣吧？

「等我確定官職，就派人來接妳和爹娘，妳且安心等著，為夫會安排好。」說著，沈峭擁著李姝色的身子，在她額頭落下一吻。

他知道，她今天有些被那些人嚇到了，她還是個新婦，就差點被人搶走夫君，可不得嚇壞了？

聽了沈峭的話，李姝色心中大定，乖巧點頭。「都聽夫君的，想來爹娘也會同意的。」

話畢，她耳邊傳來車伕勒馬的聲音。「沈解元，沈娘子，到了。」

李姝色隨著沈峭下車，謝過車伕後，向院門走去。

四周靜悄悄的，連個鳥鳴聲都沒有，透著一股詭譎的靜謐。

李姝色覺得有些奇怪，偏頭看向沈峭。「夫君，爹娘已經睡了嗎？怎麼這麼安靜？」

的確是太安靜了，按理說不應該，時間不算太晚，沈家出了這麼大的喜事，爹娘肯定激動興奮得睡不著，即使知道他們有可能在縣城留宿，應該會等他們回家才是。

沈峭也察覺到不對勁，眼皮突然跳了下，莫名心慌起來。「進去吧，爹娘可能已經睡了。」

李姝色「嗯」一聲，隨之打開了院門。

李姝色兩輩子加起來都沒有見過這種極度恐怖又極度心痛的場景。黑夜中，沈家堂屋的橫梁上掛著兩具直挺挺的屍體！

雖辨不得面容，但是能出現在沈家的，能是誰？還能是誰！

沈峭瞳孔一縮，幾乎瘋了似地跑進去。

李姝色緊隨其後，因為重心不穩，一個踉蹌，重重地跌在地上。很痛，渾身摔得哪兒都疼，但是心更疼。

抬頭的瞬間，驟然聽到沈峭撕心裂肺的哭喊聲。「爹！娘！」

李姝色的心沈到谷底，原本抱有的最後一絲僥倖心理也蕩然無存。

沈峭悲痛欲絕，直直地跪了下去，掩面痛哭。

李姝色跌跌撞撞地走到他跟前，跪在他身邊，難以置信地沿著地上兩灘血窪，抬頭往上看。

爹娘慘白的臉，雙目圓睜，嘴唇鐵青，死不瞑目！

死不瞑目啊！

李姝色腦袋嗡嗡作響，完全不知道發生了什麼事，跪爬著上前去搆沈母的腳尖。「娘，您別嚇我啊，娘！娘啊……」

上輩子孑然一身，無父無母，天生孤兒，沒有享受親情的命。這輩子才有幸得到她垂涎已久的父母之愛。

她不敢相信地看著這一切，還以為是作了一場惡夢，夢醒之後，爹娘還好好地站在她跟前。

爹還和往常一樣在院子裡劈柴，父愛如山，總是用最堅決的行動愛護子女，即使生性猶豫，但還是會在她被張素素譴責時，勇敢地為她據理力爭，為了她跪在小輩面前。

還有娘，娘一定溫柔地叫她起床，喊她吃飯，讓她不要幹粗活，免得手變粗糙，還耳提面命地叮囑沈峭，她若是來癸水，就替她揉肚子，燒紅糖水給她喝。

李姝色握緊手指，眼前起了層水霧，越來越感覺不真實。記得第一次見到娘的時候，所有人都站在她的對立面，更有甚者，要把她趕出鍾毓村，讓她自生自滅。

是娘站出來，表示誰要趕走她的兒媳婦，就從她的屍體上踏過去，堅決地把她護在身後，不許別人碰她一絲一毫。

她當時心裡就在想，她究竟是修了幾輩子福氣，才會遇到這麼一個好婆婆？如果眼前的屍體是真實的，她又該往哪裡去尋這麼好的娘親？

她曾無數次發誓，他們二老養她長大，她就養他們老。

可是……可是老天怎麼都不給她這個機會，他們就這麼突然地走了呢？

她不甘心啊！

李姝色通紅的雙眸蒙上一層陰霾，二老終日與人為善，究竟是誰害死了他們？到底是誰這麼狠心？

二老的屍體被他們挪下來，李姝色顫巍巍地伸手蓋上二老的眼睛。

沈峭跪在沈母旁邊，活像一座雕塑，桃花眼中死寂瀰漫，透不進一絲光亮。

這一刻，他們彷彿被全世界拋棄了。毫無理由，猝不及防，重錘一擊。

李姝色強作鎮定，藉著月光察看二老的屍體，她發現二老的脖子上不僅有繩索的勒痕，還有割喉傷。

她顫聲道：「夫君，爹娘是被人一刀割喉，再懸吊在房梁上的……」

沈峭沒有說話，目光呆滯，唇色慘白，雙手卻是青筋暴凸，像是在壓抑著什麼，彷彿下一秒就會宣洩出來。

他若是痛哭出聲，倒也好辦，可是他這麼壓抑的樣子，讓李姝色心裡更加難受起來。喪父、喪母之痛，又有誰人知？切膚之痛，痛徹心扉，拳拳孝心，何處安放？在這大喜的日子，遭遇如地獄般的大悲之事，這樣的打擊，如何不讓人一蹶不振？

李姝色強忍悲痛，想要將他從無窮盡的悲傷中喚醒，她道：「夫君，你一定要振作，爹娘是被人害死的，我們一定要替他們報仇！」

李姝色現在滿心滿眼都是「報仇」二字，這一刻的痛與恨深入骨髓，恨不得將害死二老的人大卸八塊，千刀萬剮才好。

沈峭還是沒有答話，他沈浸在自己的世界中，面無表情，背部挺直地跪著。

就在這時，門口突然偷偷摸摸地探出一顆腦袋，只一秒便迅速收回，大氣都不敢出地拔腿欲跑。

沈峭眸光閃過一絲狠戾，驟然起身，奔向門外，將不請自來的人抓住，狠狠地按在地上。

他視線如寒光般在來人臉上掃過，啞聲問：「張二寶，你怎麼在這兒？」

李姝色也匆忙跑出來，定睛一看，發現來人竟是許久未見的張二寶。

他不是和張素素去京城了嗎？

張二寶整個人被壓在地上，顧不得地上的污泥會弄髒自己身上的衣服，只知道雙肩被掐得很痛，他大喊出聲。「沈峭，你幹麼？還不快放開我！」

沈峭瞬間失去耐心，彎下身子，眸中湧現嗜血的慾望，聲線越發低沈。「我再問一遍，你怎麼在這兒？」

每一個字，都讓張二寶心驚肉跳，彷彿後頸架著一把無形的刀，他支支吾吾道：「我、我就是……路過！」

「路過？」沈峭猩紅的眸光閃過一抹殺氣，伸手從李姝色頭上拔下一根銀簪，隨後抵在張二寶的脖子上，低聲威脅。「知道我爹娘是怎麼死的嗎？他們被人一刀割喉，隨後用繩子掛在了房梁上，既然你這麼好奇，我也讓你試試這滋味如何？」

張二寶的額頭瞬間冒出細碎的汗珠，又聽見沈峭尾調上揚。「嗯？」

李姝色雙眸冷靜地看著眼前這一幕，沒有出聲，亦沒有阻止。

她的腦子轉過無數個念頭，完全想像不出二老會被人殺害的理由。

而且她能感覺到，張二寶就是突破口。

非常時期用非常手段，若是把她逼急了，她做的也不會比沈峭好到哪裡去。

張二寶這個時候出現在這裡，實在是太奇怪了。

李姝色道：「夫君，算我一個，我雖然沒有什麼力氣，但是幫你搭把手還是可以的。」

張二寶心中一顫，這對夫妻就是黑心腸，爛心爛肺。他晚上睡不著，好心好意來看沈家這邊的情況，卻沒想到被逮了個正著！

他哪裡能夠想到，死的不是沈峭，而是沈家二老？

張二寶急道：「殺人是犯法的！我警告你們，我妹妹是公主，你們可千萬不要亂來！」

沈峭卻冷哼道：「你是今天剛回鍾毓村的吧，村裡誰知道你回來了？我們就算把你殺了，再把你的屍體往嶼君山一拋，你說這是不是神不知、鬼不覺？」

這話，她熟，李姝色心道。

果真是心有靈犀，當時她威脅張二麻子的時候，也是這麼說的。

說完，沈峭的手用力一抵，張二寶的脖頸處瞬間有了傷口，鮮紅的血珠點點滲出。

張二寶再也堅持不住，恐懼地喊道：「不是我做的，我也不知道他會殺害沈叔和嬸嬸，我真的不知道……」

沈峭和李姝色對視一眼，兩人從對方眼中都讀出了殺意。

原本只是猜測，沒想到竟真的和張二寶有關！

來不及沈痛，沈峭面若冰霜，宛如玉面修羅，剛勁有力的指尖不住地顫抖，用了很大的自制力才沒有將銀簪刺進去，他道：「繼續說下去。」

第四十三章　真相

張二寶知道這件事說與不說，自己都脫不了關係，但是此刻說了，還有可能保住一條小命。若是不說，鬼才知道剛失去雙親的沈峭會幹出什麼事？

張二寶閉了閉眼睛，咬著牙，組織語言道：「還不是你在外招惹的盜匪？我在京城犯了點小事，陛下把我驅逐出京，於是我爹和三弟就把我送回鍾毓村。哪知在路上就遇到了那盜匪，他掏出一張畫像，問畫中人是不是叫張小良，還問這張小良在哪兒？沈峭啊沈峭，接下來的事你這麼聰明，應該想到了吧？」

沈峭臉色瞬間慘白，握著銀簪的手差點一個不穩，將簪子滑落。

李姝色聞言，也是愣住，不由得看向沈峭，傻傻地愣在原地。

三秒後，沈峭語氣沙啞。「說下去。」

張二寶嚥了口唾沫說：「他那時就像你這般，把刀架在我三弟的脖子上，我三弟哪裡能夠反抗？只能實話實話，說你叫沈峭，住在鍾毓村，這才保住一條小命。」

「張三寶？」沈峭一字一頓，像是從牙縫裡擠出似地問。

張二寶下意識地點頭，人的求生慾就是這樣，現下只能顧自己，哪裡顧得了別人，哪怕那人是自己的親弟弟。

張二寶語氣硬氣了些。「你且放開我，你爹娘的死是那匪賊幹的，你若有什麼仇要報，儘管去找他。說白了這件事也怪你，若不是你自己招惹了他，他又怎麼會殺上門來？況且，就算我被趕出京城，我也還是公主的哥哥，我如果有個三長兩短，你們也別想逃脫關係！」

他看一眼李姝色，又說：「你知道的，素素向來與你娘子不和，若是之後追查到你頭上，即使你休了李姝色，與她撇清關係，以素素的性子，也必會將她捉住，殺頭洩憤！」

他的確什麼倚仗都沒有，唯一能倚仗的就是張素素，無論如何，他都是她的親哥哥，況且娘也最疼他，他如果出了什麼事，沈峭和李姝色也別想好過！

求生慾的驅使下，原本腦袋不靈光的張二寶，腦子也運轉了起來，幾句話就說中要害，尋常人聽了都得掂量三分。

可沈峭不是尋常人，他如今的狀態，神擋殺神，佛擋殺佛，哪裡會把一個張素素放在眼裡？

他眼中閃過狠戾，又將簪子插進一分，詰問。「你說謊！他早知那次我給了他假名，若是憑畫像找人詢問，何須等到今天？說，你們到底是怎麼知道他找的是我？若是再敢胡說一個字，我立馬把你綁在嶼君山上餵狼！」

沈峭腦子轉得多快，張二寶這話說得漏洞百出，連李姝色都聽出來了。

畫像？那盜匪若是真能憑畫像找到沈峭，又何須等到今天？隨便在大街上拉個人問，總能在三日內問到。這說明了什麼？說明那畫像是有，但是畫得不像沈峭，所以那賊匪這麼多天還沒能找上門。

但是今天，他遇到了張家父子，而張家父子定是從那賊匪的口中，猜出了是沈峭。不，不對，或許是有意說出沈峭，又正好瞎貓碰上死耗子，匪徒要找的人正是沈峭。

問題關鍵在於，他們一家憑什麼認定匪徒要找的人是沈峭？

他們張家與沈家可是多年交情，從來沒有生分過，難道就因為危在旦夕，就毫不猶豫地將他沈家拉下水嗎？

見張二寶疼得嗷嗷叫，李姝色冷眼道：「二寶，我沈家待你張家不薄，當年你爹摔斷腿的時候，可是我沈家資助你張家，你們怎麼忍心把沈峭推出去？」

他家這舉動，就彷彿他們兩家是仇敵般，實在讓李姝色心寒。

沈峭腦中閃過什麼，喉嚨乾澀，聲音更是沙啞得厲害，厲聲問：「是因為玉珮嗎？」

玉珮?!

張二寶臉上閃過驚訝之色，還要裝作一無所知的樣子。「什……什麼玉珮？」

李姝色也很困惑地看向沈峭，等著他給她答案。

可是下一秒，她又想，到底是什麼樣的玉珮，讓爹娘喪失了性命？

值得嗎？值得個屁！

沈峭道：「刻著李字的鳳凰玉珮，若是還想不出，你這腦袋也就沒有留下的必要了。」

赤裸裸的威脅，讓張二寶渾身一顫，驚問。「你怎麼知道的？」

沈峭立馬想通了事情的來龍去脈。

老五攔截了回鄉的張家父子，拿出畫像問畫中人，但是他畫技不好，沒人能夠認得出，但是由於求生的本能，張家人肯定詢問了更多的細節。

老五應該是說，他是個書生，以及他住在張家村這樣的訊息。

張三寶一向機警，腦子又轉得快，況且他們一家都知道玉珮是阿色的，為了避免事跡敗露，所以毫不猶豫地選擇借刀殺人，將他給推出去。

依照盜匪的作風，他們不會只殺一個人，一定會滅了全家。

這樣，他們同時也少了個隱患。

當他們將他的名字說出來的時候，殺機已然埋下，老五再稍微一求證，便知他就是沈峭。於是晚上，他就殺上門了。

沈峭想清楚了這些脈絡，胸口脹痛得厲害，他多想就這麼一下子了結張二寶，如果不是他們生出借刀殺人的心思，爹娘肯定還活得好好的！

他面若寒霜，目沈如水，那銀簪此刻在他手中即將化作利刃，將張二寶的脖子狠狠貫穿！

但下一秒，他青筋暴凸的手腕覆上一隻柔若無骨的手，他聽見李姝色在耳邊溫聲說：

「夫君，一念成魔，我們將他送官，因為這樣的人髒了手不值得。」

更何況，沈峭的大好前程剛剛起步，她不想因為張二寶就這麼毀了他。

張二寶可以死，但不能死在私刑下。

沈峭眼眸猩紅，殺氣蔓延全身，幾乎聽不進去任何人的話，執拗地握著銀簪。

李姝色另一隻手也握上，牢牢地抓住他的手，聲音提高了些。「我們還沒有為爹娘報仇！張家人一個也逃不掉，還有那個賊匪！夫君，切不可因為一個張二寶，而誤了大事！」

沈峭又豈不知她話裡的意思？可是，他不甘心啊，仇人就在手中，讓他如何甘心？

李姝色被他這個樣子嚇到了，壯著膽子掰開他的手指，從他手中奪過銀簪，遠遠地甩開，這才如釋重負地跌坐在地上。

她說：「留著張二寶，還有大用，讓他把證詞簽字畫押，日後對簿公堂，管他張家如今是什麼身分，我們也要為爹娘討回公道！」

公雞打鳴，天光大亮，新的一天又開始了。

但惡夢般的昨天，餘悸尚在，濃厚的悲傷籠罩著沈家，而這件大事很快地就傳遍整個村子，一大早沈家門口就圍滿了人。

誰能想到，昨天還歡天喜地慶祝兒子高中的沈家二老，今早就變成了兩具屍體？真可謂是人生在世，世事無常啊。

村長活這麼久，也是頭一次遇到這種事，沈家在村子裡就獨一家，沒有族人，這沈家二老的喪事，就由村長帶頭辦了起來。

他走過來拍了拍沈峭的肩膀，不知道安慰什麼好，沈痛地說了句。「節哀。」

任誰看到沈家二老的屍體，都能看出這是凶殺案，所以村長也派人去報了官。

陳縣令聽聞是沈家出了事，還是這樣的大事，親自奔赴鍾毓村查理此案。

到的時候，發現事情遠比他想像得還要慘烈。

沈峭和李姝色都是強撐著一口氣，將縣令引進他們的房間，張二寶正被綁在隔間裡，嘴巴被堵著，外面又吵鬧，還真的沒有人會注意到。

陳縣令看到被綁的張二寶，面露驚色。「難道他就是凶手？」

沈峭將事情說了大概，但是隱瞞了玉珮的事，說完拱手道：「大人，小生有個不情之請。」

陳縣令驚訝於這件事居然和盜匪扯上關係，還震驚這張家居然瞎貓碰上死耗子，害死了沈家二老，心裡嘆道，沈家二老何其無辜？

陳縣令上前抬起沈峭的手臂道：「你說，凡是本官能作主的，定為你辦到。」

沈峭所求也不是什麼大事，就是他要將張二寶關進大牢，看管起來，日後他會提人，至於提人去做什麼，他沒有說。

陳縣令道：「既然有他的證詞畫押，本官逮捕他也是應該的。」

就這樣，陳縣令押著張二寶走了。

沒有驚動任何人，畢竟村裡的人還不知道張二寶昨晚回來了，還以為他們一家如今在京城逍遙快活呢。

而陳縣令擔心沈峭的人身安全，害怕那匪徒會再次來尋仇，於是留下十幾個差役保護沈峭，至少要保護他到明年去京城的時候。

沈家二老的喪事辦了三天，沈峭夫妻也跪了三天，幾乎油米不進，只喝水續命。後來，還是孫嬸子實在看不下去，強硬拉起他們二人，給他們飯菜，讓他們必須吃完。她勸說的理由也很樸實，很快就要下葬，他們的身子撐不住可怎麼辦？之前清明的時候，沈家父子去祖墳燒紙，那時，沈父跟沈峭說，他如今將祖墳遷來，之後就要葬在這裡，用一句話來說，就是落葉歸根。

這句話就像是個預言，沈父終究沒能迎來第二個清明節。

棺材埋進土裡的時候，講究的是哭喪，這也是剛剛孫嬸子一定要給他們餵飯的原因，她是真怕他們撐不下去。

當土一鏟子、一鏟子埋下去的時候，李姝色哭得聲淚俱下，嗓子都喊啞了。「爹！娘！下輩子阿色還當你們的女兒！」

不是兒媳婦，是女兒。

喊完這一聲，彷彿失去所有的力氣，眼前一黑，暈了過去。

張二叔和張三寶在鍾毓村丟下張二寶後，是連夜離開的。

因為他們知道那匪徒定要去找沈家算帳，他們兩家又靠得近，很難說不會被殃及。

連夜回到縣城，在城門口又憑著自己如今的身分，威脅看守城門的人一番，才能夠進來，進來後，他們就躲進一家小客棧裡。

張三寶被刀架在脖子上威脅，又死裡逃生，夜裡睡覺的時候，迷迷糊糊地就發了高燒。

張二叔一探他額頭，被嚇了一跳，又匆匆忙忙地去找大夫。

幾帖藥喝下去，張三寶才緩過來，他這個樣子，也不能趕路，這一停留就是三天。

這三天，他們的耳朵也沒閒著，聽到沈家二老被殺，聽到沈峭成解元，又因為被縣令請去喜宴而逃過一劫，越聽越是心驚，越發覺得這裡不能再待下去。

於是，張三寶強撐著病體和張二叔踏上回京的路。

而在路上，老五認得張家的馬車，故技重施地一刀解決他們新雇的車伕，替他們當起臨時車伕。

坐在馬車裡的張三寶本就身體不適，又感覺馬車行駛得越來越快，便抱怨道：「車伕，慢點，趕去投胎啊！」

老五陰沈出聲。「既然是要逃命，自然一秒鐘都不能耽誤。」

他此話一出，驚呆了馬車裡的二人，張二叔顫巍巍地伸手撩開車簾，看到老五的那一刻，感覺天都要塌了。

他顫聲問：「大俠，你怎麼在這裡？」

「兩位老爺可是要回京城？我沒有去過京城，你們又正好缺個車伕，帶上我一起唄。」老五咧嘴一笑，活像一頭吃人的野獸。

張三寶虛弱出聲。「大俠，你莫不是在開玩笑吧？」

「我知道你們，你們是那民間公主的親人，我相信你們有方法保我，所以我要跟著你們。」老五斜睨他們一眼，繼續說：「況且，你們保我，也是保你們自己。」

張三寶臉色一沈。「你這是何意？」

「你們別以為，我看不出你們借刀殺人的小心思，」老五哼哼。「只不過那沈峭與我有仇，我才沒有計較。如今，他去了宴會，且逃過一劫，暫時又被保護起來，我動不了他。不過，我知道他明年要去京城，我先去一步，在京城等著殺他也是一樣。」

聽了老五的話，張家父子的心更是沈到谷底，他要殺人便殺人，為何要拖他們下水？

明顯察覺出他們臉上的不情願，老五瞇了瞇眼道：「你們不樂意帶我進京也成，我這就調轉車頭，到沈峭面前，順便把你們供出來。若不是你們，我還不知道他的真實身分呢。」

聽他這麼說，作賊心虛的張家父子明顯洩了氣。

張二叔喊道：「不要！」

張三寶聲音硬氣幾分。「你說得對，我們是與他家有仇，敵人的敵人就是朋友，我們樂意與你合作。」

老五面皮鬆了鬆。「雖然沈峭現在不成氣候，但是不管春闈結果如何，他已經有了做官的資格。你們說白了也還是平民，民不與官鬥這個道理，你們是知道的吧？況且，我早就聽過他的大名，據說他小時候就是神童，如今又得解元，將來說不定有成為狀元的造化。我知道你們背後有公主，但又如何，一邊是半路認回去的公主，一邊是新科狀元，你們猜陛下會站在哪邊？」

張三寶聞言，心中發酸地道：「狀元，呵，就憑他？」

「如何不能？童首，解元，下個不就是會元，再然後不就是狀元了嗎？」老五哼笑道。

張三寶定了定心神道：「你說這麼多的前提是，他知道是我們向你供出他的身分。我們兩家向來交好，他不知道這件事，即使得了狀元又能如何？」

「所以呀，」老五眼眸微沈。「你保我，也是在保你們自己，否則就別怪我這張嘴出去瞎說。」

張家父子不說話了。

老五又笑了。「我很好奇，既然你們兩家交好，又怎麼會致他家於死地呢？」

張家父子徹底不說話了。

這又是，另外一個秘密……

第四十四章　進京

李姝色發現，自從爹娘去世後，沈峭比之前更沈默寡言了。

本就冷情冷性，如今更加讓人看不透思緒，漆黑的眸中也不見笑意，望進去的時候，滿是荊棘，遍布寒霜。

有時，她瞧他練字，只見他寫了滿滿好幾頁紙，她拿起一看，心中微驚。

白紙黑字，分明重複寫著——

「京城」、「老五」、「張」。

陳縣令雖幫他們緝拿在逃匪賊，就是那老五，可惜這麼多天過去，半點音信都沒有。

還有就是那張家父子二人，據張二寶交代，他被送回村子後，他們父子就立馬調車離開村子。

可見是作賊心虛，一刻也不樂意待。

如今，恐怕已經在京城了吧？

老五會被逮捕，而張家人也不能輕易放過。

如今，一切等著沈峭去京城考試的結果，等他做了官，做起剩下的事才更得心應手，也才好給爹娘報仇！

李姝色將紙張燒了，卻把這幾個字深深地刻入骨子裡。

和沈峭一般。

堂屋內地上的血跡已經乾涸，李姝色添了一層新土，又用鏟子壓平，但仔細看去，還是能夠看出這塊地與旁邊泥地不同。

沈峭的眼神每每望過去的時候，身上就像壓了一塊無形的石頭。

相顧無言，沈峭終於在沈默好幾日後，對她說：「阿色，我們去京城。」

什麼，現在就去？

本來想在家陪著爹娘過除夕，再尋腳程快的馬車去京城，如今雙親已逝，他也不想留下了。

李姝色聞言，還有一個重點，疑惑地問出口。「你要帶上我一起？」

「嗯，」沈峭解釋。「留下妳一人，我不放心。」

他自然是不放心的，老五還沒有抓到。

況且，張二寶有句話提醒了他，無論如何，李姝色都是綁在他這條船上的人。若是分開，且不談阿色以後去哪裡過日子，他們那些人也不會放過她。

她是他在這個世界上唯一的親人了。

況且，他捨不得，捨不得阿色。即使這一路也許困難重重，他也想要把她帶在身邊看著，他才安心。

李姝色明白沈峭的意思，如果爹娘還在，她便留在家裡陪著雙親，可是現在他們走了，她留下也只會睹物思人。

而且，原本計劃等沈峭在京城安定後，接回他們，她再跟去京城闖一闖。如今，只不過是把計劃提前了而已。

若是問她，怕嗎？

怕什麼？什麼勞什子玉珮，什麼公主，什麼皇權富貴，都是過眼雲煙。

她上輩子也是從無到有，靠的就是一股幹勁，不就是去京城站穩腳跟？

她什麼也不怕。

原本平靜的生活，讓李姝色身上的野性消磨許多，但是二老的死，又恰恰將全部拚勁激發出來！

面對張孝良，她拒絕得乾淨俐落；面對圖謀不軌的張二麻子，她都能把刀架在他脖子上；面對未知的命運，她也能想法子保護自身；面對當時的沈峭，她也說割捨就割捨，她現在的位置說讓就讓。

活兩輩子，活得就是一個恣意瀟脫，做什麼事都有自己的考量。

李姝色點頭。「夫君，我跟你一起去，有什麼事我們一起擔著。」

沈峭與她一樣的性子，擅長隱忍不發，有自己風骨，因著天才的名頭，渾身裡裡外外都透著一股傲氣和氣節。

但也恰恰因為二老的死，將他心裡的那股柔軟埋在深處，此時此刻，明白誰是仇人，不瘋不成魔。

兩個人離開鍾毓村的那天，走得很低調，先是與相好的鄰里告別，特別是孫嬸子。孫嬸子可憐他們，塞了剛煮熟的雞蛋，讓他們在路上吃。

孫媛知道李姝色心情不好，就抓住她的手說，會好好練習她教給她的字。

事情發生後，李姝色為轉移心情，指導孫媛練字時，才得片刻放鬆的時間。

李姝色摸著她的頭說：「我留給妳的字帖要好好練，不要荒廢了，知道嗎？」

孫媛重重點頭。「知道了，阿色姊。」

而後，夫妻倆便去向陳縣令告別。

陳縣令還是派人保護他們，直到京城。

臨分別的時候，陳縣令還遞給沈峭一封信。

是一封去龍章書院求學的推薦信。

龍章書院的方院長與陳縣令有幾分交情，當年他在京城犯事，得罪權貴，也是方院長在其中斡旋，才保得一條命，被貶到寶松縣當縣令。

沈峭道謝，將信收下了。

所謂學識一道，人外有人，天外有天。

沈峭如今在寶松縣乃至良州雖是名頭很盛，但是不代表去了京城，就沒有勝過他的人，如今去京城最有名的書院，與來自全國各地的學子相互切磋，何嘗又不是一種機會呢？

陳縣令眼中閃過希冀，拍了拍他的手臂說：「去吧，好好考，別辱了良州第一學子的名聲。」

沈峭應聲道：「是。」

李姝色在這個世界還是頭一次出遠門，感覺新奇，趴在車窗朝外看。

看見路邊不知名的野花都要喊沈峭一起看，沈峭原是閉目養神，也不知在盤算什麼，聽到她的聲音，還是會探頭去看。

李姝色其實也有開解他心結的意思。

她比他多活十幾年也不是白活的，先他一步走出來，然後再慢慢開解他。仇要報，但是生活不僅僅有仇恨，還有別的。

他們帶的行李不多，他們帶上了沈母一直存著的四百兩，沈母存錢的地方從來不避諱著他們，所以當李姝色拆開方巾的時候，還是忍不住紅了眼眶。

那藍色方巾邊緣略顯褪色，可見是用了很久，裡面包裹著銀票和備用的碎銀子，裹得整整齊齊，一點都不馬虎。

除了錢和換洗的衣物外，李姝色還將李琸睿給她的玉珮，以及美人娘娘賜的玉簪給帶上了。

那老五只為尋仇，又見沈峭家貧，何況剛得了張家父子的銀子，所以就沒有翻箱倒櫃。只是沒有見到沈峭，便把所有的怒氣與怨氣全部發洩在二老身上，割喉還不夠，還要硬生生地用繩子吊起來。

殺人、誅心，一樣不少。

在路上顛簸了十來日，夫妻倆終於抵達京城門口。與護送的差役道別，憑著路引，順利進城。

李姝色雖然旅途困頓，但是被京城裡的熱鬧氣氛給吸引了。

與府城不同，京城的街道美景自然更勝一籌。沈峭也是頭一次來，也不免多看幾眼，但是手裡還記著拉著李姝色的手，以防一個不留神，她就被人群給沖散了。

這個時候，沈峭表現得就比李姝色沈穩許多，心裡覺得李姝色畢竟孩子心性，她指著街頭的糯米糕就要吃。

她是真的餓了。

沈峭付錢後，李姝色歡歡喜喜地接過老闆的糯米糕，咬過後，又遞到沈峭嘴巴前。「夫君，你也嚐嚐。」

沈峭淺嚐一口，味道的確不錯，雖然府城也有賣，味道卻是不同，京城的明顯精細些，但也明顯貴些。

李姝色孩子心性，吃完糯米糕，又跑去看別的東西。沈峭拉不住她，眼睛就鎖定她，認命地跟在她的身後。

這時，不知道從哪裡傳來一道聲音。「東街口在施粥啦！」

牆腳的幾個小乞丐連忙捧著破碗跑了，路上有些人也朝著乞丐的方向拔腿跑過去。

李姝色在一家面具攤前，拿著一只豬頭面具，戴在臉上玩，又舉到沈峭臉前，噗哧一下子樂出了聲。

玩了一番後，她問老闆娘。「老闆娘，我初來京城，怎麼剛剛發覺好些人都往同個方向跑？」

老闆娘笑盈盈地道：「姑娘，妳不知道，他們是去東街口，今日是昭素公主在那裡施粥呢。哎喲，這昭素公主本是貴妃流落在外的民間公主，接回快一年了，可心善著呢，時不時就在城門口施粥，得陛下和貴妃寵愛。」

李姝色臉色有些冷地放下面具。「多謝老闆娘告知。」說完，便沒有了閒逛的心思。

昭素公主是誰，可不就是那張素素嗎？

沈峭那夜把什麼都告訴她了，他們兩家所有的恩恩怨怨。

恩是彼此對對方有恩，但是怨嘛……

李姝色心中冷笑，誰能想到僅僅是因為一塊玉珮，就讓張家動此殺心？

想要殺了她，以及滅掉沈家的口，想要沒有後顧之憂地當她的公主？

簡直作夢！

李姝色唇角彎起。

張家啊，你們的惡夢才剛開始。

在得知自己身分的那一刻，李姝色說不震驚是假的。畢竟，誰能想到，她一個原著中出場才幾行字的農家女，居然是流落民間的真公主，而且還被人冒名頂替身分？

若不是她穿書過來，很有可能像原著那般，被冒充的人給殺了。

怪不得她當時見到美人娘娘的第一眼就覺得熟悉，後來才發現竟是和她自己的眉眼相似。

原來，她們之間的緣分不僅止於此。

可是，她也清楚地知道，古代沒有DNA鑒定，她要靠什麼認親？

憑玉珮？玉珮在張素素手中。

靠沈父、沈母在嶼君山撿回她的證詞？哦，二老已經死了。

這件事，死無對證。

靠沈峭為她作證？

笑話，那個時候沈峭只是個三、四歲的孩子，他的證詞怎麼能夠作數？

說不定，還會被扣上誣衊公主的帽子，被拉出去砍頭都有可能。

所以，李姝色不急。而且，在她心中，早就把沈父、沈母當作自己的親生父母。至於生身父母，她也不急著相認。

她很期待看見張家謀劃了這麼多，又仗著公主的身分爬了這麼高，以後被揭穿會是什麼樣子？

他們知不知道有個詞，叫做登高必跌重？

李姝色沈默不語地在前頭走著，沈峭在後面緊緊跟著她。

他知道她心裡在想什麼，也知道她在糾結不甘什麼，所幸他們都不是莽撞的人，知道無憑無據的事，說出口就是禍端。

來京城一趟，才知道原來張素素比他們所想的還要站穩了腳跟，他們就這麼對上，不僅半點勝算都無，還會白白丟了性命。

兩個人正走著，突然前頭一匹烈馬呼嘯而來，四周的人皆驚叫地讓路。

那馬上的人，大叫著甩動著馬鞭，喊道：「駕！通通給小爺讓路！攔路者死！」

京城本就是個富貴滔天的地方，皇城底下住著的不是皇子皇孫、沾親帶故的皇親國戚，要麼就是權貴皇商。

但是敢大白天策馬行街，擾亂百姓的，手指頭都能數得過來。

他們定睛一看，不是那狗雜種又是誰？

不好，要出事了！

那馬路中央，正站著一個姑娘，雙眼茫然，四周躲開的人皆紛紛捂上眼睛。

李姝色耳邊更是直接炸開——

「小心！」

第四十五章　趕人

在京城裡能被稱之為狗雜種的還有誰？還不是撫遠侯養出的作惡多端的小兒子，狗見了都嫌棄的主！

雖然每回看到他都氣得牙癢癢，但是奈何人家後臺硬，姊姊是尊貴的皇后娘娘，親爹又是撫遠侯，可是陛下親口承認的國丈。所以，他們這些平民老百姓，乃至尋常富家子弟，哪裡又能夠惹得起他？

李姝色瞳孔一縮，還未來得及反應過來，突然身後撲過來一道身影，重重地把她壓在地上，高高揚起的馬蹄即將踏在他的背上！

就在這千鈞一髮之際，她眼前閃過紅底黑袍的身影，一雙精瘦卻有力的手死死地拉住韁繩，那馬不滿地嘶鳴一聲，馬蹄被迫轉個方向，兩聲巨響踩在地上。

與此同時，馬上的主子，因為這一轉變，身子瘋狂顛簸，雙腿沒有夾穩馬肚，「撲通」一聲摔在地上，還止不住地在地上翻了兩圈。

一直跟在馬後狂奔的僕人們見狀，嚇了一大跳，連忙跑過來，七嘴八舌地問他們主子有沒有事，個個義憤填膺地怒視罪魁禍首。

這罪魁禍首卻不慌不忙地轉了個身，走到李姝色跟前，伸出細白纖長的五指，問：「妳沒事吧？」

剛剛撲倒她的正是沈峭，幾乎是瞬間，他都沒有來得及思考，就撲在了李姝色的身上，想要替她代受馬蹄的踩踏。

好在，眼前這位女英雄出現了。

沈峭起來後，又從地上扶起李姝色，深深向著女英雄拱手行禮道：「小生多謝女俠救命之恩，日後如有幫得到忙的地方，小生一定萬死不辭。」

李姝色被沈峭從地上拉起來後，才驚覺自己剛剛從鬼門關走了一圈，眨了下眼，這才看清救命恩人的模樣，突然就愣在原地。

只見眼前女子身披紅底黑袍，身材高䠷，腰間佩劍，眼尾上挑，脖頸纖細，五官精緻，額頭飽滿，眉間隱隱透著英氣，滿頭青絲全部束在腦後，顯得格外乾淨俐落。

李姝色心中隱隱有了猜測，眼前這人莫不是女主角葉菁眉？

她在打量葉菁眉的同時，葉菁眉也在看她。

葉菁眉還是頭一次見到這麼水靈的女子，一雙杏眸透亮且無辜，柳眉櫻唇，又處處透著江南女子的婉約氣質，她還是頭一次在一個女子身上，產生憐愛的心理。

大約是她年紀輕的緣故吧，旁邊的人好像是她夫君，兩人模樣倒是般配，不過……

遇到這男女通吃的撫遠侯家的小公子，若不是遇到她，估計兩人在劫難逃。

李姝色垂眸道：「多謝女俠救命之恩。」

她話音剛落，那邊小公子已扶著腰站了起來，開口就是「哎喲、哎喲」的叫聲，還沒來得發火，就看到神仙模樣的沈家夫婦，立馬凶狠的眼神就變了，覬覦之色毫不掩藏。

打哪裡來的兩個神仙人物？他之前怎麼沒有見過？

見他們揹著包袱，難不成是新來京城的？

新來的好啊，沒有背景，玩起來更方便。

身旁的狗頭軍師，見自家主子的眼神驟變，待看過去，也是看直了眼睛，這不正是自家主人喜歡的那種嗎？

兩個一起，更加帶勁。

當下就起了心思，狗頭軍師手一揚道：「來人，把他們給我捉住，光天化日，竟然衝撞小公子的馬，害得小公子受驚，簡直是不想活了！」

看熱鬧的群眾皆唏噓，這就是個活閻王，這對夫婦恐怕是小命不久矣。

半背對著他們的葉菁眉聞言，緩緩側過身子，冷聲道：「本將軍看你們誰敢過來？」

女將軍？

李姝色心中更加確信她就是女主角葉菁眉！

而且，男主角是誰？不就是自己三哥？那麼，眼前這位可不就是自己未來三嫂？

三嫂威武，李姝色忍不住在心中為她搖旗吶喊。

她側過身子那一刻，小公子眼睛瞇了瞇。

這葉菁眉也是傳奇女子，好好的女兒家不待字閨中，偏偏像男兒般行軍打仗。女子打什麼仗啊，在家抱孩子得了。

小公子輕蔑一笑。「葉將軍，今日可巧，在這裡遇到妳了。」

葉菁眉毫不顧忌地回道：「若是小公子能幹點正經事，好好做官，說不定我們日日早朝都能相見。」

可不是，除了有個小公子的名頭外，卻是什麼身分都沒有，沒有一官半職，整天只知吃喝玩樂。撫遠侯雖寵，到底老來得子，還是嫡幼子，但寵也寵壞了，沒能夠成大器。

小公子撫平衣襟，輕咳了聲。「今日，他們二人驚動我的馬，人我肯定是要帶走的，這是我們之間的私人恩怨，將軍應該不會插手吧？」

李姝色見那被稱作小公子的，長得人模人樣，但是向她投過來的目光，她卻很不喜歡，就像是被毒蛇盯上了。

她回憶起原著中對他這個人的描述，就八個字「無惡不作，十惡不赦」。就是個又壞又蠢的角色，讓人恨得牙根癢癢，況且他葷素不忌，手段殘忍，從他院子裡抬出去過不少人。

李姝色皺起眉頭，眼中閃過厭惡。

聽到他明裡暗裡的暗示，葉菁眉卻道：「這兩個人，我保了。小公子，別怪我沒有提醒你，像你這樣在鬧市騎馬，驚動路人，弄得雞飛狗跳，可是要被打板子的。」

他姊姊是皇后，他還怕這個？

小公子完全不把這話放在心上，哈哈一笑。「妳以為，就憑妳能保得住他們？來人啊，給我上，將那對男女給小爺我搶過來！」

這是明搶了？

李姝色眉頭皺得緊緊的，她沒料到，剛來京城第一天就遇到個大禍害，還有可能連累女主角。

葉菁眉上前一步，看著他的那些打手說：「一起上吧，一個一個來，簡直浪費時間。」

那些打手互看一眼，都抬拳躍躍欲試。

葉菁眉連劍都沒有拔，直接迎了上去。

李姝色挪動步子來到沈峭身邊，低聲問：「夫君，該怎麼辦？」

沈峭也清楚情況不容樂觀，遇到一個胡攪蠻纏、不講是非的活閻王，還是個有背景的，還真不好解決，便安慰地回道：「靜觀其變。」

李姝色不再說話，靜靜地看著葉菁眉是怎麼教訓他那幫手下的。

這左勾拳，這上踢腿，這優美且不失剛勁的身形，已經牢牢擄獲李姝色的心。

真的是太帥了！

讀原著的時候，她就好嗑男女主角這對，如今成了自己三哥、三嫂，以後嗑起來還不更加方便？

沈峭還在想著法子脫身，卻見自家娘子癡迷地看著葉將軍的身影，眸光沈了沈。

他怎麼不知，娘子還喜歡這個？

要不怎麼說葉菁眉是征戰沙場、身經百戰的將軍呢？兩三下就將那些打手打得落花流水，只顧抱著傷痛部位在地上嗷嗷打滾了。

李姝色心想，若不是事關自身，真的想吹個口哨，當葉菁眉的小迷妹，為她助興。

不愧是她喜歡的女主，就是這麼英氣和霸氣！

小公子看著在地上打滾的手下，臉色瞬間就沈了下去，冷聲道：「葉菁眉，妳一定要和本公子作對嗎？妳知道我是什麼身分，妳竟然敢……」

他的話還沒有說完，突然被人打斷。「哦？本世子很好奇，你是個什麼身分？」

李姝色聞言，抬頭將目光往出聲的方向看去。

他剛剛說世子？原著是有個世子，還是癡情的男配角。

這男配角癡情是癡情，喜歡女主角而不可得，主要是被自家爹給坑了。

別人都是坑爹，但到了他那裡，就變成坑兒子。

如果不是他爹鎮北王作孽，男主角最終還不一定能夠抱得美人歸呢。

看原著描述，男配角是個風流倜儻的公子哥兒，如今一見，果然名不虛傳。

他整個身子懶散地倚靠在酒樓二樓露臺的柱子上，雙手抱胸，風流肆意。一件青白大氅遮身，頸邊一圈白色狐毛，他輕輕抬起下巴，可以看見線條分明的脖頸和凸起的喉結。

據說這位世子的娘是鎮北王北征時帶回來的，是人間少見的絕色，他稀罕得緊，很少讓她出現在世人面前，但只要出現在世人面前，哪怕一瞥，那也是驚鴻一瞥。

可惜，去世得早，李姝色沒有機會看見了。

世子無疑是繼承了他娘的美色，頂著這麼好看的一張臉，活像一隻男狐狸精，卻不顯陰柔。

只能說，長得和男主角各有千秋，難分伯仲。

但話又說回來，她喜歡帶點仙氣的，正所謂蘿蔔青菜各有所愛，她喜歡沈峭這一款。

待看過這世子，眼光便移到他身邊的姑娘身上。

這姑娘的身分非富即貴，頭上的珠釵直晃人眼睛，白皙的一張臉，此刻有些沈，咬著牙道：「你這是在幹麼？怎麼敢對葉將軍無禮？待本公主回去告訴母后，看她怎麼收拾你！」

李姝色詫異地再次看向那姑娘，沒想到這姑娘竟是個公主，又聽到她喊母后，心裡便有了數，她就是苦戀鎮北王世子無果，皇后生的清瑤公主吧？

小公子見自己被兩個晚輩訓話，臉上有些掛不住地道：「清瑤，妳怎麼和妳舅舅說話的？還不快點勸勸世子，讓他不要多管閒事！」

李姝色聞言，嘴角輕蔑勾起，人家世子可是愛慕葉菁眉多年，怎麼可能聽你的話？

自然，也不可能聽清瑤的話。

果然，那鎮北王世子低笑出聲。「本世子給你面子，叫你一聲小公子，不給你面子，你算是個屁！還敢在本世子面前拿喬，還不趕緊滾蛋，免得污了本世子的眼！」

不愧是男配角，說話就是有底氣。

他的世子是皇帝親封的，這小公子卻啥也不是。

況且，依照皇帝目前對鎮北王的信任程度，即使是皇后要保小公子，鬧到他面前，他不知道會偏向誰呢。

畢竟，她可是知道，後宮中最得寵的是貴妃，皇后只剩下了一個名分。

即使鬧開了，估計受罪的人也只會是面前的小公子，人家世子照樣活得順心如意。

皇帝看重世子，這是誰都知道的。否則也不會將剛出生的小公主，也就是貴妃的女兒，賜婚給世子了。

等……等等？貴妃的女兒，小公主？

可不就是……她嗎？

李姝色後知後覺，完全忘了，自己才是真正的小公主！

後來這婚事因為小公主的失蹤就暫且擱置，加上清瑤公主喜歡世子，所以更不會有人沒眼力地提了。最主要的是，被認回去的冒牌貨不喜歡世子，喜歡沈峭，還跑去皇帝面前求賜婚了……

李姝色繞了半天，只覺這其中彎彎繞繞，腦殼疼啊！

那小公子聽了世子的話，臉色氣得脹紅，但是沒辦法，誰讓人家的爹是鎮北王？

清瑤聽了世子的話，想著小公子畢竟是她小舅舅，臉上也有些掛不住，居高臨下地看著他道：「小舅舅，當街策馬是你不對，趕緊回去吧，這件事本公主不會與母后說的。」

這是要息事寧人了。

要是眼前的將軍和世子真的認真起來，那麼小公子免不了要挨一頓板子，但是清瑤公主既然開了口，她都不會說出去，那麼又有誰沒有那個眼力，將小公子當街策馬的事給說出去呢？

小公子聞言，這才有些恨恨地離開。

離開之前，視線掃過一圈，心裡的帳記了一筆又一筆。

沈峭有意無意地擋在李姝色面前，隔絕小公子的視線，他現在雖無權無勢，但若有人敢動阿色，他即使是拚了性命也要保全阿色。

小公子離開後，清瑤公主又高高在上地說：「今日大家的損失，本公主會賠償。」偏頭吩咐宮女。「玲瓏，拿些銀子去賠償。」

玲瓏應聲道：「是，公主。」

原本還有怨氣的大夥兒，看著滿地狼藉，又聽到公主會賠償，肚子裡的怨氣便少了一大半，紛紛感謝起公主來。

清瑤嘴角一勾，她這麼做，自然是為了揚名。

昭素那個鄉巴佬，居然玩起施粥這招，這段時間在京城老百姓心中刷了一波好感，生生將她這個嫡公主的名聲給比了下去。

她怎麼能夠甘心？本來是想來看看那個鄉巴佬是怎麼施粥的，沒想到卻看到了這一幕「好戲」。

她向來知道自己小舅舅的名聲，如今她三句話將人勸走，還主動賠償，替小舅舅擦屁股，想來也能為自己賺取一波好名聲。

這樣看來，她也沒輸那鄉巴佬什麼。

清瑤興奮地轉頭，剛要跟世子說些什麼，卻看到世子一言不發地轉身下樓，她也立馬抬腳跟上。

第四十六章　修羅場

葉菁眉問起李姝色的名字。她第一眼看見李姝色只覺得水靈，第二眼卻微微有些愣住。這眉眼，怎麼這麼像一個人？

李姝色見她問自己名字，立馬答道：「將軍好，民婦叫李姝色。這位是我的夫君，名叫沈峭。」

葉菁眉又問沈峭。「瞧你書生打扮，是來京城參加會試的嗎？」

沈峭回答。「是。」

他們兩人其實不算是第一撥來的人，有參加完鄉試就立馬趕到京城的，或提前購置房產，或早點過來溫書，或走親訪友，或拜訪名士大儒，抑或參加學術交流會，相互切磋的，總之大多學子不會閒著。

葉菁眉覺得李姝色這姑娘看著順眼，又是自己救回來的，便問她。「你們是從哪裡來的？在京城可有親戚，是打算購置房產住，還是先住客棧？」

問得這麼細，李姝色聽了覺得她家三嫂好貼心，一一答道：「我和夫君是良州人，在京城沒有親戚朋友，打算先找客棧住下。」

正說著話，那邊世子和公主已經下樓，來到他們跟前。

世子慵懶的眼神落在李姝色身上的時候，明顯停了下，沒人知道他在想什麼，只是眉頭微微蹙起。

他看起來慵懶，聲音也是慵懶地問：「妳叫什麼名字？」

早就聽聞這世子風流的名聲，葉菁眉不著痕跡地替李姝色答道：「她叫李姝色，旁邊的人是她夫君，沈峭。他們此行來京城是為了會試。」

世子眼神只停留三秒，隨後便移開，看向葉菁眉。「睿王呢？今日怎麼沒有陪在妳身邊？」

葉菁眉一板一眼地回答。「去兵營練兵了。還有，他一個王爺，為何要陪在我的身邊？世子，請慎言。」

李姝色瞪大眼睛，眼中滿是八卦的神色。

剛剛世子的話，怎麼聽著這麼酸？

還有啊，女主就是個直女，哪怕現在男主角、男配角都對她有意思，還為她爭風吃醋，她就是看不出來，說白了就是晚開竅。

李姝色太愛看什麼修羅場吃醋的戲碼了，眼珠滴溜地轉，生怕別人不知道她在看戲似的。

她這個模樣太明顯，世子分了點視線看了她一眼，神色不明。

葉菁眉轉頭對李姝色說：「你們兩個最近還是當心那小公子的報復。不如這樣，將軍府還有多餘的客房，你們夫妻倆先到我家住幾天如何？」

李姝色聞言，一下就愛上了她。她的心怎麼這麼細，說話怎麼這麼好聽？

但話說回來，葉菁眉只在感情上遲鈍些，其他的事還是看得很清楚，也是七竅玲瓏心。

這種女人，就是有讓人一下子就愛上的魅力！

還沒得李姝色回答，耳邊就傳來世子涼涼的聲音。「妳瘋了？沈峭可是趕考的學子，住在妳將軍府像什麼樣子？妳即使不懂得避嫌，也要注意妳的身分，所謂文臣、武將，妳自己再好好想想。」

陛下素來不喜文臣和武將走得近，他在朝廷有一套制約的準則。沈峭既是學子，將來走的是文路，而葉菁眉是武將，要是這件事傳到陛下耳中，不知會引來什麼樣的猜忌。

本來，文臣武將就應該涇渭分明，各司其職。

李姝色從世子口中聽出了點意思，知道世子喜歡女主角，肯定不會害了女主角，便回道：「將軍，多謝妳的好意，不過我夫婦二人不想多打擾，會小心避開小公子，我們還是住在客棧吧。」

葉菁眉眼中閃過失落，轉頭就瞪了世子一眼，讓你多嘴。

世子滿臉無所謂。「要不，住在本世子家？」

啥？鎮北王府？

她是瘋了，住在鎮北王府？

鎮北王可不是啥好人，若是沈峭住在他家，日後傳出去肯定會被視為一黨，她還是老老實實遠離的好。

這次，不用她拒絕，同時有兩道女聲響起。「不行！」

一道是葉菁眉的，還有一道是清瑤的。

清瑤的眼睛一直關注著世子，見他的眼睛都瞟了李姝色好幾眼了，心裡的酸水止不住地往外冒，又聽到世子有意讓他們夫婦住在他家，她怎麼可能同意？

即使這個李姝色已經嫁人，但是萬一去了王府後，被迷了眼睛，一腳踹了自家夫君，轉而撲在世子懷中呢？

防患於未然，清瑤說：「他們什麼身分，也值得住你家？」

這話說得李姝色就不怎麼愛聽了，瞧了瞧與這具身體有血緣關係的姊姊，她板著臉說：「我們夫婦倆身分卑微，有勞世子關心，但恐多有不便，我們決定還是住客棧。」

聽了李姝色的拒絕，世子卻笑著問沈峭。「你的意思呢？」

沈峭聲音不高不低。「夫人的意思，即是我的意思。」

清瑤這才正眼瞧沈峭一眼，當即也是愣住片刻。

若說世子哥哥是除了三哥外，她見過最好看的人，那麼眼前人也能算上一個。

世子哥哥是俊美中帶著妖氣，特別是一雙眼睛，慵懶的樣子簡直要人命。

但是眼前這人，卻是帶著仙氣，瀲灩桃花眼，別有風情。

怪不得小舅舅剛剛看到他們夫婦，跟失心瘋似的，當街就明搶了。

葉菁眉見他們夫婦倆態度如此堅決，便不強求。「也罷，要是你們遇到任何麻煩，都可以去將軍府找我。」

李姝色聞言，重重點頭。「謝將軍。」

世子卻是又瞧了李姝色一眼，嘴角突然揚起。「小妹妹，妳也可以找本世子哦。」

李姝色無語。

沈峭則直接拉著李姝色的手離開了。

另一邊，玲瓏收拾完殘局，上前對清瑤說：「公主，那邊施粥已經開始了。」

清瑤點了下頭，對二人說：「世子哥哥，葉將軍，本公主還有事，先行一步。」

待她離開，葉菁眉看著世子，毫不客氣地說：「往常也不見你這麼殷勤，是看上人家丫頭了？別想了，人家已經成親了。」

世子眼中閃過暗色，隨即直勾勾地盯著她說：「本世子看上誰了，妳會不知道？」

葉菁眉皺眉。「從小你花花腸子就多，誰被你看上恐怕也不是件好事吧？」

她、睿王和世子從小就相識，雖然中間分開過好長一段時間，但是三歲看老，所以知道這廝肚子裡全都是壞水。

世子臉色卻突然正經起來。「不跟妳胡扯。妳難道就沒有發現，李姝色長得很像一個人？」

葉菁眉神色也認真起來。「你是說，貴妃？」

這還在大街上，所以葉菁眉刻意壓低了聲音。

「都說貴妃僅憑一塊玉珮就認回了小公主，我也曾好奇過小公主的容貌，可惜了，鎩羽而歸。」

葉菁眉白了他一眼。「人家小公主沒招惹你，你好端端地跑過去說人家長得不好看，好歹是貴妃親自認回的女兒，又是跟你從小訂下婚約的人，你即使不喜歡，也不能這麼說昭素吧？」

世子卻笑。「誰讓我就是喜歡好看的人？若是那小公主長得像剛剛李姝色那樣，或許我也不會罵公主長得醜，高高興興地當個駙馬也不錯。」

葉菁眉再次白了他一眼。

這邊，李姝色和沈峭正在沿街尋找合適的客棧，她冷不防地聽見沈峭問：「剛剛那位世子……」

「怎麼了？」李姝色好奇地問。

「妳不覺得奇怪，為什麼要邀請我們住在他家？」沈峭眼中泛起鬱色。

李姝色卻說：「這有什麼好奇怪的？他喜歡將軍，我們拒絕了將軍的好意，所以他才上趕著讓我們去他家住，說白了就是要引起將軍的關注。」

沈峭腳步突然停下來，桃花眼看著她問：「妳怎麼知道，世子喜歡將軍？」

啊？她怎麼知道的，當然是原著寫的啊。

李姝色先是愣了下，而後腦子轉得也快地道：「自然是看出來的呀。」

東街口。

百姓們領粥的隊伍排得很長，手裡都拿著碗，就連衣衫襤褸的乞丐也捧著手中的破碗，期盼分到一碗白米粥。

昭素一開始有亮相，但也只是一盞茶的工夫，象徵性地為排在最前面的人施過粥後，她就將重任交到貼身宮婢的身上。隨後，找了一個僻靜的地方坐下，品著從宮裡帶出的龍井以及桃花酥。

遙祝寸步不離地守在她的身邊，腰間配戴著劍，在她面前永遠半低著頭，一副聽其差遣的樣子。

昭素如今在宮裡待久了，禮儀規矩也逐漸完善，只見她輕輕抿了一口茶，隨後輕輕地放在桌子上，整個動作緩慢而優雅，不疾不徐。

遙祝看到她這個樣子，心中很是滿意。原本他就該陪著她長大的，卻錯失了這麼多年，如今有幸依舊陪在她身邊，他定讓所有人知道公主的好。

昭素吃了茶點，感覺渾身又有了力氣，下巴抬了抬，看向遙祝問：「本公主還要施幾天粥？好生累人，腰都疼了。」

其實就是坐馬車來這裡顛簸了些，其他的事根本不用她操心，大約是這大半年養得精細，讓她現在算是吃不了一點苦。

遙祝聞言，立馬上前跪下，昭素明白他的意思，側了側身子，一雙大手就扶上她的腰，力道適度地按摩著。

整個過程，他就一直跪著，十分虔誠，雙膝彷彿感覺不到痛般，道：「公主，三次就夠了，接下來的事就交給奴才，您不必露面了。」

這一連三日施粥，她確實累著了。

本來因為張二寶的事，讓她的名聲失了大半，雖然張二寶已經離開京城，她也不免落下個祖護的罪名，可若眼睜睜看著不救，天下人估計也會罵她心狠、忘恩負義。而且，爹娘那一關她就過不了。

所以她是左右為難。

前段時間，貴妃又被訓斥，有一段時間失去了皇帝的寵愛，連帶著她這個女兒都在背後遭宮人議論，總之糟心話就沒有停過。

好在，貴妃及時復寵，才讓她在那些皇子、公主們面前又挺直腰杆，但是復寵的人僅是貴妃，她的地位好似沒有剛來時那麼高了。

於是，遙祝就提了個施粥的善舉，如果她能挽回宮外人的口碑，那麼陛下也會對她刮目相看，她的寵愛自然也會恢復如初。

自第一日施粥，陛下就知道了，還讚許她這個舉動，誇她做事張弛有度，辦得不錯。

昭素心裡清楚，這一切都是遙祝的功勞，如果沒有遙祝，她還不知要辦成什麼樣子。

遙祝的手修長有力，且手中有繭，按摩她腰部的時候，摩擦揉捏，一緊一鬆，貼著她的身體移動，被他碰觸過的皮膚像是被火燒般，泛著一股說不清、道不明的酥麻感。

他是真的用心在伺候她，他還是貴妃精心挑選的人，從小就應該跟在她身邊。

哦，不，應該是李姝色身邊。

昭素嘴角揚起，懶懶地開口道：「遙祝，多虧了你這方法，現下父皇和母妃對本公主的義舉很是讚許。」

遙祝語氣榮辱不驚。「為公主分憂是奴才的本分。公主的煩心事就是奴才的煩心事，奴才怎麼會不用心解決公主的煩心事呢？」

昭素垂眸，看著遙祝白皙俊美的臉龐，想到當初親爹救他回來的時候，他渾身浴血，閉著眼，臉部輪廓依稀可辨，她打水給他擦了擦，越擦手越是輕，她那時還是頭一次見到模樣如此漂亮的男人。

如今，他就乖巧地跪在自己跟前，伏低做小地替自己捏腰，只要她一個吩咐，即使是上刀山、下火海，他也會一腔熱血絕不推辭。

昭素伸手抬起他的下巴，居高臨下地看著他。「你說，本公主該賞你些什麼？」

遙祝心跳一窒，紅唇顫動。「奴……奴才……」

「噓，」昭素的食指抵在他的唇上，語氣鄭重地告訴他。「以後私下裡不要喚自己奴才，我不愛聽。」

她用了「我」，也就是說，他也可以用「我」。

遙祝心中湧起狂喜，滿腔熱血沸騰地開口。「奴才……不，我知道了。」

昭素看到眼中含光的遙祝，只覺得他此刻美得驚人，可惜了，是個太監。

如果不是……

她沒有繼續想下去，可就是這麼一個人，原本也應該是李姝色的。

原本他的保護，他的忠誠，他所做的一切，都應該是李姝色的。

昭素臉上的笑容忽然收了起來。

聽爹說，沈父、沈母死於盜匪的刀下。真的是可惜了，為什麼李姝色沒有死？

遙祝明顯察覺到公主表情的變化，還以為是自己放肆了，正要開口，就聽到身後傳來一道聲音。

「喲，遙祝這是犯了什麼錯，怎麼跪在妹妹面前？」清瑤的聲音含著幾分幸災樂禍。

宮裡誰不知道，這遙祝是昭素身邊最忠誠的一條狗，指誰咬誰，相當護主。

昭素剛進宮那會兒，世子特地跑進宮來看，看了一眼便失望地、不太委婉地說了句「醜」。

這可了不得，遙祝當即就拔劍了，與世子廝殺了不下百來個回合。

最終驚動了陛下，在貴妃和昭素的力保下，遙祝以下犯上的罪名被罰了五十廷仗了事。不過，賤皮子就是賤皮子，被打不過半月，這狗東西又跟在昭素身邊了。

這麼忠心的一條狗，又為她操辦施粥事宜，怎麼就被她給罰了？

昭素聽到清瑤的聲音，便用眼神示意遙祝起來，語氣淡淡地回她。「小事。皇姊怎麼也出宮了，是特地來尋妹妹的嗎？」

昭素無疑是嫉妒清瑤的，一來清瑤從小在宮裡長大，她的禮儀、舉止確實比她標準規範，二來她是嫡公主，是皇后親生的，而她的「娘」只是貴妃，到底嫡庶尊卑有別，旁人拿她們相比時，總是會刻意踩低她，彷彿她給清瑤當陪襯都不夠！

這讓她怎麼不討厭乃至嫉恨清瑤呢？

清瑤毫不避諱地回答。「是啊，聽母后說，近日妹妹在此施粥，特地讓姊姊我過來瞧瞧，好向妹妹學習，如何籠絡人心的本事。」

這一招卻是高明，這幾天滿大街都是她的名頭，本來剛回來那會兒就風頭大盛，如今亦是，這不就有才子寫詩誇讚她了？

昭素臉上表情不變地道：「籠絡人心談不上，如此施恩，也只不過是替二寶贖罪罷了。」

呵，清瑤就是看不慣她這副招搖做作的樣子，還一天到晚想要搶她的風頭，真是癡人說夢。

幸好，世子哥哥對她不感興趣，若是世子哥哥瞧上了她，而那份賜婚又還在，那麼昭素豈不是要嫁給世子哥哥？

她怎麼可能容忍這樣的情況發生？她和貴妃都是賤人，跟她和母后搶奪父皇寵愛的賤人！

清瑤輕笑。「也是，若不是妳那好哥哥，貴妃也不會被父皇冷落，妳也就不會出宮來此受罪了。」

她們之間，來回打了不下百次對手戲，外人面前姊妹情深，私下裡就如這般，互相捅心窩子。

昭素也不甘示弱地說：「那的確是妹妹的罪過，否則也不會連累姊姊趕過來看妹妹了。」

清瑤冷哼。「不過如此，沒什麼看頭，還以為妳有多親力親為。」

「姊姊此言差矣，公主之尊怎麼能夠輕易拋頭露面，坐鎮後方便可。」

清瑤不屑。「妳莫不是忘了，自己之前是什麼身分？不過是身分卑賤的農家女，公主之尊，妳個鄉巴佬也配？」

昭素臉色一變，她現在最聽不得別人提之前的事，也最聽不得什麼「農家女」、「鄉巴佬」的字眼，這樣會讓她感覺自己真的只是張素素，是一隻假鳳凰。

遙祝臉色沈得厲害。「清瑤公主，請慎言。」

清瑤無差別攻擊。「你又是個什麼東西，敢這麼對本公主說話？不過是她身邊的一條狗，給你一根骨頭，你就只會叫喚兩句罷了。」

遙祝不是第一次被罵，所以沒有反駁，準確地說，他從來沒有反駁過。

但有一點，罵他可以，罵公主不成。

昭素聽到清瑤這麼輕賤遙祝，一下子沒忍住，站起身來，走到清瑤跟前。

還沒等清瑤反應過來，她突然「啪」一聲，甩在清瑤的臉上！

玲瓏驚恐地喊了聲。「公主！」

清瑤捂著被打的半邊臉，難以置信地看著昭素。「妳居然敢打我？」

說完，揚起手，就要搧回來。

可是，半途中，就被遙祝給攔截下來，那一巴掌終究沒有搧到昭素的臉上。

這一回，清瑤輸了，輸在自己身邊只帶了玲瓏，而昭素身邊帶的則是遙祝。

清瑤咬牙道：「昭素，妳給我等著，這回我們沒完！」說完，轉身就走了。

她走去哪兒？自然是回宮，趁著現在有這熱呼呼的掌印，她要給父皇看！

昭素這賤人好不容易攢起來的名聲，她要一併毀了，她居然敢打她巴掌，她要讓她好看！

看著清瑤離開的背影，昭素臉色不慌不忙地甩了下手臂，她自然已經猜到清瑤是回去告狀。她不是傻子，既做得出來，心裡自然想的也是如何反擊。

她問遙祝。「清瑤回去告狀了，你說我該怎麼辦？」

遙祝皺起眉頭。「公主，剛剛您那麼為我，不值當的。」

都是他不好，被罵幾句就被罵幾句，公主又何苦為他出頭？

昭素一方面是為了遙祝，但更多的是為了自己。她早就看不慣清瑤，這一巴掌也是順了她的心意，況且僅僅是宮外的名聲還不夠，她想要在皇帝和貴妃心中重新站立起來，還需要一點東西。

這點東西，便是憐惜二字。

昭素道：「遙祝，打我一巴掌，記得要比清瑤臉上的看起來重些。」

告狀嘛，誰不會啊？

第四十七章　告狀

李姝色和沈峭在一家雲來客棧住下了。客棧有上下兩樓，一樓堂食，二樓客房。

李姝色雖動了在京城買房子的心思，但奈何錢少，這心思便暫時歇了。

她要了兩間房，一來，她自己需要獨立空間琢磨自己的事業，二來，沈峭溫書也需要安靜的空間。

路上沈峭問起世子的事，李姝色敷衍地答了下，幸好他沒有繼續追問下去。

她還沒火眼金睛到，對第一次見面的兩個人，就看出誰對誰有情，若是她經歷多也就罷了，偏偏她自己還是個初嚐情事的姑娘，實難讓人信服。

客棧雖然只是他們來京的第一個落腳點，但她想著可能要住上個把月，李姝色還是添置了不少的東西，且一式兩份，她和沈峭的房間相連，來來回回地跑。

京城富貴地，花錢如流水，剛來第一天，李姝色就為錢著急了，她翻出自己之前的設計圖改了起來，大有在現代熬夜改方案的架勢。

隔壁房間，沈峭也點起燈，看著房間裡李姝色為他準備的一切，眼神不自覺地向相隔的牆面看去。

本來父母雙全，夫妻和睦，雖然日子清貧，但也幸福美滿。奈何突遭橫禍，父母皆喪，身負如此大仇，戚戚不可終日。

還有就是阿色，如今只有他們二人相依為命，互為依靠，原以為阿色會過度依賴他，他還擔心要如何解開她的心結。

但事實證明，他想多了。

阿色比他想像得還要強大，外表嬌柔，內心卻是十分剛硬，這種性子讓他既欣慰，又感到一絲……害怕。

從未如此怕過，怕阿色根本不需要他，怕她身世大白的那天，他連搆著她的資格都沒有。

他們距離如此近，卻又好似鏡中月，水中花，近在咫尺，卻又遙不可及。

沈峭哂笑，他什麼時候變得如此患得患失了？

永壽宮。

昭素向貴妃請安的時候，就一直半捂著臉。

貴妃眼尖，一眼就看出不對勁，拉著她的手臂問：「素素，妳的臉怎麼了？」

昭素未言先紅了眼眶，別開臉，有些難為情地道：「母妃，我沒事。」

她越是這麼說，就越是惹人懷疑與心疼。

花嬤嬤仔細瞧了瞧，道：「貴妃，公主的臉好似被人打傷了。」

貴妃眼中泛起急色，有哪個姑娘家不在乎自己的臉？她就是其中翹楚，特別在乎自己的臉，不允許有絲毫閃失。

貴妃拉過昭素的手，雙眼如炬地盯著昭素的半邊臉看，赫然看到了清晰的五指印。她急問。「這是誰幹的？」

昭素是她的女兒，頂著這個名頭，還能被打成這樣！

昭素眼神閃躲，偏不肯說，貴妃心中更急，彷彿被打的人就是自己的小公主，看向遙祝質問。「你是怎麼看著公主的？怎麼好好地出去施粥，回來就變成了這樣？」

小公主永遠都是貴妃逆鱗，幾乎誰碰誰死。

遙祝立馬開口道：「回娘娘，是清瑤公主，公主念及姊妹情深，所以才遲遲不肯說。」

「清瑤？」貴妃眼中閃過異色。

那個孩子雖然衝動魯莽、生性驕傲，又因為她母后的原因，與永壽宮向來不對盤，但也沒膽大到搧昭素巴掌的分上。

難不成是昭素挑釁在先，才惹得清瑤如此行事？

這麼一想，貴妃也不再問昭素，而是問起遙祝，她向來知道這孩子對她實誠，從來沒有說過謊。

但貴妃沒有料到的是，一朝天子一朝臣，況且他現在只對昭素忠誠，心裡的第一順位始終是她。所以，遙祝對貴妃說謊了，雖然他心裡覺得這是個善意的謊言，因為對昭素有利。

貴妃聽了，臉上裝作憤憤地開口。「真是豈有此理！她仗著是嫡公主，就可以這麼欺負昭素嗎？」

話音剛落，殿外就傳來通報的聲音。「陛下、皇后與清瑤公主到！」

貴妃眼眸一沈，她沒去主動找事，她們竟主動找上門來了，還帶了陛下過來。

她心中冷哼，不是誰先告狀誰就有理，不是還有句話說「惡人先告狀」！

貴妃如此想著，看著皇后和清瑤一左一右簇擁著皇帝進來。

皇帝一進門，就看到了貴妃不對勁的臉色，幾分委屈，幾分怨懟，心下微慌，這是怎麼了？

看完貴妃，才將眼神移到昭素臉上，看到她通紅的雙眼，以及紅著的半邊臉，皇帝皺起了眉頭。

貴妃行完禮後，腰杆挺直地站著，只看皇后，興師問罪地道：「皇后和公主來得正好，本宮正有話想問。」

看起來是兒輩的糾紛，其實是兩宮正主之間的較量。

這一仗，誰贏誰輸，宮裡這麼多雙眼睛可都看著呢。

哪怕貴妃心裡還有疑問，她還是擺足架勢，畢竟輸人不輸陣。

皇后聽她這話，突兀地笑出聲。「哦？本宮還沒來問貴妃，貴妃倒是先問責本宮了？」

貴妃不卑不亢。「臣妾不敢。不是問責，就是想問問，本宮辛辛苦苦、差點丟了條命接回的女兒，怎麼就不是公主，而是什麼農家女、鄉巴佬了？」

皇帝沒聽過這一齣，立馬轉頭看向皇后。「這是什麼話？」

陛下總是這般，偏信賤人一面之詞，多少年了總是這般袒護她，難道他就半點不存疑嗎？

皇后心裡想著這些，卻沒有表現半分，而是道：「本宮從來沒有聽過這樣的話，不過宮裡人多口雜，大概是宮人們胡亂說的，正所謂法不責眾，陛下不必放在心上，把嘴碎的宮人趕出去便是。」

四兩撥千斤，不說是誰說的，只說是宮人瞎傳，再把嘴碎的宮人趕出去，這樣一來，貴妃就不能說什麼了，否則就是她得理不饒人。

說完這事，皇后又說：「倒是妹妹啊，也不知道妳是怎麼教孩子的，怎麼還動起手來，打了自己的嫡親姊姊？」

貴妃這才發現清瑤的半邊臉有些紅，但也只是一點點，所以她一開始沒有注意到。

「本宮也想問問皇后，怎麼好端端地，本宮的女兒就被自家姊姊打成這樣？」說完，貴妃將昭素拉至人前。

昭素也不低頭閃躲了，而是抬起下巴，露出她紅腫的半邊臉。

看到她這個樣子，皇后、清瑤兩人眼中閃過驚愕。

清瑤更是震驚出聲。「怎麼會這樣？」隨即反應過來，憤怒地看向貴妃。「不是我打的！她說謊！」

皇后到底是老江湖，況且她深知自己女兒的性子，從來直來直往，半點心思都藏不了。說她罵昭素，她信，但是說她將昭素打成這樣，她不信。

所以，她一眼便猜出，這昭素小賤人是自己打的，嫁禍給她家清瑤。

皇后睇了下眼睛，還真的是小瞧了她，原本以為是個好拿捏的農家女，沒想到心機深沈，跟她那該死的娘一樣心思莫測。

她家清瑤遇上這樣的人，恐怕要吃虧啊。

貴妃聽到清瑤這麼說，到底是從小看著在宮裡長大的孩子，心中的那股疑惑像是找到出處。

貴妃看向昭素，眼神暗了暗。這個孩子，心機是真的重，還讓遙祝對她死心塌地，現在連她都敢欺騙了。

不過，事情已經起了頭，兩方陣營對立分明，她若是退縮，那麼皇后必然順風而上，狠狠咬她一口。

畢竟，在所有人眼中，昭素和她是同條船上的人，一榮俱榮，一損俱損。

皇帝看著昭素通紅的半張臉，神色關心地問：「昭素，妳的臉到底是怎麼回事？還疼不疼？」

昭素抬頭看他一眼，紅著眼眶搖了搖頭。自從貴妃復寵以來，皇帝對她的態度就不似從前，到底還是被張二寶的事給影響到了。

如今，她才兵行險招，用苦肉計找回她在皇帝和貴妃心中的地位。

她記得剛回宮那會兒，他們對她萬千寵愛，她也真正嚐到小公主的待遇，這種滋味一旦嚐過，就難以放手。

她這輩子所追尋的，不就是被寵到極致的感覺嗎？

皇帝又吩咐福全。「還不趕緊叫太醫，讓他帶上最好的藥，一定讓孤的小公主臉上不留半點疤痕。」

福全連忙應了聲，退下去請太醫了。

看到父皇這麼關心昭素小賤人，清瑤自然不樂意，不滿地嘟著嘴巴說：「父皇，您難道只關心昭素，都不關心兒臣的嗎？」

皇帝神色柔和。「怎麼會？只不過，妳妹妹臉上的傷瞧著比妳的重，孤擔心會留疤。」

清瑤輕輕「哼」了聲，將「她活該」三個字嚥下肚。

眼瞧著大家的心都在昭素的臉會不會留疤這個話題上，皇后站出來將話題給拉了回來。「昭素這臉到底是怎麼回事？怎麼貴妃剛剛說是清瑤打的？清瑤畢竟是個女孩子，可沒有這麼大的手勁。」

清瑤聽到皇后將話題拉回來，忙道：「父皇，您可要為我作主，我的臉到現在還疼著呢，就是昭素打的，但是她的臉，我可一點都沒動手。」

昭素聞言，眸中閃過幾許震驚，隨後又委屈地低下頭，連聲音都哽咽了。「是，皇姊說不是她打的，就不是吧，是……是我不小心摔的。」

貴妃側頭看了眼昭素，這以退為進、委曲求全的話，三分不甘、七分委屈的語氣，這伏低做小的態度，還真有些小瞧了她，看來也不需要她給她「撐腰」，她自己就能擺平。

也罷，到底擔著「母女」名頭，出了什麼事，她到底還是要保著她。況且，對方還是皇后，她絕不會讓皇后踩到自己的頭上來。

貴妃決定不說話，靜觀其變。

其實這是一件很小的事，不就是姊妹兩個之間的打鬧，搧巴掌、扯頭髮，女人打架不就是如此？捅到陛下面前，就是端看誰更可憐。

哦，不是，端看陛下的心偏向誰。

皇帝問：「那妳皇姊的臉可是妳打的？」

昭素看他一眼，欲言又止，隨後又看了眼清瑤，接收到對方怒瞪的視線，她又縮了下脖子，結結巴巴地說：「是……是我打的……」

「好啊，她承認了！」清瑤立馬像是占了上風般喊道：「父皇，您聽見了嗎？她承認了！」

皇后卻沒有說話，審視的眼神看向昭素，暗自攥緊手指。

這母女倆真的是一個模子，只會討好裝可憐，偏偏皇帝還吃這套，這些年一直寵著貴妃這個賤人，現在還連帶寵著她生下的小賤人！

昭素聽到清瑤彷彿勝利在望的叫聲，又開口道：「那個時候，皇妹罵我是賤種，還說我飛上枝頭也變不了鳳凰，還……」她看一眼貴妃，又說：「還罵母妃，說了好些難聽的話，所以我才一個沒忍住……」

如果只是兩個女兒家之間的對罵也就罷了，但是昭素一句話就扯到貴妃頭上，這宮裡誰不知道貴妃是皇帝的心頭肉，戳一下可是要疼到骨子裡。

在昭素身後的遙祝聽了她的話，皺起眉頭，公主這話說得有些過了吧？

貴妃沒有跳腳，第一個跳出來的自然是清瑤。「妳胡說！我什麼時候罵妳是賤種了？況且，我根本沒有罵過貴妃，貴妃是長輩，我怎麼可能會罵長輩？」

雖然心裡罵了無數次，但是她不蠢，無論什麼場合，都不會宣之於口。所以，即使是罵昭素，也是極有分寸地罵，這點修養她還是有的。

可惡的昭素，居然敢顛倒黑白！

她之前怎麼就沒有瞧出，她竟然是這麼心機深的人？

本來是極有把握的仗，被昭素三言兩語的挑撥，再一賣慘，她竟然詭異地落於下風？

果然，皇帝聽了昭素的話，根本不聽清瑤的辯駁，臉立馬黑了下來。「清瑤，妳身為姊姊，怎麼可以在妹妹面前說這樣的話？妳身為公主的教養呢？」

清瑤連個「不」字都沒辦法說出口，畢竟昭素的話半真半假，她確實口無遮攔地罵了她。

貴妃這時開了口。「陛下，清瑤還是個孩子，您和她置什麼氣？孩子的話都是有人教的，臣妾恐怕無意中得罪了什麼人，才引得這孩子對臣妾有這麼大的偏見。」

貴妃說著，眼神還示意地看向皇后，皇后的臉也瞬間不好看起來。

皇帝聽出了貴妃話裡的意思，冷聲說：「外面那些流言蜚語傳到清瑤耳中，使得她是非不分，既是妳治宮不嚴，也是妳教導不善。妳剛才說懲處宮人這件事，孤允了，先把那些愛在背後嚼舌根、愛惹是生非的人趕出去，就從妳宮裡開始查起來。」

皇后咬著牙應道：「臣妾知道了。」

貴妃心裡舒坦了，這是陛下在給她撐腰，下皇后臉面呢。

也是，這對母女倆在背後沒少說她壞話，如今小懲大誡一番，也好讓她們長長記性。

說了整治後宮的事，就輪到兩個女兒家的事了，皇帝這次一碗水端平，對兩個女兒說：「妳們是金枝玉葉，卻像市井潑婦般互摑巴掌，還有公主的樣子嗎？」

兩個公主都低下頭，清瑤是真委屈，若是當時摑回來也就罷了，可關鍵是她什麼也沒做，她是被冤枉的啊！

皇帝又說：「兩個人都回自己殿裡，閉門思過半月，一來好好養傷，二來也靜靜心。都是大姑娘了，馬上就到了嫁人的年紀，還這麼不知輕重，孤該如何教導妳們是好？」

這就是各挨五十大板，誰也沒逃掉。

但是皇帝居然破天荒地提到嫁人二字。

兩位公主在應聲領罰的時候，心裡卻是翻起了驚濤駭浪。

清瑤猛地想起當年皇帝的賜婚，眼睛更是止不住地瞪向昭素。

這一局是我失算了，但是妳給我等著，這一巴掌我遲早讓妳還回來。還有啊，妳如果對世子哥哥有什麼非分之想，勸妳早日收起這份心思，否則我定讓妳好看！

皇后領著公主回去，皇帝則被虞美人宮裡的人請過去，昭素回自己的寢殿閉門思過，如今殿內又安靜下來，只剩下貴妃和花嬤嬤兩個人。

花嬤嬤嘆了口氣，都是些不省心的事，道：「娘娘，您歇會兒吧，虞美人初次有孕，皇帝多陪陪她也在情理之中。」

貴妃卻失笑。「嬤嬤以為本宮會為了這事不喜？」

花嬤嬤心道，難道不是嗎？

貴妃說：「妳知道上次陛下抱本宮回來的時候，對本宮說了什麼話嗎？」

花嬤嬤問：「什麼？」

貴妃毫不隱瞞地道：「他說，有意讓本宮撫養虞美人的孩子。」

花嬤嬤臉上浮現震驚的神色，不敢相信地張了張嘴巴。「陛下竟然存了這個心思？」

貴妃「嗯」了聲。「不過本宮拒絕了。」

花嬤嬤沒接話，她知道貴妃做的一切事都有自己的原因。

「本宮的小公主，剛出生三天就被人抱走了，那種撕心裂肺的痛，本宮到現在都還記得，又哪會讓別人也承受這種痛呢？」

花嬤嬤也說：「虞美人向來和娘娘不和，如果真的撫養她的孩子，將來不定長成什麼樣子。」

貴妃了然笑笑，沒有說話。

隨即，花嬤嬤又說：「娘娘，您看那昭素？」

「本宮之前倒是小瞧了她，」貴妃意味不明地道：「本來以為她有幾分小聰明，又有幾分膽量敢冒充本宮的小公主，如今看來，她還有幾分手段。」

花嬤嬤有些惋惜地說：「可憐遙祝那孩子至今還被蒙在鼓裡。」

「妳若是現在跑去跟他說，昭素是假公主，他也不一定信，反而會跑去問昭素，繼而壞了我們的計劃。」貴妃也嘆道：「怪只怪，他心裡執念太強，但凡一切為了小公主的這種信念少點，他都不至於如此。」

花嬤嬤點了點頭，又說了些令貴妃開心的話。「陛下還是最在意您的，一聽清瑤公主說了您的壞話，立馬就發怒了。雖然處罰了兩位公主，看似一碗水端平，但皇后宮裡被裁撤了宮人，說到底還是娘娘您占據上風。」

貴妃聞言，但笑不語。

第四十八章　事業

兩個月後，龍章書院。

下課後，王庭鈞與沈峭並肩走出來，王庭鈞神色飛揚。「剛剛王大儒的講課，真的是讓我醍醐灌頂，受益匪淺啊。」

沈峭道：「他的君民觀點的確新穎，或許在這裡才能聽到這種觀點，各地學者思想碰撞，方知自身之淺薄。」

王庭鈞笑道：「你的思想可不淺薄，剛才夫子還誇你了。淺薄的是誰？不就是你剛入院，就跟你過不去的張秋生嗎？」

所謂張秋生正是張三寶，仗著背後有公主，又比沈峭早些時日入院，明裡暗裡地給沈峭使了不少絆子。偏偏自己是個肚子沒幾兩墨水的蠢貨，還在剛剛那種場合挑釁沈峭，自然是被沈峭實力輾壓。

王庭鈞不知道沈、張兩家背後的淵源，就是感覺他倆互看不順眼，特別是沈峭，見到張秋生的第一眼，眼神那是深沈得可怕。

豈止是可怕，沈峭像是恨不得活剮了他。

王庭鈞也成功中舉，當時秋闈剛考完，就被他哥安排進京，如今正住在他外祖家，他哥為了讓他能靜心春闈，又安排他進了龍章書院。這麼算來，他是三人中第一個進入書院的人。

沈峭聽到三寶的名字，臉上的笑容收了收。

走到門口，突然王庭鈞的腳步就停了下來，隨即興奮喊道：「沈峭，你家娘子來接你啦！她今天好生漂亮！」

他說話的時候，沈峭的眼睛已經落在了李姝色的身上，心跳瞬間加速。

是好生漂亮！

李姝色今天穿的是她新設計的衣服，本就姝色絕麗的容顏，再身披白色斗篷，內穿青色對襟繡花褙子，渾身氣質更見清冷，微風吹過，背後烏髮隨風而動，飄飄然猶如畫中仙。

她看見他們，走近幾步，語氣輕快地道：「夫君，王庭鈞，你們下學啦。」

王庭鈞回神，一雙眼睛欣賞地看著她，道：「姝色，妳今天穿的衣服是妳新設計的嗎？」

李姝色點了下頭。「是的，今日雲裳成衣店開業，我當然要穿著自己設計的衣服招攬顧客啊。」

王庭鈞一拍腦袋。「都忘了這件事，快快快，妳是特地來接沈峭的吧，你們趕緊回去吧！」

沈峭和李姝色相攜著離開了。

李姝色這兩個多月來憑著與京城裡幾個有名的成衣店合作，賣給他們設計圖，賺到了一筆錢後，立馬就在靠近西街口的地方買了一間店鋪，今天正是開業的時候。

她是百忙中抽出時間特地過來接沈峭回店裡，否則小玉、小蘭還真的不一定能夠忙得過來。

這兩個丫頭是一對雙胞胎，也是巧，她們那天賣身葬父，李姝色看她們可憐，又見有紈袴子弟欲買下她們滿足自己的淫慾，心中一個不忍，便買下她們。雖然並沒有簽什麼賣身契，但是姊妹倆感念這份情，仍是將她當成主子。

李姝色這個時候正缺人手，看著姊妹兩人也算機靈，便讓她們一起幫忙打理成衣店的事。

她的店鋪買在西街口，雖然不如東街口繁華，但是好在人潮還算密集，而且店鋪比之東街口，價格便宜很多，又遇到原來的房主急於脫手，機緣巧合下就買了。

原本也是賣成衣的，只不過款式老舊、價格又貴，久而久之，就沒有人過來買衣服，這店也就支撐不下去。

李姝色接手後，第一件事就是換招牌，再適當裝修店面，又聘請有資質的繡娘，按照她的設計圖裁衣，這才在今天紅紅火火地開張了。

其實能夠紅紅火火，離不開兩個人的幫助。

一是王庭堅。沈峭在書院遇到王庭鈞是意外，沒想到他哥也來了京城，況且他們外祖家就是京城有名的繡坊，知道她有開成衣店的想法後，可能因為當初黑盒子那份情，給予她很大的幫助，繡娘就是他幫忙找的。

二是葉菁眉。葉菁眉實在害怕撫遠侯的小公子回頭報復他們夫婦，便派人特地打聽了他們的住所，又知道她有意在西街口開成衣店後，裝修期間時不時地過來閒逛。

因著快近年關，葉將軍又在數月前回京述職，皇帝不知因何緣故，一直將她留在京城，大有留她在京過年的意思。她閒來無事，又因為生性自由，所以外出閒逛慣了，沒有大家閨秀的拘束。

於是有一天，整日簡衣便裝的葉將軍，居然破天荒地化妝，還穿了一身款式新穎的女裝，這可讓眾人的眼睛都給驚呆了。

特別是李琸睿和鎮北王世子，兩個人都看傻了。再一追問，是李姝色設計給她的衣服。她穿出去，簡直就是活招牌，店鋪還沒開張，就引得一大票京城小姐們的注意。

李琸睿聽說是李姝色的鋪子，可能也是承了那份情，在宣傳上也出了一份力。

解除禁足出來找世子玩的清瑤公主，正巧碰到換上新裝的葉菁眉，也正好聽到世子誇了句好看，於是便將李姝色這個名字和她的店鋪記在心上。又恍惚間想起，這個名字好像在哪裡聽過，但她貴人事忙，自然是不記得了。

總之開業這天還是挺熱鬧的，李姝色都有些後悔鋪子買小了，各家夫人、小姐聞風而來，店裡擠滿了人。

李姝色自然不會讓她們都擠在一起，好在她早有準備，讓人將夫人、小姐們引到二樓，邊品著茶，邊看衣服手冊。這衣服手冊自然是她畫的，找人印成冊，還複印了幾十本，這樣她們就可以看著手冊挑選衣服。

若是挑中了，還有模特兒出來試穿給她們看，若是滿意，直接買下即可。

這些官家太太、小姐，有的人臉皮薄，不願在陌生環境試穿衣服，李姝色這一舉動，成功打消了她們的顧慮，也更能讓她們直觀地看到衣服穿在身上的效果。

總之，不管是樓下，還是二樓，都挺熱鬧。

李姝色和沈峭趕到的時候，小玉和小蘭都忙翻天了。「夫人，您總算回來了，有位貴客急著要見您呢，晚了，她可就要回去了。」

李姝色忙道：「我過去看看，妳帶我過去。」

她手裡不僅有小玉、小蘭幫忙，還招了五、六個人，開業前特地做了培訓，場內雖然看著亂，但是亂中有序，帳房更是穩坐收銀檯，手裡的算盤噼啪作響。

李姝色欣慰自己離開的這一會兒，沒有亂起來，轉頭看向沈峭。「夫君，若是嫌吵，便去後院休息吧，那裡清靜。」

沈峭看著前面忙碌的人，開口道：「這裡有我看著，妳放心去。」

李姝色點了點頭。「好。」

這個店，憑她一己之力肯定很難在短短兩個多月裡開起來，沈峭亦是幫助她許多，從選鋪面開始，裝修店面，以及找人手，和培訓之類的種種事項，他都有參與。

其實李姝色不願他這麼累，他每天白天去書院，晚上還要幫她解決麻煩，解決後還要溫書到深夜，她看在眼裡，不免覺得心疼。

不過也就這一段時間忙，等店正常運轉，小玉、小蘭更加上手後，她就能輕鬆些。到那時，沈峭已然在殿試中大放異彩，高中狀元，等著進入翰林院呢。

李姝色雖忙，臉上卻有笑容，因為未來可期。

沈峭也不是大男人主義。他知道，阿色喜歡賺錢，當初拿到五百兩銀票的時候，眼睛裡都冒著金光。他也知道，她做的事情都有自己的計劃，讓他應該感到高興的是，這些計劃她都毫不避諱地與他說，並沒有將他排除在外。

他相信這些事，即使他不參與，她也能辦成。可是，他每件事都參與了，哪怕再累再忙，他也不想遠離她的世界。

李姝色跟著小玉來到二樓，見到她口中的貴客。

定睛一瞧，還真的是貴客，是清瑤公主。

去接沈峭之前，葉菁眉來過，送了禮物，挑了幾件衣服後便匆匆走了。

王庭堅人沒來，但是卻送了開店禮，不過有些太過貴重，送禮人還有些神秘地說是睿王的意思，李姝色便將這份情記下了。

當然，讓她意外的是，鎮北王世子居然也送禮給她，禮物還是與葉菁眉一起到的，像是故意做給什麼人看似的。

李姝色知道原因，毫無愧色地收下了。

但是最讓她意外的還是眼前的清瑤，她一個公主，什麼衣服沒有穿過，居然也來逛她的成衣店，她自然是有些不解的。

她一個剛開幕的小店，怎麼引得公主前來了？

李姝色上前微笑道：「公主，您看中了什麼衣服？我讓模特兒穿給您瞧瞧。」

樓上，她正接待清瑤的時候，一輛豪華馬車也在門口停了下來。

從車裡出來一個人，正是同樣被解除禁足的昭素。

扶她下馬車的人正是遙祝。他模樣俊俏，站在昭素身邊，看著比她還要美上三分，眉間又透著男人的英氣，吸引了不少小姐的目光。

昭素抬頭看了看「雲裳成衣店」的招牌，皺了下眉頭問：「就是這裡？清瑤現在就在裡面？」

遙祝回她。「公主，是這裡，最近京城裡的小姐討論的成衣店就是這兒了。」

第四十九章　懟昭素

「模特兒？」清瑤問出聲。

李姝色解釋。「您在畫冊裡若看到喜歡的衣服，我可以安排人穿上給您看看效果。」

這個法子倒是新奇，清瑤還是頭一次聽說，便在畫冊上指了一套說：「本公主想看看這件。」

李姝色嘴角揚笑。「好的，您稍等。」

說完，她便安排下去。

不過，她倒是很意外清瑤能過來，便好奇地問：「公主，今日開業，您能來小店，小店真是蓬蓽生輝。不知可否問問，您是怎麼知道小店的？」

她雖然有進行宣傳，還借了王庭堅外祖家的東風，但這宣傳還沒大到連皇宮裡的人都知道的地步吧？

清瑤清咳了聲。「本公主記得妳，那日在大街上與小舅起衝突的就是妳。」

李姝色心裡咯噔了下，這莫不是要秋後算帳？

「本公主今日過來不是為難妳的，只是聽世子誇妳這裡的衣服好看。」清瑤抿了口茶水道。

又是世子……

李姝色覺得與這個只見過一次面，卻有婚約在身的「未婚夫」，還挺有不解之緣的。

估計是葉菁眉的緣故，他才肯出言相助。

說實話，李姝色之前不敢盯上皇宮這塊肥肉，不過既然公主都來了，她不得不想一想，看看能不能分點皇商的蛋糕。

不過，此刻她羽翼未豐，可不敢肆意去奪食，但可以先局部滲透。既然清瑤找上門來，她自然是要好好招待。

李姝色脫去斗篷，露出裡面的褙子，往清瑤跟前一站，清瑤的眼睛立馬定在她的衣服上。

清瑤眼中來了興趣。「妳身上這件？」

李姝色說了自己是門面招牌，此言自然不虛，她身上穿的這件就是自己精心設計，特地在開業時穿的。

她轉了一圈，將身上的衣服徹徹底底地展示在清瑤面前。

樓下，昭素剛進門，就看到一抹熟悉的身影，以為看花了眼，待人轉過身來，才震驚地嘴巴張開，喃喃道：「峭哥哥？」

沈峭也是一回頭就看到張素素，手指倏地不著痕跡地收緊，腦中不受控制地閃過堂屋地上的兩灘血跡，觸目驚心。

對於張家人，沈峭是恨到骨子裡，其中對張父、二寶和三寶最甚。但這件事起因還是那枚玉珮，張家所有人都參與其中，他不是聖人，做不出原諒其他所謂的「無辜者」。

更何況，這其中無不無辜的標準界定又在哪裡？他只知道，因為那枚玉珮，他爹娘喪了命。

昭素看著沈峭一步步走近，眼睛死死地盯著他，連心跳都不由得加速。她本以為他會在年後才能趕到，沒想到這麼早就來了，以前是她一直在仰望他，追逐他的步伐。可是現在，不一樣了，她是公主，他是清貧學子。

他們的距離就像現在這般，他一步步地走近她，逐步向她靠近。

昭素一下子放開了遙祝的手。

遙祝敏銳地發現她的情緒波動，眼底閃過暗色。他的眼神向沈峭看去，眼中閃過豔羨，他的身上有他沒有的東西，他從一開始就失去了競爭的資格，到底是他不配。

待沈峭一走近，昭素就迫不及待地開口問：「峭哥哥，你怎麼在這裡？」

「這是阿色開的店。」沈峭答道，語氣略顯平淡。

雖然深知他不是個情緒起伏特別大的人，即使久別重逢，他也不會因為自己的身分，過度熱絡，但她還是覺得難受。

昭素掩下眼中失望，問他。「這是李姝色開的店？」

「是。」沈峭毫不隱瞞。

昭素有些憤憤然。「她怎麼能夠開店？你今後出仕，有個經商的妻子，旁人要怎麼看你？」

李姝色這個賤人從來都不安分，從前偷人，現在經商，做事向來不顧峭哥哥臉面，實在是可惡至極。

她根本就配不上峭哥哥！

沈峭聽了張素素的話，面露不悅。「這是她喜歡做的事，況且她是我的妻子，做什麼都由我縱著，礙不著旁人。」

這話說得絕，一下子將她劃分到外人的範疇，昭素臉色立馬就變了。

遙祝見不得她這般，立馬出聲。「公主也是好意提醒，你又何必這麼不領情？」

沈峭這才將目光移到遙祝身上，才發現他居然看過這張臉。那天，他還去過張家幫忙替他擦過身……

突然腦中靈光閃現，原來如此，這麼一來，一切都說得通了。

竟然是他！是眼前這個人發現玉珮，也是眼前這個人告訴張家人玉珮的秘密，否則張家怎麼知道能夠憑玉珮進宮？

想通這一切的沈峭，更是沒了應付的心情。「清官難斷家務事，這是我家的家務事，公主還是免開尊口的好。」

遙祝道：「你……」

剛開口就被昭素打斷。「遙祝，好啦，峭哥哥說得對，這是他們的家務事。只不過李姝色向來不識大體，也是為難了峭哥哥。」

李姝色？

遙祝腦中閃現一個人的臉，這才發現，原來這張臉居然印在他的腦中，這麼久了都沒有消散。大概是她長得和貴妃有幾分相似吧，不過昭素公主長得和貴妃也有相像的地方，所以這不代表什麼。

樓上，李姝色安頓好清瑤，便準備去看顧其他客戶，剛下樓就聽到熟悉的聲音，以及十分欠扁的話。

什麼叫做她不識大體？好似她多委屈了沈峭似的。

李姝色下了樓，出聲道：「夫君，來貴客了？怎麼只在門口說話，也不迎進來？」

她下了樓，遙祝的眼神一下子捕捉到她，眉頭輕輕皺起。

剛剛那個瞬間，怎麼好似看到了貴妃娘娘？

不過不可能的，這個李姝色明明跟貴妃毫無關係……

昭素看到了李姝色，眼中閃過吃驚神色，隨後便是嫉妒，她竟沒想到平日裡只著粗布衣的李姝色打扮起來，居然這麼好看。

好看到……幾乎可以看到貴妃的影子。

重重的危機感襲來，昭素挺了挺胸膛，努力鎮定地道：「阿色，好久不見。」

李姝色假笑。「擔不起公主一聲阿色，我們不熟。」

昭素臉上的笑容瞬間收了起來，對旁邊的遙祝說：「隨本公主進去逛逛。」

遙祝亦步亦趨地跟著她，經過李姝色身邊的時候，眼神有些奇怪地又瞥了她一眼。

李姝色察覺到他的目光，也覺奇怪。當時美人娘娘來接張素素的時候，這人跟在她身邊，看樣子似乎是個太監。

她又想到，後來聽沈峭說過，那個被救的人是個太監，她便若有所思。

難不成當時他們救的人正是這個遙祝？並且，遙祝認出了那玉珮，所以回京後就迫不及待地讓美人娘娘接回張素素？

若真是如此的話，一切的源頭，居然是他和那個鳳凰玉珮！

夫妻倆腦子都是靈敏的人，眼神對視了下，就知道對方心中的猜想。

為保萬全，李姝色還特地問了沈峭。「遙祝，是當初爹救回的人嗎？」

沈峭給了她肯定的答覆。「是。」

李姝色的表情耐人尋味。「原來如此，無巧不成書。」

「我不信命，事在人為。阿色，妳信嗎？」

「巧了，我也不信，我更相信，因果輪迴，報應不爽。」

夫妻倆正說著悄悄話，那邊昭素被小蘭往二樓引，正巧碰到了專注看模特兒身上衣服的清瑤。

清瑤原本的好心情，待看到昭素的那一刻，立馬就沒了。「妳怎麼來了？」

兩個人在外人面前還是要維持姊妹間的體面，所以昭素也回答她。「自然是聽世子誇過這家的衣服，所以今日特地來看看。」

提到世子，清瑤就有些忍不住，翻個白眼道：「人靠衣裝，雖然世子說過妳長得醜，但是妳也不要太自卑，穿些好看的衣服彌補就是了。」

與昭素鬥了這麼久，各有輸贏，然而，最讓她心中暢快的便是世子的那句「好個醜女」。

真好，有了這句話，那十幾年前的賜婚就成了笑話，正說明了世子對昭素這個賤人無意。

昭素聞言，臉上的表情僵住，指尖深深嵌入掌心。剛進宮的時候，幾乎人人都捧著她，皇帝和貴妃更是將她寵上了天。

然而就在這時，那大名鼎鼎的鎮北王世子進宮了，原本她對這個從小賜下婚約的男人還挺感興趣，但是他的一句「醜女」，讓她的心瞬間跌進谷底，什麼好感也沒有了。

不過，清瑤喜歡世子，她與世子走得越近，清瑤就越傷心，看到清瑤吃癟，她還是開心的。

昭素緩了神色說：「既然父皇從小給我和世子定下婚約，出嫁從夫，我也應該聽世子的才是。」

清瑤再次翻了個白眼。「說的好像妳能嫁給世子似的。」

昭素一笑。「怎麼不能？天下誰人不知，我還在貴妃肚子裡時，就被指給世子。父皇是天子，天子所言，豈是兒戲？」

這話有些刺激到清瑤，白眼也不翻了，直接不再看她，專注看起畫冊。

昭素占了上風，下巴輕輕抬起，偏湊到清瑤跟前說：「皇姊，這裡的衣服也不過如此，還是小門小戶開的，妳應該看不上吧？」

她就看不慣李姝色得意，她要賣衣服賺錢，她就偏要斷她的財路。

但是背後說不得人壞話，剛上來的李姝色就耳尖聽到了這句，這是她今天第二次聽見張素素說她的壞話。

之前所想的宿命論，現在看來也沒什麼不對，她們真是相看兩相厭，如今又牽扯沈父、沈母兩條命，李姝色更是從骨子裡厭惡一個人。

她在現代做過銷售，也帶過團隊，客戶有男有女，團隊也是，她對人都是以親和、易接近的態度，對待人的準則更是以真心換真心，但是若換不來真心，抽身便罷。

向來與人為善的她，還是頭一次覺得一個人讓她討厭至此。

她怎麼不能討厭她呢？

張素素從前就愛說人閒話，背後更是勾引有婦之夫，拿著她的玉珮攀高枝，間接害死沈父、沈母，如今還妄想斷了她的財路，將她的店說得如此不堪，可見討厭一個人，確實是有理由的。

李姝色作為店主，脾氣還是有的，直接上前走到張素素跟前說：「小店粗陋，不值得昭素公主貴步臨賤地，公主若是覺得看戲看夠了，就請回去吧，免得沾了小店小門小戶的氣息。」

清瑤沒想到李姝色居然這麼硬氣，說話雖是自貶，但是句句都在戳昭素，立馬也支援地說：「是啊，皇妹，既然妳這麼嫌棄這裡，趕緊離開好了。皇姊我呢，還挺喜歡這裡的，不僅我喜歡，葉將軍也喜歡，哦，對了，世子也喜歡。」隨後，輕蔑地看她一眼。「或許也就妳不喜歡吧。」

李姝色聽她們所言，又聯想到原著，立馬察覺出她們之間的不和睦。也是，一個背後站著皇后，一個背後站著貴妃，怎麼可能會和睦呢？

不過，比起心術不正的張素素，清瑤完全是個被寵壞的孩子，雖然任性、脾氣大了點，小心思卻根本藏不住，李姝色自然更樂意接待她。

當然，深交是不會，她的背後是皇后，是與她生母敵對的人啊。

昭素被她們兩人的言語輪番轟炸，臉上瞬間有些掛不住，兩方夾擊，她即使是再長一張嘴，也不一定能說得過。

她咬了咬下唇道：「李姝色，本公主能光臨妳的店，是妳幾輩子修來的福氣，妳竟然敢這麼對本公主說話？」

清瑤沒說話，繼續翻著手裡的畫冊。

李姝色則抬腳，緩步靠近張素素，聽到她自稱公主，又擺出公主的架勢，忍不住微微低頭，在她耳邊輕聲說了句話。

一句話，就讓昭素愣在原地，瞪大眼睛看著她，雙腿一個不穩，向後退了步。

遙祝眼疾手快地扶住了她，臉上不解。「公主，您怎麼了？」

昭素深吸一口氣，緩了緩道：「沒事。」

李姝色勾起唇，看向她。「慢走不送。」

昭素眼神狠狠地瞪著她，卻是一個字都沒有說出，急急地轉身就要離開。

李姝色卻突然叫住了她，說：「昭素，願妳今晚好夢。」

因為，妳今後都只有惡夢。

昭素腳步一頓，聽完她這句話後，頭也不回地下了樓。她的腳步略有些狼狽，全靠身旁的遙祝支撐。

遙祝還一直在她耳邊問：「公主，剛剛那個李姝色在您耳邊說什麼了？」

昭素被他問得有些煩，突然發了火。「你能不能別問了？」

遙祝被她一吼，有些委屈地住嘴了。

昭素也沒心情管他，後槽牙咬得緊緊的。

剛剛李姝色在她耳邊說了什麼？

她只說了六個字，「真玉珮，假鳳凰」。

知道內情的人都知道這六個字意味著什麼。

可是李姝色又是怎麼知道的？

昭素一瞬間，心亂如麻。

看到昭素匆忙下樓，清瑤還是第二次看到她如此吃癟，上次見她這般還是世子罵她醜的時候，她不免笑出了聲，同時也好奇地問李姝色。「妳跟她說了什麼，她溜得這麼快？」

李姝色自然不會講真話，只是回了句。「我說她牙齒上有菜葉。」

清瑤樂不可支，哈哈大笑。

第五十章　請自重

臨出店前，昭素終於緩過來心神，又想到自己剛剛的舉動就像是心虛，更加坐實了李姝色心中的猜測，心中懊悔不已。

她還沒有摸透李姝色瞭解了幾分，也沒有摸透李姝色從哪裡知道這個秘密，就先自亂陣腳，真是無用至極。

懊悔過後，便回過神來，李姝色也只是嘴上說說，她手裡什麼證據都沒有，憑什麼說自己是假鳳凰？

這麼一想，昭素又轉過身子，攔住忙碌中的小蘭問：「沈峭呢？」

「哦，您說老爺啊，他去後院了。」小蘭毫無防備地回答。

昭素知道沈峭的下落，便尋了過去。

前面的店鋪熱鬧非凡，經過一條長長的迴廊，後院倒是清靜幾分。

李姝色當初買下這間店鋪，也是看中後面自帶的小院子，雖然院子有些小，但是可以讓他們暫居，不用窩在客棧，並且還清靜，既有利沈峭溫書，還有利她靜心處理帳目。

遙祝不知道昭素為什麼會來後院特地尋沈峭，只是覺得她此舉有些不妥，畢竟公主雲英未嫁，現在卻要和一個男子私下相見。這要是傳出去，公主的名聲還要不要了？

不過，剛剛被昭素吼過後，遙祝不願意在這個時候觸她霉頭，便隨她去了。

沈峭的確來了後院，今日正如王庭鈞所說，夫子所言，震人心神，他需好好品味感受一番，而且有幾個學子的見解也獨到，他將好的見解寫下來，再細細地琢磨下。

正打算動筆，突然門被人敲了兩聲，他還以為是李姝色，直接道：「阿色，妳忙完了？快進來。」

昭素聞言，伸手推開了門。

沈峭抬頭一看，竟是張素素，便皺眉擱下筆，問她。「妳怎麼到這兒來了？」

昭素直接走進來，毫無避嫌之色地道：「剛剛人多口雜，我還有話與你說。」說著，便打發遙祝出去。

遙祝雖不願，但也不能違背她的意思，不情願地轉身離開。

等遙祝一離開，昭素上前兩步，臉上控制不住熱切地說：「峭哥哥，咱們久別重逢，你怎麼對我這麼冷漠？」

看她這無辜的樣子，還以為是他做了什麼對不起她的事。

沈峭冷聲道：「公主請自重，娘子剛與妳說過，我們不熟。」

一句不熟，徹底劃清關係。

昭素的身子忍不住向他又靠近了些，隔著一張案桌，她眼中柔光無限，殷殷期盼地問：「你做我的駙馬好不好？」

沈峭不語。

「你做我的駙馬，我們就熟了。」

不知為何，昭素有種強烈的感覺，他合該是她的駙馬。

她心中隱隱有種感覺，李姝色從來不是他們之間的阻礙，如有必要，她會親手除掉這個障礙。

這麼一想，內心更加沸騰了，是的，事情走的本該是這條正道！

沈峭燦若星辰的眸子，如今眼底一片冰冷，幾許譏誚，幾許厭惡，冷聲開口。「妳是在說笑嗎？」

「我沒說笑，沈峭，你信命中注定嗎？我覺得我們上輩子就是夫妻！」昭素不知為何，突然就有些魔怔了。

這麼多年來，她唯一接觸到且看上的男人就是沈峭。遙祝算不上男人，而世子嘴巴太毒，她都不會喜歡，她會喜歡的人也只有沈峭。

命？今日可巧，已經有兩人跟他提命定這件事了。

可是他並不信這個，他只信自己和阿色。

沈峭譏笑一句。「上輩子？這輩子都沒有活明白，談什麼上輩子的事？」

昭素也不知道剛剛自己是怎麼了，居然連上輩子這樣的話都說出口，但是她心中呼之欲出的感覺，卻又是那樣的強烈。

「好，我們不提虛無縹緲的上輩子的事。峭哥哥，我知你心中抱負，我也知道，你此次來京定要有所作為，但你不覺得缺個賢內助嗎？就李姝色那樣的人，她如何能夠幫你？她現在居然在賣衣服！」

句句貌似在為他著想，實則句句都在貶低李姝色。

沈峭也打心眼裡覺得她有些魔怔了，況且她當了公主後，就變得目中無人，竟然妄想用公主的權勢來引誘他。

且不談他知道她不是真的公主，光想到沈父、沈母的深仇大恨，他就不可能答應當她的駙馬。

沈峭後退一步，與她保持距離，沒有一絲溫度地開口。「那又如何？她是我的妻子，她做什麼決定，我都支持。公主的身分不是妳肆意妄為的理由，若妳還想說這種不著調的話，就別怪我把妳趕出去了！」

昭素聞言，狠狠地咬了咬牙，她怎麼也沒想到，天下間多少男人夢寐以求的尚公主，在他眼中居然一文不值，他就這麼為李姝色守身如玉？

她不信，這天下間絕沒有這樣的男子。

「你放心，你當駙馬後，我不會讓你休棄李姝色，我可以恩准她給你當妾室。」

不就是擔心娶了自己後，會擔負一個苛待原配的罪名？她就大方一點，讓他沒有後顧之憂。

剛才還可以虛與委蛇，現在沈峭的臉已完全黑了下去。他不知道張素素怎麼有膽量說出讓阿色做小這句話？難道是因為公主之尊，讓她迷了心竅？

沈峭拂了拂衣袖，走到門前，「吱呀」一聲打開門，隨後偏頭看向昭素道：「公主，慢走不送。」說完，還用袖子甩了甩浮塵，像是在驅趕什麼髒東西。

昭素臉色一下子變得鐵青，她沒有想到自己有意招他為駙馬，居然被他如此嫌棄！

她大步走了過來，掐著手指說：「沈峭，你不要後悔！我今天招你為駙馬的話，只說一遍，不會再說第二遍！」

沈峭根本不為所動。「不送。」

遙祝也聽到了他們的動靜，走上前雙眼心疼地看著昭素說：「公主，事情鬧大了對您名聲不好，既然他如此不識趣，我們還是走吧。」

昭素胸膛起伏兩下，狠狠跺了下腳，猶覺不夠地喊道：「沈峭，你給我等著！」之後便咬著牙，和遙祝一道離開。

走開幾步，又有些後悔，她一看見他，就把其他什麼事都忘了，本想問李姝色究竟掌握了多少事，沒承想因為他的拒絕，自己惱羞成怒吃了癟，現下也不能再回頭了……

後院發生的事，沒一會兒就傳到李姝色的耳中。

李姝色剛高高興興地送走清瑤公主，就聽到小玉的彙報，說昭素公主去了後院，見了老爺，他們還起了爭執。

這兩個人能起什麼爭執？

李姝色皺著眉頭問：「妳聽到什麼了？」

「門口站著人，我沒聽清楚，就聽到什麼駙馬，什麼後不後悔這樣的話。」小玉回她。

敢情張素素是想把劇情往原著方向上發展啊？恐怕她還不知道，沈父和沈母是因誰而死，也不知道她李姝色如今與沈峭的關係不再是水火不容。

尚公主的確是獲得權力的一大捷徑，但是李姝色以前給沈峭灌輸的理念是，好好考試，憑實力說話。

她現在三言兩語就想要招沈峭為駙馬，可不就成了癡心妄想？

小玉看出昭素對沈峭的意思，忙說：「夫人，難道您就一點都不著急嗎？」

李姝色「哼」一聲。

「著急什麼？」李姝色問。

「那可是公主，」小玉眉間透著憤憤和焦慮。「若是老爺一個把持不住，您不就……」

「不會的，」李姝色十分有信心地道：「妳們老爺不會。」

小玉聽她如此篤定的話，知道夫人是個有成算的人，也不好再勸，就只說了句。「夫人還是多注意吧。」

李姝色知她好心，摸了一下她的頭說：「好啦，再如此操心就變成老姑娘了。」

兩姊妹其實都比她小個兩、三歲，不過經歷了巨變，心智比同齡人要成熟很多。

所以，小玉才會說這樣的話。

不過，張素素既然這麼不要臉了，她剛剛的話還是說輕了些，早知如此，就該說更重的話嚇唬她，讓她再也不敢見沈峭才是。

忙了一天，閉店後，李姝色捧著帳本來到後院。

後院寂靜，冷風吹過，帳目書頁翻飛，李姝色加緊步伐。進門後，屋裡燒了炭火，她才感覺暖和些。

沈峭正坐在案桌旁，一手捧著書，一手執筆在書寫什麼，昏黃燭火下，他的臉龐五官分明，遠瞧一眼，好似一幅美男閱書圖，怪不得張素素念念不忘，居然還追到這裡來了。

李姝色說不介意是假的，在小玉面前裝得風輕雲淡也是假的。

她介意，介意極了！

且不談原著中的發展，就是他倆喜結連理，一腳踹開她這個原配，還遠遠不夠，最後更把「她」五馬分屍。

光想到這個世界還有另一個女人在覬覦沈峭，就足以讓她憤怒、不高興。

她把帳本放在他的案桌上，重重的一聲響，沈峭抬眸瞧她，她輕輕哼了一聲。

意思很明顯，你今天惹我不高興了，好好想一想該怎麼哄我吧。

哪知他就跟木頭般，看了她一眼，又埋頭苦寫了。

李姝色氣結，重重咳了聲，清了清嗓音說：「聽說張素素追你追到這裡來了？」

聽出她話裡的不對勁，沈峭這才又抬起頭，他擱下筆道：「是有這回事。」

李姝色白了他一眼，拿起最上頭的一本帳本，捧著遠離了他，坐在外間的桌子旁看了起來。

沈峭終於意識到她的不對勁，站起身來，走到外間看了她一眼，沒有收到李姝色的回應，轉身出門。

他這就出去了？

他難道看不出來她生氣了嗎？他難道就不知道哄一哄她嗎？

李姝色更是氣結，翻起帳目，強迫自己看下去。

第五十一章　禮物

不知道過了多久，沈峭再次推門進來。

李姝色察覺到了，強忍著沒有抬頭看他。

沒承想他來到自己跟前，彎下身子，將一個東西放在地上，她低頭一看，竟是一盆洗腳水。

還沒等她問，他就捉住她的腳踝，要給她脫鞋。

李姝色腳一縮，問道：「你幹麼？」

「給娘子洗腳。」他說。

李姝色臉紅了。「好端端地，給我洗什麼腳？」

「娘子不是吃醋生氣了嗎？」

李姝色梗著脖子。「誰說我吃醋，誰說我生氣了？」

沈峭十分上道地說：「即使娘子不生氣，為夫幫娘子洗腳，也是天經地義的事。」

這話李姝色愛聽，臉上卻故作勉為其難地伸腳道：「好吧，看在你如此殷勤的分上，就給你這個機會吧。」

這些天，兩個人都有自己的事情要忙，像是這般相處，有些難得。

況且，兩個人現在還是分床睡，李姝色美其名曰，晚上不要打擾到他溫書，春闈已近，他應該全心準備考試才是。

沈峭聞言，沒有發表言論，默許了她說的一切。

李姝色有的時候忙到回家，倒頭就睡，不知道後來身邊多睡了一個人給她暖床，也不知道那人天矇矇亮就離開，就為了她說的話。

沈峭脫下她的鞋子，將她的一雙腳放進水盆裡，水溫起初有些燙，但是泡久了就感覺很舒服。

李姝色舒適地瞇了瞇眼睛。

沈峭問：「娘子以為如何？」

「夫君服侍得甚好。」李姝色不免有些飄飄然。

沈峭道：「為夫不僅可以為娘子洗腳，還可以為娘子暖床。」

李姝色眼睛陡然睜大。「啊？」

「天氣寒冷，娘子晚上一個人抱著湯婆子睡，可還覺得習慣？」沈峭語氣毫無雜念地問。

李姝色眼珠子轉了圈，沒有回話。

自然是冷的，特別是過了一會兒，湯婆子就變冷，她冷到幾乎縮成一團。

她想到沈峭的人形暖爐，恆溫的，而且溫度幾乎可以覆蓋全身！

李姝色有些心動，但是面上故作矜持地說：「習慣了，一個人睡也睡得自在。」

沈峭聞言，十分貼心地說：「那依娘子所言，為夫還是不要自作多情，給娘子暖床了。」

「啊？」

矜持過了頭，貌似起了反效果，李姝色有些不高興地小幅度晃動雙腳。

沈峭握住她的雙腳，潔白如凝脂，指甲修剪得圓潤可愛，泛著粉紅，在他手裡不安地動著，完全洩漏主人此刻的心思。

沈峭恍若不知，捧著水仔細地摩挲她的腳背，手心掂量她的腳底，珍視又珍重。

李姝色赤足踩在他的手心，有些被他的手心燙到，慌忙想要收回腳的時候，又被他牢牢捉住腳踝，她不滿地嘟了下唇。「我可以收回剛剛的話嗎？」

沈峭慢條斯理地用乾淨的白布幫她擦腳，好整以暇地問：「什麼話？」

李姝色小聲地說：「我現在不習慣一個人睡了，想要夫君陪著一起睡。」

沈峭擦好一隻腳，幫她放回鞋子裡，這才不鹹不淡地「嗯」了下。

就「嗯」？

李姝色只恨他是個木頭，難道他不應該順著她說「那為夫陪著娘子一起睡」？

剛剛還挺會的，怎麼關鍵時刻就不表現了？

李姝色伸手勾起他的下巴，微微彎下身子，紅唇湊近他的，他正好是半蹲的姿勢，方便她動手。

沈峭看著她突然湊過來的紅唇，心跳慢了一拍，她今日為了開業，難得化了妝，胭脂色，染紅唇，面若桃花，眼波流轉，美得不可方物。

李姝色亦是撞進一雙燦若星辰的眸，他的眼皮上抬，眼尾微微上揚，眼睛猶如琉璃淨水，漂亮得不像話。

她低下頭，輕輕在他唇映上一吻，道：「夫君，今晚來給我暖床吧。」

李姝色主動將自己的大床讓了一半出來，等沈峭上了床，這才欲笑不笑地一頭鑽進他的胸膛。

沈峭半摟著她，滿足地閉上眼睛。

李姝色這才將剛剛未完的話題繼續問出口。「張素素下午跟你說什麼了？」

深夜寂靜，沈峭的聲音低沈略帶沙啞，在她耳邊輕聲響起。「為夫潔身自好，只為妳一人守身如玉。」

李姝色無語。

不提張素素找他說了什麼，就直接表忠心。

李姝色聞言，也不好再說些什麼了。她在他頸間，蹭了蹭，深吸一口氣道：「不許給她當駙馬！她用什麼引誘你，都不允許，聽到沒有！」

沈峭聽了，裝作為難的神色說：「駙馬我還是要當的。」

此話一出，立馬引起李姝色不滿，伸手拍了下他的胸膛，一字一頓地道：「我、說、不、允、許。」

居然還敢想著當駙馬？

李姝色打心眼裡覺得，現在的沈峭與書裡當駙馬的沈峭不一樣，只要不去當那張素素的駙馬，他就還是她的沈峭，還是那個寒窗苦讀、想要為民當官的沈峭。

看見李姝色這麼大的醋勁，連「駙馬」兩個字都聽不得，他不免笑了下。「妳不就是公主，為夫怎麼就當不得駙馬了？」

李姝色先是懵了下，隨後便意會過來道：「那前提是我成了公主，否則在此之前，你休想當駙馬！」

沈峭低頭吻了吻她的額頭，像是在安撫暴躁的小獸般說：「好，休想，一切都聽娘子的。」

李姝色這才哼唧了聲，滿意地閉上眼睛。

她這些天實在是太累了，累到幾乎倒頭就睡，今天開業，又是忙碌的一天，她抱著人形暖爐，神經放鬆下來，睏意瞬間襲來。

沈峭擁著李姝色，彷彿擁住了全世界。

很快就到了除夕。

除夕夜，放爆竹，守歲過年。

沈峭今天沒去書院，起個大早和李姝色一起貼對聯。小蘭、小玉也很興奮，嘰嘰喳喳地嚷著貼窗花玩。

李姝色由著她們去，她和沈峭除了貼門框上的對聯，還掛起喜慶的紅燈籠。這麼一來，總算是有了過年的樣子。

晚上守歲，李姝色見兩個小姑娘睡眼矇矓，便打發她們去睡覺了。後來，她和沈峭沒熬住，也回房睡了。

第二天，一睜眼，李姝色看到枕頭旁邊放了個大紅封，有些好奇地問沈峭。「這是什麼？」

沈峭回她。「壓歲錢。」

李姝色瞬間捧起紅包，語氣抑制不住的興奮。「這是給我的壓歲錢？」

「嗯，」她這個樣子有些喜感，沈峭忍不住伸手摸了摸她的腦袋說：「為夫給娘子的。」

李姝色上輩子是個孤兒，沒人給過她壓歲錢，這輩子來這兒，也是頭一次收到壓歲錢，她怎麼能不激動？

她小心翼翼地打開紅包，雖然裡面只包了些碎銀子，但她已經很滿足了，還在裡面發現一根木簪，那簪頭雕刻成團簇的芙蓉花模樣，簪體被打磨得很光滑，她一看見就喜歡。

沈峭看著她饒有興致地盯著木簪看，便說：「貴妃給妳的玉簪，妳一直捨不得簪，所以我親手做了這根木簪，這樣即使是丟了，妳也不會覺得可惜。」

他居然還有這手藝！

李姝色眼睛發亮地盯著他看。「夫君，從前怎麼不知你手藝這麼好？啊，你什麼時候背著我雕的？我怎麼一點都沒有發覺？」

沈峭回她。「在書院的時候，下課後有休息時間，雕刻了一個月才完成。」

真的是太有心了！

李姝色立馬拿著簪子向他撒嬌。「夫君，快，幫我簪上！」

沈峭接過簪子，插在她的髮間，她生得好看，即使是簪上這毫無特色的木簪也好看，越發襯得她小臉白皙，清新淡雅。

李姝色對著鏡子看了看，又摸了摸簪子說：「我才不會把它弄丟了呢，弄丟了我可心疼。」

她會很心疼的，這是沈峭第一次送她禮物呢。

李姝色越看越喜歡，回頭親了下他的嘴角，隨後撒嬌道：「謝謝夫君。」

沈峭攬過她的身子，重新吻過，有細碎的話語從兩人唇中溢出。「這才是吻。」

三日後，龍章書院。

張秋生身邊圍了一群人，當中有不學無術的紈袴，也有即將會試的學子，都是在探討幾日後的會試，他在這群人中找不到話題，顯得有些格格不入。

這時，其中有個人說：「秋生，都說沈峭是良州第一才子，還是解元，你說他這次會考得怎麼樣？不會還得個會元吧？」

這話一出，張秋生的臉色就以肉眼可見的速度暗沈下去。

他從前在鍾毓村，沒有讀過什麼書，當年也是跟著老秀才學字一段時間。最可氣的是老秀才只重視沈峭，反而說他讀書太多雜念，可能走不遠，只有摒棄慾望，才能真正明白讀書的意義。

後來老秀才死後，沈家舉全家之力供沈峭讀書，他們張家就不行了，他上面還有兩個哥哥，若是他去學堂，那麼兩個哥哥也會搶著要去，張家負擔不起三個人的束脩。

所以這點，他還是有些羨慕沈峭。

如今，終於憑著昭素的關係進了龍章書院，方知自己之前學的都是皮毛，水準可能連童生都比不過，上次辯論，還因為見識淺，被沈峭字字珠璣地駁回來，惹得眾人的嘲笑。

想到這裡，張秋生勾起唇角。「就憑他？」

這書院裡的人，誰不知道張秋生與沈峭不和？

不過，張秋生背後是公主，公主背後是貴妃娘娘，但凡跟皇家搭上關係，就足以讓他在書院立足。

而沈峭也不差，雖是清貧學子，但是方院長對他很重視，而且沈解元的名頭一炮打響後，各儒師也對他刮目相看。

正所謂，各有各的靠山和倚仗，他們這些人只是看個熱鬧罷了。

張秋生知道眼前這群人之所以肯伴在他身邊，就是因為昭素背後的貴妃，而真正有實力的權貴子弟，對他的態度根本就是不屑，情願和沈峭搭話。

他的眸光沈了沈。「你們覺得呢？」

眾人先是沈默了下，隨後有人說：「也不一定，沈峭真的很厲害，說不定真得個會元。」

張秋生眼眸暗了暗，寒氣遍布全身，聲音低沈地道：「我說他不能，他就是不能。」

有人笑道：「喲，你什麼時候學會算命，還能未卜先知不成？」

張秋生意味不明地勾唇。「或許吧。」

站在不遠處的王庭鈞看到一群人聚在一起，好奇地看了幾眼，又聽了幾耳，聽見他們在猜沈峭會不會是會元，心裡不禁覺得好笑。

沈峭如何，關他們何事？他們有空，還是拯救一下自己的成績吧。

王庭鈞跑到沈峭那兒，一屁股坐在他旁邊，看到他正在看書，有些好奇地問：「之前找你，你都在雕一支木簪，那簪子呢？」

沈峭放下書，回他。「已經送給阿色了。」

王庭鈞感慨道：「哎，這大過年的，我大哥居然催我成親了！我還小啊，成什麼親？大哥也真的是胡來，還說什麼要不是看我要全力備考，早就給我安排相親了！」

沈峭沒說什麼，這畢竟是人家的家務事。

哪知，王庭鈞又說：「要是娶個像你家娘子那般既漂亮、又賢慧的人，我倒是樂意考慮，要是娶了個母老虎，那可怎麼得了？」

沈峭聞言，揚起了眉。「我家娘子？你剛剛說什麼，想娶我家娘子？」

王庭鈞深知沈峭對他家娘子看得重，忙說：「不敢不敢，我沒那個福氣。」

沈峭身上的威逼感這才消減了些。

王庭鈞忙轉移話題地說：「對了，我剛剛看到張秋生那群人又聚在一起，在猜你會不會得會元這件事，那張秋生還信誓旦旦地說你不會，那篤定的口氣，就跟未卜先知似的。」

「哦？」他掀起眼皮，桃花眼中閃過精光。

如果張秋生真如他語氣那麼篤定的話，那這事就有意思了……

一晃眼就是春闈前一天，李姝色暫時將店裡的事擱置，在沈峭身邊準備考試的用品，希冀他考試順利，雖然結果她已經知曉。

沈峭面上倒是輕鬆，不見緊張神色。李姝色知道他的性子，泰山崩於前而面不改色，唯一次失控就是雙親俱亡那次。

所以，她也無法得知，他到底是緊張還是不緊張。畢竟自己在現代參加過一次高考，所以還是當了知心大姊姊，給他來點考前談心，大意就是說不要緊張，順其自然，夫君定能高中云云。

沈峭聽著她關心的語氣，認真聆聽，他很喜歡也很享受這種感覺，這種考前關懷，院長和儒師們都說過，但是從阿色口中說出來就是不一樣，他就是愛聽。

夫妻倆正說著話，小玉走進來，見他們停了談話，對李姝色說：「夫人，店裡來了貴客，指名要見您。」

李姝色有些不想去，不過她的店剛開不久，如果不去，害怕會對店的名聲有礙，正猶豫不決的時候，聽到沈峭在耳邊說：「妳去吧，妳說的話，我都記心裡了。」

李姝色這才放心地跟著小玉去了店裡。

甫上二樓，就看到三位夫人，其中兩位挺著肚子，約莫有三、四個月的樣子，另一個則端坐著，頭上華貴珠釵，不怒自威。

看到三位貴賓，李姝色眼睛一亮，嬌笑著上前。「貴客來臨，不知道挑中了我店裡的什麼衣服，好讓模特兒穿給妳們看看。」

她們顯然是知道店裡的規矩，雖是初次來，但是該懂的都懂，只見那位貴婦蔻丹指甲翻著畫冊問：「有沒有孕婦穿的衣服？」

她話音剛落，其中一個孕婦就出聲。「夫人，雖然我已經顯懷，但是穿寬大的衣服也是可以的，不需要特別找什麼孕婦穿的衣服。」

另一個附和地點點頭。「夫人，我也這麼覺得，她家的衣服好看，只需稍微修改尺寸，我們一樣能穿的。」

這兩位孕婦雖然有孕相，但她們生得美，一個有雙極魅惑的狐狸眼，一個看起來嬌小玲瓏，與她一般大，當真是各有各的美。

李姝色心下了然，這位貴婦大約是正妻，另外兩個風格各異的大概是小妾。正妻帶著兩個小妾，而且還是兩個懷孕的小妾來買衣服，還真是稀奇。

李姝色不動聲色地說：「本店以顧客為尊，妳們有什麼需求，只管提出來，本店都會盡力滿足。」

趁著兩個孕婦在挑衣服，李姝色走過去對著貴婦問：「夫人，看您氣質華貴，不知是哪位夫人？您能來小店，小店蓬蓽生輝，定竭誠為您服務。」

貴婦上下打量她一眼，李姝色未施粉黛，只抹了點口脂提升氣色，看起來年紀還小的樣子，沒想到能經營一家店。

貴婦回道：「聽說過撫遠侯家的小公子嗎？」

李姝色心中一緊，皮笑肉不笑地道：「小公子的名聲，誰人不知？」

貴婦像是沒聽出她話裡的諷刺意味，繼續道：「我是他夫人。」

李姝色淡淡「哦」了一聲，管她是誰家夫人，來了她的店就是她的客戶，帶著鼓起的錢包來，就別想鼓著回去。

小公子姓張，那麼眼前就是張夫人。

張夫人眼睛瞥了一眼兩位孕婦說：「那是我家兩妾，今日前來，就是帶她們逛衣服，她們有孕，本就心情煩悶，如果能穿著好看的衣服，紓解心情也是好的。」

李姝色嘴角彎起。「定不負夫人期望。」

兩位孕婦還真是活潑，從樓下逛到樓上，隨手指的衣服小玉都記下來，隨後讓模特兒穿給她們看。

不過，李姝色全程還是有些提著心。畢竟，去年剛進城的時候，與小公子可是鬧了很大的不愉快。

如今，因著葉菁眉，他沒能夠找上門，但是也很難說那件事過去了。

至於他夫人今日上門，也不知道是真來買衣服，還是要來找她的麻煩，抑或是兩者皆有。

李姝色小心應付著，堅決不提小公子這三個字。

那邊兩位孕婦選好衣服，李姝色麻利地吩咐人打包好，正要送她們出去的時候，張夫人突然開口道：「我瞧妳店裡的衣服不錯，不過妳這店開在西街，離撫遠侯府著實遠了些，婦人出行多有不便，不如妳每個月拿著畫冊去府裡一趟如何？」

李姝色沒有直接應下，有些猶豫。

又聽見那狐狸眼小妾說：「是啊，老闆娘，我們懷孕月分大了，不宜出門走動，不如妳就拿著畫冊去撫遠侯府，省得我們姊妹來回跑了。」

既然都這麼說了，李姝色便應了下來，畢竟她不一定非得要自己去，可以遣別人去，而且這小公子有十幾房妻妾，在她眼裡，可都是潛在客戶和目標客戶。

李姝色道：「既然夫人都這麼說了，小店開門做生意，自然無有不應的。小店每月有新款衣服，換季也會上新的，每個月我都會派人上門服務妳們，能為妳們服務也是小店的榮幸。」

這樣，三輛高大的馬車，才滿意地離開。

李姝色看著離開的馬車，心想，這小公子人不是什麼好人，但是還挺有福氣，妻妾成群，兩位還有了身孕，並且正妻大方，妻妾和睦。

第五十二章 心疼

第二天就是春闈的日子，李姝色難得起了個大早，知道沈峭要去考試，早早為他準備好了要帶的東西。

看著李姝色忙裡忙外，神情緊張的樣子，沈峭不免笑出聲。「是為夫要考試，妳怎麼比為夫還要緊張？」

李姝色深吸一口氣。「我當然緊張，十年寒窗苦讀，不就是看這幾日？」

沈峭上前，伸手摸了摸她的腦袋。「乖，別緊張，相信為夫。」

這句話有股神奇的魔力，李姝色抓住他的手臂，拿到臉頰邊，親暱地蹭了蹭說：「夫君，你一定好好考，不僅是為了我們，為了爹娘，還為了你心目中的抱負。」

「嗯。」

沈峭乘坐馬車去貢院，李姝色則在家裡燒香靜坐，真的是比沈峭本人還要焦慮。

沈峭的馬車一路平穩地行駛著，到了貢院附近，門口排隊進場的學子太多，隨行的馬車也多，不得已下了馬車，徒步進去。

剛下馬車，就被人叫住，來人正是成天和王庭鈞混在一起的學子，名叫吳成，兩人見過幾次面，見面的時候他也大多跟在王庭鈞身邊。

吳成說：「沈兄，好巧，你也這麼早到？」

沈峭應了聲。「巧。」

吳成往他身邊看了看，問：「怎麼王兄沒有跟你一起？」

沈峭回道：「我們沒有提前約，不知吳兄怎麼說這話？」

吳成皺了下眉，隨後像是想到什麼，便舒展眉頭，道了句。「沒事，可能是我聽岔了。」

貢院還有一段時間才開門迎接學子進考場，大多學子站在門口靜候，有的還在翻著手裡的書，有的臉上胸有成竹，有的則是閉目靜心。

剛開始吳成還站在沈峭身邊，又過了一會兒，就看不到他人了。

再之後，沈峭的衣袖突然被人拉住，回頭看去的時候，竟是吳成焦急的臉色。「沈兄，快，與我去救救王兄。」

「什麼？」沈峭猝不及防地被他拉著走，走了兩步便皺著眉頭問：「他怎麼了？」

吳成回他。「他從馬車上摔下來，現下腳扭了，根本走不了路，還想要進考場，我力氣小，拖不動他，只能拉著你一起了。」

沈峭有些莫名。「他家小廝呢？」

吳成道：「說是去叫大夫了，他人現在正在他家馬車旁呢。」

沈峭聞言，任由他拉著，他們隨即進了一條不遠處的小巷。

進去沒多久，沈峭就甩開他的手，冷聲問：「王庭鈞和馬車呢？」

吳成轉頭，面無表情，哪裡還有剛剛焦急的神色。

這時，沈峭的身後響起一道聲音。「王庭鈞自然好好的，可是你沈峭就說不準了。」

沈峭轉身，看到了張秋生，以及成日裡跟著他的兩個學子。

一瞬間，他就明白過來是怎麼回事，看向吳成問：「王庭鈞知道你背地裡和他搭上了嗎？」

吳成臉上閃過一絲難堪。「你說話何必這麼難聽，我害的又不是他。」

沈峭冷聲。「是啊，你沒有害他，你害的是我。」

吳成一臉無畏。「說話要拿證據，時間不早，我該進考場了。」說著，抬腳離開。

張秋生直接放他離開，朝著沈峭輕蔑一笑。「不必震驚，他家窮，只要給他點銀子，他自然就會把你引來。況且，你不去考，榜上還能多出個名額，一舉兩得。」

說白了，就是利己。

沈峭一點都不意外。

因為，王庭鈞曾經跟他說過，張秋生曾言，他不會得會元，所以他能猜出他背地裡肯定會作妖。

沈峭沈默不語，張秋生還以為他是認命了，哈哈大笑起來。「沈峭啊沈峭，這你可怨不得旁人，因為想要把你拉下來的人可太多了，少了你，還可以少個競爭對手，這麼說來，那些學子們還得要感謝我呢！」

沈峭冷笑。「呵。」

眼看著貢院的門就要打開，學子們就要依序入場，但是奈何王庭鈞到現在還沒有等到沈峭，正伸著腦袋，踮著腳尖，左右張望尋找他。

這時，突然肩膀被人拍了下，回頭一看，竟是吳成。

王庭鈞道：「你來得正好，快幫我看看，沈峭到了沒？」

吳成道：「他家住得遠，或許還沒到，王兄莫急，沈兄是最重時間觀念的人，或許等等就到了。」

他這麼一說，王庭鈞的心便定了定，想來今天考試，沈峭不會遲到。

不過，他們約定過，到了就在這裡相會，等院門打開，一起進去，他不會違約吧？

然而，就在貢院的門打開，學子們一個個走進去，仍不見沈峭身影的時候，王庭鈞有些慌了。「吳成，你說沈峭這是怎麼了，不會是睡過頭了吧？」

吳成看著即將燃盡的香，催促他道：「王兄，趕緊進去吧，否則錯過時間，這趟就白來了！」

王庭鈞卻不肯動，他無論如何都要等沈峭。

吳成嘆了口氣，率先進院門。

王庭鈞急得在原地跺腳，咬牙看著一點點即將燃到根部的香，深深嘆口氣，難不成沈兄已經進去，他沒有看到？

他正要轉身進去時，遠遠地瞧見有抹熟悉的白色身影緩緩地朝他這裡走來，他定睛一看，正是沈峭！

但是他捂著肚子，腳步有些凌亂，王庭鈞連忙衝過去，一把扶住他的手臂說：「這是怎麼了？」

沈峭如墨的眼神看了一眼香爐，來不及和他解釋，只道：「快進去吧。」

王庭鈞也知道時間緊急，忙扶著他走進去。

剛踏進去，身後貢院的大門就緩緩被人關上。

會試連考三場，每場三天，最後一天考完時，李姝色親自去接沈峭。

看到眾多學子出來，李姝色張大眼睛左右望著，終於在人群中看到沈峭的身影，忙跑過去，待近距離看見他，卻發現他嘴角有塊青紫，便皺眉問：「夫君，你這是怎麼了？」

沈峭身旁的王庭鈞臉色也有些不好看，他剛剛已經知道真相，原來還和自己有些許關係。

沈峭摸了摸她的腦袋，安慰道：「我沒事，回去再說。」

李姝色乖巧地點頭，眼底卻是壓制不住的怒火和心疼。「好，回去說。」

究竟是誰打傷了沈峭？

王庭鈞將沈峭扶上馬車，隨後轉身緩緩地向李姝色拜了下。

李姝色有些不解地問：「好端端地，你幹麼拜我？」

王庭鈞臉上有揮之不去的愧疚。「識人不清，害得沈兄受累，這一拜是你們夫妻二人應該受的。」

居然還和王庭鈞有關？

李姝色不動聲色地說：「人心隔肚皮，一時失察也是有的，既然夫君都不怪你，我也不會怪你，怪只怪那個欺騙你的人。」

提到吳成，王庭鈞瞬間咬牙道：「那個小人，我不會放過他的。」隨後，便轉身走了。

李姝色看著王庭鈞離開的背影，沈默三秒後上了馬車。

進了馬車後，李姝色便迫不及待地問：「夫君，到底發生了什麼事？怎麼剛剛王庭鈞說和他有關？」

沈峭將事情的來龍去脈講了一遍，李姝色越聽臉色越是沈，她沒有想到，這張三寶居然這麼陰毒，想要生生毀了沈峭！

他將沈峭打傷，那麼沈峭必定不能參加考試，而下次會試，就要再等三年，如果下次他故技重施，那麼沈峭這輩子豈不是都不能參加考試？

李姝色氣結。「卑鄙！無恥！小人！」

沈峭握著她捏緊的手指說：「都過去了，別為這點事氣壞身子。」

李姝色眼眶瞬間紅了。「夫君，那你豈不是帶了一身傷應考？這些天你是怎麼熬過來的？」

沈峭安撫她道：「為夫心裡有準備，只是些輕傷，若說不礙事，大概妳也不會信。為夫只說，這一身傷不會白挨。」

他自然是不會放過張三寶的，新仇舊恨，一併來算。

提到這個，李姝色眼中又燃起了熊熊烈火。「夫君，你打算怎麼做？」

「自然是報官，」沈峭冷哼。「他無功名在身，居然敢當街毆打舉人，怕是活膩了。」

李姝色贊同點頭。「對，這事肯定不能就這麼算了，我們現在就去報官！」

沈峭再次摸了摸她的頭，安撫暴躁的小獸般道：「嗯，這件事交給為夫處理，還要拿到吳成的口供，所以不急。」

雖然沈峭表面風輕雲淡，但等回去的時候，李姝色第一件事就是扒開他的衣服，仔細瞧了瞧他身上。

腹部有一塊未消的青紫，李姝色倏地眼睛起了層水霧，出門吩咐小玉去拿最好的傷藥來。

小玉動作麻利，很快就幫她拿來。李姝色用手指抹了藥油仔細塗抹在他的傷口上，動作小心翼翼，眼眶是紅了又紅。

想到他剛剛在馬車裡胸有成竹的樣子，似乎是知道張三寶要對付他，但是他為了給二老報仇，主動跳了進去，雖然受了傷，但是抓住了張三寶的把柄，這次張三寶無論如何也逃脫不掉。

但是，李姝色心疼之餘，便是氣啊，氣他這麼不顧自己的身子，本就是個手無縛雞之力的書生，雖然每天劈柴算是鍛鍊，但是以一敵三，他怎麼能夠輕鬆撤身？

她嘟著嘴巴，聲音沙啞道：「我知道你報仇心切，但是也不能傷害到自己的身子，如果他來一記悶棍，你豈不是就錯過了考試？」

沈峭聽出她話裡的意思，後知後覺地知道自己當時有些魯莽，如是為此錯過考試……他道：「娘子說得是，以後必不會以身涉險了。」

李姝色抬眸，嬌嗔地瞪他一眼。「還以後！你難道還想要再來一身傷嗎？我知道你能忍，可是帶著這一身傷考試，你都不知道我會心疼嗎？」說完，就放下藥油，氣憤地轉過身子。

李姝色生氣是真的，她覺得仇人的把柄什麼時候都可以抓，不必急於一時，不能因此讓沈峭如此冒險，而且差點錯過考試，豈不是抱憾終身？

這不是跟現代忘記帶准考證，進不去考場一樣？以後想起來，無論如何都會後悔的。

沈峭看出她是真的生氣了，忙站起來，繫緊衣帶，從身後擁著她，溫熱的呼吸吹在她的耳畔，他低聲哄道：「不生氣了，為夫錯了，下次絕不會以身犯險。」

李姝色還是氣，氣張三寶，也氣沈峭，現在想起來，不免覺得慶幸。

張三寶看輕了沈峭，覺得自己帶兩個人就可以完虐沈峭，沒有多帶人，或者帶專門的打手。

李姝色轉過身子，伸出青蔥的手指，戳了戳他嘴角的傷口，問：「還疼不疼？」

沈峭聽出她語氣的緩和，哄騙似地貼了貼她的唇。「娘子親一下，就不疼了。」

李姝色伸手抱著他的脖子，耳尖泛紅，真的聽了他的話，輕輕地吻了下他的嘴角，一吻即離，有些不好意思地問：「這樣就不疼了？」

她這個樣子實在是太乖，太惹人愛了，沈峭眼睛發亮地看著她，沈聲「嗯」了聲。

李姝色更加不好意思地埋首進他的胸膛，小聲地說：「大騙子。」隨後，又加了句。「又不是第一次騙我了。」

王庭鈞終於拿到吳成的口供，沈峭立馬報了大理寺。

他舉人的身分已經讓他一隻腳踏入仕途，有做官的資格，而張秋生說白了就是一平民，居然敢打未來當官的人，這事可大可小，大理寺因此認真辦理。

張秋生在家作畫的時候，就被大理寺派人拿住，兩個人毫不客氣地捉住他的肩膀，以防他逃跑，為首的那個人說：「你就是張秋生？」

他有些懵地點了下頭。

「帶走。」

說著，張秋生就被人給架了出去。

聞風而來的張二叔、張二嬸子見狀，立馬上前詢問發生何事，大理寺的人用簡明扼要的話將案子說了，隨後不停留地將張秋生給帶走了。

張二嬸子雙眼一抹黑，差點暈過去，好在張大寶及時抱住她，又掐了掐她的人中，才讓她緩過來。

醒過來的張二嬸子立馬就哭鬧起來。「我的兒啊！我的三寶啊！你好冤啊！就這麼被人給帶走，這京城還有沒有王法了！」

張二叔心裡煩躁，忍不住吼了句。「別哭了，趕緊進宮找素素！」

張二嬸子也反應過來說：「對，還有素素，我要進宮，我要找素素！」

她的二寶已經被遣送回鍾毓村，一年到頭難得見一次面，如今三寶又被人給抓走，她的心就跟刀割似的。

三子一女，一女認了別人做父母，一子常年不在身邊，如今一子又被抓走，她的命怎麼這麼苦？她來京城到底是為了什麼啊？

張二嬸子緊緊抓著張大寶的手說：「大寶，現在你二弟、三弟都出了事，你可千萬不要有事，你如果有了事，為娘可怎麼活啊？」

張大寶回握她的手說：「娘，妳放心，我們有素素，三寶不會有事的，妳別著急。」

張母擦了把眼角的淚，挺著胸膛道：「走，進宮！」

另一邊，沈峭和李姝色夫婦也得知張秋生被抓的消息，李姝色只覺心中痛快，恨不得把他關一輩子才好。

沈峭理了理衣襟，對她說：「娘子，為夫去大理寺一趟。」

李姝色神情凝重。「嗯，夫君千萬記得，不能輕易放過張三寶。」

沈峭眼底閃過暗色，低聲回道：「絕不會輕饒。」

第五十三章　懲罰

永壽宮。

貴妃忽聞有婦人的哭泣聲，隱隱約約地傳進她的耳朵裡，她不禁問身邊的花嬤嬤。「發生什麼事了？」

花嬤嬤忙出去打聽，打聽到了之後，重新回到貴妃身邊道：「娘娘，是公主的乾娘進宮了。」

張母不常能入宮，上次入宮還是為了張三寶的事，這次估計又是棘手的事。

貴妃皺了下眉頭問：「發生什麼事了？」

「說張三寶打了一個舉人，被大理寺逮捕，正求著昭素幫忙放人呢。」花嬤嬤回她。

貴妃眉頭皺得更緊了。「舉人？哪位舉人？」

花嬤嬤說：「好像是叫沈峭，奴婢怎麼覺得這個名字聽著有些耳熟？」

貴妃的手緊了緊，突然站起身來說：「那不是小公主夫君的名字？」

花嬤嬤恍然。「是啊，奴婢真的老糊塗了，記性不好，竟然忘了這個名字。」

貴妃道：「春闈剛過，大概是來京參加考試的吧。不過，他們不是同村嗎？怎麼好端端地，張三寶竟然打了沈峭？」

這事必有古怪。

花嬤嬤想了下，道：「奴婢去查一查。不過，那邊現下鬧得厲害，娘娘要過去瞧瞧嗎？」

貴妃無精打采的。「昭素現在連本宮都敢欺騙了，區區小事，她能夠擺平的。」

花嬤嬤知道是上回娘娘差點被昭素騙倒，著實是生了氣，所以才故意不管。

她應道：「哎，奴婢就守在門口，昭素來就說娘娘身體不適，等改日再見她。」

偏殿，公主寢殿。

張二嬸子一把鼻涕、一把淚地訴說當時張秋生被帶走的時候有多麼淒慘，又說害怕他被帶走後，不知道會受什麼折磨，說不定就是天人永隔，再也見不到了。

她拉著昭素的手，哭得身子一抖一抖地，懇求她出手幫她哥哥的忙，像上次救張三寶那般再把她三哥給救出來。

遙祝被昭素給打發出去了，所以殿內就只有她們兩個人。昭素聽了這番話，不免覺得腦袋脹疼，內心的火氣是一壓再壓，就快要壓不住了。

好不容易消停了一段時間，怎麼張三寶也出了事？毆打舉人？打的還是沈峭？

昭素再也壓制不住怒火地道：「三寶這是瘋了嗎？他打誰不好，居然打了沈峭？」

雖然那日被沈峭拒絕，她很傷心，但是她早已把沈峭視為囊中物，如今他居然被張三寶打了，她自然是要發怒的。

張二嬸子看著昭素盛怒的臉，這才意識到，原來昭素一直沒有對沈峭忘懷，骨子裡還是對他有情。

「素素，就算妳之前對沈峭有意，但是他現在已然娶妻，妳又是公主，他也配不上妳。」

昭素不愛聽她這話，冷哼。「配不上？他若是得了新科狀元，如何配不上我？」

張二嬸子心中一驚，素素居然存有這種念頭，她詫異地道：「狀元哪裡說考就能考中的？沈峭也不一定有那個命。」

昭素睨她一眼，有些不悅地開口。「誰說他沒有那個命？我看啊，他就該是狀元的命。三寶不知好歹地打了未來狀元，坐幾天牢、受幾天苦，也是他罪有應得。」

張二嬸子心中一梗，不敢相信地看著她。「妳怎麼能說這話？他可是、可是妳……」她話還沒有說完，就被昭素尖聲打斷。「妳閉嘴！他是我什麼？不就是義兄嗎？」隔牆有耳，昭素對這方面是慎之又慎。

張二嬸子被她這麼一吼，神情也安分下來，但還是問：「妳究竟要怎麼樣才願意幫助妳哥哥？」

昭素沒了耐心，直接道：「想來大理寺也不會拿三寶怎麼樣，他這次真的是太任性了，蹲幾天牢獄就會被放出來。妳與其在這兒求我，還不如去大理寺監牢裡看望他，牢裡飯菜不好，想來他也吃不慣。」

聽著她這麼絕情的話，張二嬸子雙眼失望地看著她。「妳真打算見死不救嗎？妳只要去求求貴妃，貴妃再去求求陛下，陛下一句話的事，妳哥哥就能被放出來了啊！」

昭素沒有直接答應，擺手道：「乾娘，這種小事我是不會去麻煩貴妃的，妳回去吧。」

張二嬸子瞬間握住她的手腕，緊緊地握著，眼淚簌簌落下，哽咽地說：「素素，就當是乾娘求妳，妳去跟陛下求求情，將妳哥哥放出來好不好？」

昭素看著自己親娘這個樣子，無奈地嘆口氣，語氣也軟了三分。「乾娘，就算妳在宮外，也聽說了虞美人懷孕的事吧？」

張二嬸子不解地問：「這關妳哥哥何事？」

昭素繼續道：「妳以為我們現在的生活靠的是誰？」

張二嬸子自然而然地道：「是妳的公主身分。」

「錯，靠的是貴妃。」

張二嬸子愣了下，沒有反駁她說的話。

昭素又說：「我是個女兒身，只是個公主，上頭還有三個公主，除了嫡出的清瑤公主，另外兩個公主，都不受重視，在皇宮裡基本沒什麼存在感，妳道是因何？」

張二嬸子不是傻子，接話道：「因為她們不得陛下歡心。」

昭素道：「因為她們的娘無能，既沒有像皇后娘娘那般坐鎮後宮，也沒有像貴妃那般寵冠六宮。」

張二嬸子沈默了。

昭素接著道：「上次因為二寶的事，害得貴妃失寵，連帶著我都被陛下冷落。難道這次還要因為這件小事，讓貴妃和我惹陛下不高興嗎？陛下向來重視天下學子，這事也不宜捅到他跟前，說不定一件小事就變成了大事，到那時三寶才是真正吃不了、兜著走！」

昭素先是威脅了一番，又繼續說：「剛剛我問妳是不是聽說了虞美人懷孕的事。這當口，若是貴妃與我再因為這種事失去聖心，等她的孩子生下來，牢牢拴住陛下的心，妳以為貴妃和我在這後宮還有什麼立足之地？」隨後，又帶著深意地看著她道：「恐怕就連張家今日的生活，也要跟著煙消雲散。」

最後一句話說得雖輕，但是極有重量，張二嬸子身子打了個激靈。

昭素又是重錘一擊，發問道：「是三寶在牢裡待幾天，還是現在就灰溜溜地滾回鍾毓村，乾娘還是好好想想吧。」

張二嬸子徹底說不出話來，昭素知道自己目的已經達到，便吩咐人將她送出宮。

宮門口，張二叔和張大寶還焦急地等著她出來，他們是男子不方便進宮，所以只有張二嬸子一人進去了。

待張二嬸子失魂落魄地走出來，兩個人圍上去問：「怎麼樣了？」

張二嬸子沈重地嘆口氣，道：「車上說吧。」

語氣是說不出的落寞，張家父子二人的心不免咯噔了下。

永壽宮。

花嬤嬤把所有的事情都已經打聽清楚了，進來和貴妃講述了來龍去脈。

貴妃越聽越是震驚。「那張三寶居然如此大膽？居然敢毆打舉人，還害得沈峭差點參加不了考試？」

花嬤嬤說：「其實打得挺重的，沈峭進貢院門的時候，還是被其他學子攙扶進去的。」

貴妃想到那是小公主的夫君，便是自己的女婿，如今竟然被人給打了，她護犢子，自然不會輕易放過。

貴妃眸光一沈地問：「那他們之間的恩怨，打聽到了嗎？」

花嬤嬤回答。「似乎是那張三寶嫉妒沈峭，沈峭原本就是解元，張三寶害怕他這次再得會元，所以就找了其他學子痛打他一頓，好讓他不能趕得及考試。」

貴妃聞言，冷笑。「原來是因為這樣？」

花嬤嬤點了點頭。

貴妃說：「放榜的時候，幫本宮注意點，本宮還真有些好奇這女婿的實力。」

花嬤嬤應道：「是。那……張三寶？」

貴妃道：「告訴大理寺，好好關照他。」

著重強調「關照」兩個字，花嬤嬤了然。

貴妃這是愛屋及烏，護犢子了。

晚上，沈峭回來的時候，眉間有些許輕鬆與高興，李姝色察覺出來了，迎上去問：「夫君，結果如何？」

沈峭直接道：「有吳成的口供，他抵賴不得，被賞了二十板子，應該還要再關一段時間。」

這個結果大大超出了李姝色的預想，她喜上眉梢。「當真？」

「是的，打板子的時候，我親眼盯著，一棍都沒少，」沈峭言語有痛快之意。「直接被打暈了過去。」

李姝色興奮地拉著他的手臂，進了屋，又倒了杯水給他，示意他喝口水潤潤喉再繼續說。

等他喝完水，她問：「張二叔他們就沒有鬧起來？沒有去宮裡請張素素幫忙求情？我害怕貴妃會替三寶求情，讓陛下放了他呢。」

「張素素自始至終都沒有出面。」沈峭說：「張二嬸子呼天搶地，但是被人拉著也不能如何，只能眼睜睜地看著張三寶被打，被關進大獄。」

李姝色雖然痛快這個結果，但是不免好奇。「張素素這次怎麼沒有出面？那畢竟是她三哥不是？而且，張二叔他們肯定會進宮求她的，她應該不會不給他們面子吧？」
沈峭聞言，猜測道：「他們到得晚，估計已經進宮一趟，但是張素素沒有答應幫他們，這其中的隱情，估計和貴妃有關。」
隱情，還能有什麼隱情？
李姝色眯了眯眼睛，戲謔地說：「也倒不見得和貴妃有關吧。」她彎下身子，俯在沈峭耳邊，輕聲說：「說不定和夫君有關。」
沈峭眉間微動。
李姝色毫無顧忌地說：「張素素可是要招夫君為駙馬的，她這麼喜歡夫君，得知三寶居然打了你，自然不會幫他，勢必要為夫君出頭的。」
她話音剛落，突然腰間一緊，被他狠狠拉著坐在他的腿上。
沈峭薄唇湊近她的，沈聲說：「娘子，別胡思亂想，為夫心裡只有娘子一人，天地可鑒。」

第五十四章　陷害

放榜那天，李姝色先是沐浴燒香，然後精心打扮一番，才隨著沈峭去看榜。

榜前的人很多，李姝色目測了下，以她的小身板估計很難擠進去，雖然心裡焦急，但還是和沈峭停留在原地，等著前面看榜的人散去再上前看。

沈峭面上是一點都不顯得著急，氣定神閒的樣子，好似要放榜的人不是他，著急的人倒變成了李姝色。

就在這時，有人叫了他們名字一聲。

「沈峭，姝色，你們也這麼早來？」

抬眸一瞧，是王庭鈞。

王庭鈞應該還沒有看榜，臉上有些許忐忑，手指緊張地捏著袖口，眼睛忍不住往榜單上瞟。

他身後的小廝已經艱難地往人群中擠，看樣子是要替他去看榜了。

李姝色問：「你哥呢？」

看榜這種大事，作為弟控，應該無論如何都要來的吧？

王庭鈞看了看四周，壓低聲音說：「宮裡出事，睿王就把我哥給叫過去了。」

李姝色下意識地問道：「出什麼事了？」

王庭鈞聲音更低了。「虞美人小產了，不過這件事似乎與睿王無關，不必著急。」

李姝色這麼問，王庭鈞也不會驚訝，因為他哥把黑盒子的事與他講過，而且這夫婦倆來京城後，睿王對他們也頗為關注。

李姝色聽了他的話，不免心中微驚，雖然皇宮內的事不可說，但是她的腦海裡已經腦補出了各種爭寵殺子的戲碼。

這時，王庭鈞的小廝興奮地跑過來喊道：「公子，你中了！中了！」

王庭鈞喜上眉梢，直接撂下沈峭夫婦二人，大跨步擠進人群看榜單上自己的名字。

李姝色眼看著榜單前聚集的人越來越多，正踮著腳尖往榜單上瞧的時候，耳邊傳來學子們的討論聲。

「沈峭是誰？榜首，會元！這名字怎麼聽著有些耳熟？」

「你沒聽過？不就是良州第一才子嗎？龍章書院的方院長可看重他了。」

「對對對，良州的學子，聽說他在良州從小被冠以神童……」

聽到他們的討論，李姝色條件反射地看向沈峭。「夫君，我沒有聽錯吧？你是會元！他們剛剛討論的人是你吧！」

相對於她的激動，沈峭的反應倒是鎮定。「是為夫。」

這時，耳邊炸開王庭鈞的聲音。「我中啦！我真的中啦！哈哈哈哈！」他又費了好大的力氣才從人群中擠出來，喊道：「沈峭！我看到你的名字了，榜首！恭喜恭喜！」

他這話說得很大聲，李姝色敏銳地察覺到周圍的人紛紛將視線落在他們身上。

李姝色神經猛地一緊，下秒突然有很多人衝過來，紛紛拉著沈峭的手臂，七嘴八舌地說著話。

「我家老爺有請沈進士一聚！」

「我家老爺、小姐在醉仙樓已備好酒席，請沈進士賞臉赴約！」

「我家，我家，我家是王員外家，我家小姐年方十六，貌美如花……」

各種邀約的聲音在她耳邊炸開，沈峭也不堪其擾。

王庭鈞見狀，輕輕拍了下自己的嘴巴。都怪自己，忘了還有「榜下捉婿」一說，這些人肯定早就等著沈峭現身，自己還主動暴露了他的位置。

他連忙使了個眼神給隨身小廝，兩個人推開那些圍繞在沈峭夫婦周圍的人，護著他們闖出了包圍圈。

待上了馬車，李姝色才心有餘悸地說：「他們好瘋狂……」

簡直堪比現代人追星那麼瘋狂，差點把沈峭的袖子給扯壞，而且有兩個人為了搶走沈峭，居然一言不合地直接打了起來。

這榜下捉婿，真的是太瘋狂了。

王庭鈞也抹了一把額頭的汗，說道：「實在是沈兄名聲在外，如今又有功名在身，所以想攀上關係的人就多了些。」

李姝色感覺瘋狂之餘，不免有些氣結。「難道他們都不打聽的嗎？我家夫君已經成親了。」

剛剛她直接被擠了出去，被逼得步步後退。

王庭鈞答道：「姝色，男人三妻四妾，天經地義，有娘子又如何？誰家還沒幾個庶女，嫁給沈兄做平妻、做妾也是好的。」

原來如此，怪不得非得要和沈峭見上面，這酒一喝，暈頭轉向之際，不就把親事給定了？

李姝色不愛聽這話，輕哼了聲，側過身子，手指頭不住地絞著手帕。

沈峭則瞪了王庭鈞一眼，身子往李姝色身邊挪了挪，抓住她不安躁動的手指說：「沒有平妻也沒有妾，此生唯娘子一人。」

王庭鈞被沈峭瞪了眼，兀自摸著鼻子。

李姝色反握住他的手，語氣有些嬌嗔。「你可不許騙我，你若騙我，我就一紙休書休了你！」

王庭鈞默默側過身子，眼睛卻吃瓜似地往這邊瞟。

他或許不應該在馬車裡，應該在馬車底。

沈峭也不管有沒有外人在場，桃花眼深情地看著她道：「此生可騙天下人，唯不騙妳。」

李姝色心裡的那口悶氣這才通了，她輕輕吐口氣。「你今天說的話，我都記住了。」

沈峭捏了把她的臉頰，手下滑膩的肌膚讓他有些愛不釋手。「好。」

朝露殿。

寢殿內女人痛苦呻吟的哭泣聲，不斷地傳到門口焦急等待的人耳中。

不知道女人痛呼了多久，殿門終於打開，穩婆雙手染血地走了出來，向明黃色身影行禮道：「陛下，美人已經成功落胎，是個男胎，小皇子剛出生就沒了氣息。」

一聽到男胎二字，皇后雙眼瞬間通紅地道：「怎會如此？怎麼好端端的，虞美人就小產了？還是個皇子，小皇子的命怎麼這麼苦？」

虞美人月分大了，這次小產無異於親身經歷生產一回，孩子一生下來就是死胎，這也是大家都能預料到的。

皇后的話音剛落，突然虞美人的貼身宮女就跪下來，身子不住地抖道：「回稟陛下、娘娘，美人的胎象向來安穩，今天早上突然腹痛不止，還出了血。奴婢懷疑，必是有人害了美人，才致使皇子胎死腹中！」

皇帝雙眸沈痛，小拇指微微顫抖。「給孤看一眼小皇子。」

「陛下，」皇后連忙阻止道：「您看了也是徒增傷感，是小皇子與您的緣分淺，您以後肯定還會再有小皇子的。」

皇帝卻固執道：「他是孤的孩子，他就這麼走了，孤無論如何都要看他最後一眼。」

皇帝發了話，這才有人將襁褓中的死胎，抱到他跟前，給他看一眼。

孩子已經被洗乾淨了，緊閉著雙眼，五官明顯，只不過唇色青紫，摸著巴掌大的小臉更是冰涼。

皇帝不忍再看，揮手讓人抱下去，高大的身子向後退了步，被身後的皇后及時攙扶住。

皇后雙眼關心地看著他。「陛下，請節哀。」

皇帝深深閉了閉眼睛，再度睜開眼時，吩咐福全道：「查，給孤查！孤要看看，究竟是誰這麼大膽敢害孤的孩子！」

貴妃趕到的時候，事情已成定局，她沒能夠看到那孩子最後一眼，就聽到已經被處理了，她邊走邊問宮人。「陛下呢？」

「陛下還在朝露殿，皇后娘娘在身旁陪著。」

「皇后？」貴妃腳步頓了下，隨後又加快步伐。

虞美人這胎幾個月來都是好好的，等著順利產子，怎麼好端端地就胎死腹中了？

貴妃趕到的時候，那抹明黃色身影正滿身落寞地坐在床畔，手肘抵在扶手上，撐著額頭，讓人看不清思緒。

皇后在他身後站著，床上的虞美人唇色慘白，還在昏迷。

她進去的時候，屋內靜悄悄的，宮人們連呼吸聲都放輕許多，弓著身子，大氣都不敢出。

貴妃徑直走到皇帝跟前，隨後慢慢蹲下身子，伸手握住他放在膝蓋上的另一隻手，她開口喊道：「陛下。」

皇帝察覺手中的柔軟，倏地握緊，抬起頭就看到貴妃泫然欲泣的眼神，她鼻尖微紅，顯然一副要哭的樣子。

皇帝伸手摸了摸她的腦袋，啞著聲說：「妳過來啦。」

貴妃語氣低低的。「出了這麼大的事，臣妾肯定是要過來的，臣妾看虞妹妹還沒有醒過來，就知道情況一定不好……」

聽著她的話，皇帝的心才稍稍安定。貴妃就是他的一劑良藥，他傷心這個孩子沒了，也怕貴妃傷心，他曾允諾貴妃要給她這個孩子的，是他沒有說到做到。

皇帝安慰道：「妳也不要太傷心了，以後還會有孩子的。」

貴妃通紅的眼眸閃過一絲愣怔，陛下難道還存著那個心思嗎？難道他是以為她沒能收養那個孩子而傷心嗎？

其實不然，她是為陛下的傷心而傷心，陛下卻因為她而傷心，陛下的愛啊，從來都是這麼毫不掩飾，昭然若揭。

皇后沒聽明白他們之間的對話，就看到貴妃那狐狸精伏低做小，把陛下哄騙得一愣一愣地，反而哄起了她這個賤人。

她有什麼好傷心的？失去的又不是她的孩子。

搞得好像是她沒了孩子般，明明沒了孩子的是躺在床上的虞美人。

不過，這個虞美人怎麼還沒有醒來，所有的大戲還要等著她醒來才能開唱。

皇帝拉著貴妃起來，握著她冰涼的小手，搓了搓說：「妳身子這麼涼，趕緊回去吧，這裡有皇后。」

貴妃卻搖頭。「臣妾要陪著陛下，等著虞美人醒來。」

她的話像是有什麼魔力般，話音剛落，床上的虞美人就慢慢地掀開眼皮。

虞美人先是愣怔，隨後反應過來，大夢初醒般地問：「陛……陛下，臣妾的孩子呢？」

她眸中閃爍著害怕和慌張，像是怕極、傷心極，卻還是不甘地問。

皇帝沈默不語，皇后開了口。「虞美人，妳節哀，妳以後還會有孩子的。」

虞美人不敢相信地看皇后一眼，隨後已經乾涸的雙眼又瞬間聚滿眼淚，撲簌簌落下的時候，竟帶有血絲。她大喊道：「不可能的，他昨天還在臣妾的肚子裡，就在昨天晚上，他還踹了臣妾肚子一腳，怎麼好好地就沒了？不會的！這一定不是真的！他還活著，他還活著是不是？」

皇后臉上閃過不忍，貴妃也別過頭去，當年她失去小公主的時候，哭得和她一樣傷心。

皇帝放開貴妃的手，拉住虞美人的手，給予她安慰。「妳別哭壞了身子，以後還會有孩子的。」

虞美人順勢反握住他的手，不依不饒地哭喊道：「陛下，一定是有人害了臣妾的孩子！陛下，您一定要為我們的孩子報仇！」

皇后順勢接話道：「虞美人，陛下也覺得可疑，已經派人去查了。」

虞美人哭得可憐，胸膛不斷起伏著，卻死死咬著下唇，眼中也由傷心化成刻骨的恨意，她緊緊握著皇帝的手，捏到指尖泛白，幾乎把皇帝掐痛。

但是，皇帝沒有動，任由她掐著。

這時，福全公公進來，還帶了被綁的三個人，一進來就跪在地上，都還沒開始審問，他們開口就是「陛下饒命，娘娘饒命」。

貴妃看到其中一張熟悉的面孔，心下微沈，不著痕跡地捏緊了手指。

花嬤嬤也察覺到不對勁，也沈了臉，偏頭吩咐了翠珠幾句，翠珠忙不迭地彎腰退下。

虞美人看到他們，就像是看到殺子仇人般，艱難地坐起身來，語氣咄咄逼人地問：「說，是誰指使的你們，要來害我的孩子？」

三人面面相覷，誰也不敢先開口說話，虞美人忍不住再次吼道：「說話啊！」

皇帝拍了拍虞美人的背，安撫她的情緒，看了福全一眼道：「你來說。」

福全先是瞟了眼貴妃，隨後才慢慢說道：「陛下派老奴來查這件事，老奴查到今早美人的膳食時，就招了御膳房的小德子來盤問，誰知道他居然當場咬舌自盡了。」

這話一出，聽出其味的人都倒抽了一口氣，這說明了什麼，畏罪自殺啊！

福全繼續說：「老奴感覺這件事有些不對勁，檢查小德子屋子的時候，發現了一些不乾淨的東西，而這些東西不全是小德子的，還有他同屋小印子的，所以當場就把小印子給拿下了。」隨後，指了指跪在地上的太監說：「他就是小印子。」

感受到四面八方的眼神，小印子的頭壓得更低，身子不住地打著顫說：「陛下饒命，奴才知錯了。」

皇帝眼神銳利，語氣威嚴地問：「你犯了什麼錯，還不快如實招來？」

小印子說：「奴才什麼也不知道，是小喜給奴才東西，奴才真的什麼都不知道！」

身旁的小喜連忙道：「不是奴婢，不是奴婢，是春鶯給奴婢的，不是奴婢幹的！」

這一句話又扯到春鶯頭上，春鶯倒是沒有為自己辯駁，腦袋昂起，彷彿要讓所有人都看清她的臉般。

終於，皇后瞇了瞇眼睛，開口問：「這春鶯，似乎是永壽宮的人？」

貴妃沒有說話，眼下這情形，她已然明白七、八分。

虞美人一下子尖叫起來。「貴妃，是妳，是妳這個賤人，害死了我的孩子！」說著，不顧自己的身子，就撲著上前。

皇帝眼疾手快地抱住她，不讓她碰到貴妃，嘴裡低聲怒道：「冷靜，事情現在還沒有查清楚，孤會給妳一個交代的。」

隨後，看了福全一眼，福全繼續說：「虞美人自懷孕以來，喜好甜食，本來也不是什麼大事，就是御膳房的小德子突然做了一道甜糯糕點，叫蜜糖糕，甚得美人喜愛。特別是孕中煩悶，美人常以此來解悶，吃了糕點後心情都會好很多。」

虞美人聽得怔住。「難道是這糕點被下了藥？」

福全解惑。「這糕點裡被放了藥引。」

等這藥引在腹中積累多了，那麼只需等一個契機，就會落胎。

「藥引？」虞美人喃喃道。

終於，春鶯開了口。「美人吃了幾個月的藥引，月分大了後，胎動難安，還以為是尋常胎動，其實不然，是妳肚子裡的孩子已經岌岌可危，只需今早一碗加了點東西的酸梅湯，必然就會落胎。」

福全說：「事情一發生，奴才就派人查了美人今早的飲食，也查了酸梅湯，沒有發現什麼異常，若不是小德子突然畏罪自殺，也不能查到小印子身上。」

小印子忙說：「奴才不知道那是什麼傷胎的藥物，小喜是奴才的同鄉，她幾個月前給了奴才一大筆錢，讓奴才在每次小德子做蜜糖糕的時候，把藥物混進麵粉裡，其他的奴才真的什麼都不知道！」

小喜也說：「奴婢也什麼都不知道，春鶯和奴婢交好，奴婢本是辛者庫的賤奴，想要逃離辛者庫已久，有一天春鶯找到奴婢說，如果辦成這事，就可以和她一起服侍貴妃娘娘，所以才起了這個愚蠢的念頭，請陛下恕罪！」

事情到此，基本已經明瞭。

是春鶯找到辛者庫賤奴小喜，教唆她將藥下到虞美人的糕點裡，但小喜畢竟是賤奴，根本接近不了御膳房，於是她拿著春鶯給的錢，引誘了同鄉的小印子。小印子雖在御膳房也只是幹活的奴才，但是他有機會接觸膳食、糕點，還和小德子關係不錯，平常在他做糕點的時候搭把手也是有的。

於是，由春鶯牽頭，這一條線就形成了。

如今，福全公公抓住小印子，小印子招出了小喜，小喜又招出了春鶯，這才能查到源頭。

不過單看這件事，似乎一開始死的小德子並沒有和這件事產生直接聯繫，為何最先死的人是他？

貴妃心頭一動，小德子才不是什麼畏罪自殺，他本就該死的，他如果不死，說出誰是幕後指使，都存在攀咬的嫌疑。反倒是他死了，死無對證，那麼小印子這條線便可以名正言順地浮出水面。

看似合理的一條線，實則處處充滿了不合理，這條線太長就是最大的不合理。

皇帝問：「今早這碗酸梅湯是誰端來的？」

福全回答。「是貴妃娘娘賞賜的。」

貴妃心頭一驚，忙解釋。「陛下，是美人說自己月分大了，胃口不佳，又聽聞當年臣妾懷小公主的時候，也是這個症狀，喝了酸梅湯胃口才好些，所以特來詢問臣妾。本都是姊妹，臣妾又怎麼會吝嗇區區一碗酸梅湯？於是差小廚房做了一碗酸梅湯給她，妹妹喝了幾日，也沒出現什麼問題，不知今早怎麼了，突然發生了這事……」

貴妃話音未落，那邊皇后就突然發難。「還能為何？還不是因為妳費盡心機要讓虞美人落胎，才指使春鶯在美人的糕點裡下落胎的引子，然後再用酸梅湯讓小皇子胎死腹中。」

虞美人幾乎要控制不住自己的情緒，緊緊抱著皇帝的手臂，大哭出聲。「陛下！是臣妾的錯，臣妾若不是信了貴妃是真心為臣妾好，臣妾也不會喝了酸梅湯，我們的皇子，他已經成形了啊！」

皇后接話。「虞美人，妳有什麼錯？錯的是別有用心的人。妳都不知道小皇子長得有多好看，一生下來就沒了氣息，實在是可憐啊。」

皇后的話無疑是在虞美人的心窩上捅刀子，她再也克制不住地聲淚俱下。「陛下！您一定要殺了貴妃為我們的小皇子報仇！陛下，您這次可不能再護著她了！我們的小皇子沒了啊！」

皇帝抱著虞美人激動的身子，眉頭皺起，目光如炬地看向春鶯問：「說，是誰指使妳？」

春鶯背部挺直，無畏無懼地喊道：「沒有人，是奴婢自己見不慣懷孕的虞美人在娘娘面前耀武揚威，奴婢只是為了給娘娘出氣罷了。」

這話一出，所有人的視線都落在貴妃身上，這看似把貴妃摘出去的話，其實是為了將她的嫌疑落實，即使她渾身上下長滿了嘴，也辯無可辯。

第五十五章　愚美人

皇后看貴妃臉上表情沒有一絲變化，便怒道：「大膽貴妃，還不快快跪下認罪！」

貴妃冷著臉，睨她一眼，開口道：「本宮沒有做過的事，為何要認？」

「妳還不認？春鶯可是妳的人？她也說了，妳是嫉妒虞美人有孕在身，奪走了陛下對妳的寵愛。貴妃啊貴妃，稚子何辜，妳為什麼要下此狠手？」皇后的聲音逐漸拔高，像是要把這罪名落在她身上般。

貴妃跪了，但不是為了認錯，而是對皇帝說：「陛下明鑒，臣妾沒有害過虞美人的孩子，也未曾妒忌她懷上孩子，臣妾是失去過小公主的人，怎麼可能會把這種痛加諸在虞美人身上呢？」

在皇帝懷裡的虞美人，眼神陰狠地盯著貴妃，好似沒有皇帝的阻攔，下一秒她就能撲上去將貴妃給生吞活剝了！

虞美人咬著牙說：「陛下，就是這個毒婦，害死了臣妾的孩子！陛下，您一定要為小皇子作主啊！」

皇帝夾在中間，沒有說話，眼睛只盯著春鶯，問：「妳還有什麼話要說？是不是貴妃指使妳？」

然而，春鶯卻是搖頭，其他的一句話都不肯說。

皇帝眉間起了怒氣，高聲道：「來人，將他們拖去慎刑司，撬開他們的嘴，孤要真相！」

福全福了下身子。「是。」

就在他揮手讓人把春鶯三人帶下去的時候，春鶯突然堅決地看了貴妃一眼，隨後脖子一梗，上半身直直地往地上倒去！

福全面色一凜，上前探去，才發現春鶯已經咬舌自盡，沒了氣息。

「啟稟陛下，春鶯已經咬舌身亡。」

貴妃的臉色瞬間難看起來，若是人還活著，總是能撬出點東西來，但是人死了，就是畏罪自殺，死無對證，特別是春鶯的最後一眼，完全就將她當作「幕後主使」。

虞美人徹底發了瘋，眼眶猩紅地朝著貴妃喊道：「妳害我孩子，妳一定不得好死！」

皇帝似乎也被她的這聲詛咒給嚇到，面無表情地推開她的身子說：「夠了。」

隨後，他站起身來，將貴妃從地上拉起來，沈聲說：「孤曾經對貴妃說過，虞美人地位卑微，無論是生了皇子還是公主，按照祖制，都不能養在身邊。」

發瘋中的虞美人瞬間小臉慘白，這一點皇后也跟她說過，不過她總是存在僥倖心理，若是生下皇子，陛下高興，升了她的位分，這樣豈不是就能夠將孩子養在身邊？不過此刻聽到從陛下口中說出的話，難免還是心涼了三分。

皇帝不顧眾人臉色，又說：「孤打算將孩子交給貴妃。」

此話一出，除了知道內情的人，全部都震驚了，皇后更是死死地捏著手指，捏得咯咯作響。

「貴妃拒絕了，說孩子還是要養在生母身邊，她經歷過失去小公主的痛苦，所以不願把這種痛讓別人也嚐一嚐。」皇帝眼神逐漸冰冷。「所以，孤相信這件事絕對不會是貴妃做的。」

虞美人見皇帝這麼護著貴妃，忍不住大聲嚷道：「陛下，您莫要被這賤人給騙了！她說不要臣妾的孩子，若只是口頭說說呢？她在陛下面前裝得多麼溫婉賢良、善解人意，其實背地裡早就想要除掉臣妾的孩子！」她幾乎泣不成聲。「陛下，您千萬不要被她給騙了啊！」

皇后也說：「陛下，您與貴妃私下約定的事，無從考證，恐怕難以堵住悠悠之口。況且，春鶯確實是貴妃的人，如今種種證據都表明是貴妃做下的惡事，若陛下一味偏袒，恐怕會寒了六宮人的心啊。」

貴妃不忍皇帝這麼為難，心想禁足幾天她也能忍得，將要開口的時候，花嬤嬤突然說：「娘娘，奴婢查到了點東西，這春鶯未必是心向著您的人。」

貴妃看到翠珠已經回來，就知道她帶來了好消息。

花嬤嬤將翠珠剛剛交給她用帕子裹著的東西，呈到眾人面前說：「春鶯只是永壽宮灑掃的宮女，這麼大的事情，娘娘沒道理交給她，而不交給我們近身伺候的人。

「這是剛剛從春鶯的房裡搜出來的，是一支玉蘭簪，或許大家會說，是貴妃所贈，但其實不然。當年，刺客就是裝作花房的宮人，捧著玉蘭進永壽宮，娘娘自那之後，便對玉蘭落下了陰影，一看到玉蘭花便驚懼害怕，即使昭素公主回歸，也沒有好轉。

「而這支簪子，奴婢曾經在虞美人的頭上看到過，那時虞美人剛懷上不久，便是簪著這支簪子向貴妃見禮。如今卻在春鶯的房中發現，被她藏在牆壁暗格裡，若不是掘地三尺，還真的難以發現。」

虞美人嘴唇顫抖地道：「妳胡說！我沒有這個簪子！」

貴妃看到玉蘭簪，眼神有些閃避，反應雖比之前有所好轉，畢竟已找到了李姝色，但是那種痛沈積太久，不是一時半刻就能消散，所以她第一眼還是選擇逃避。

皇帝摟著她的肩膀，威嚴開口。「貴妃不喜玉蘭這事，孤知道。」

身為枕邊人，她的喜怒哀樂，他自然都是知道的。

一錘定音，直接將這簪子和貴妃撇清關係。

虞美人不甘地道：「不過是根簪子，不能證明什麼！」

「恕奴婢多嘴，不只這根簪子，還有其他首飾和五百兩銀子，可見春鶯不是像她所說，為了貴妃自願做這件事，而是被人給收買了。」花嬤嬤道：「至於那藥引，已從春鶯住處翻了出來，也是個佐證。春鶯本不識字，更不通醫理，怎麼會想出這個法子呢？所以定是有人指使。」

貴妃乘機說：「陛下，嬤嬤說得有道理。一來，臣妾要是想害虞美人，不會把這麼重要的事交給春鶯，因為臣妾與她並不親近；二來，春鶯害人說是為了臣妾，更是無稽之談，她可能連這藥引是什麼都不知道，就稀裡糊塗地給人當了替死鬼！」

眼瞧著這支玉蘭簪將嫌疑引到虞美人身上，皇后站不住了，她道：「貴妃說得是，春鶯背後肯定有人指使，不過就憑一支簪子，妳想要洗脫嫌疑怕是很難，焉知她背後指使的人不是妳？而且，花嬤嬤剛才說這簪子是虞美人所有，也是沒有證據的事。若說是虞美人指使春鶯，那更是無稽之談，虞美人怎麼可能會害自己的孩子？」

虞美人猛地身子一震，努力為自己辯駁。「是啊，我怎麼可能會害自己的孩子！我多麼期盼這個孩子的到來，我天天喝安胎藥，就是希望他健健康康地來到這個世界上，我怎麼會指使春鶯給自己下藥呢？」

貴妃聞言，心道，那可不一定。這藥只是藥引，吃了只會感到胎動不適，並不會真正打掉孩子，所以為了除掉她，虞美人能不能狠下這個心也很難說。

至於酸梅湯，估計虞美人是不知道的，否則她肯定不會傻乎乎地喝下去，要真要用孩子來對付她，也不會等到月分這麼大的時候，對她自己的身子也不利。

或許，是她背後的人欺騙她？先是給她藥引，說對她的孩子無礙，還能扳倒她。沒承想幕後之人根本就沒有想過留下這個孩子，將真正落胎的藥放進酸梅湯中。

必定是那幕後之人動了手腳，瞞過虞美人，又栽贓給她，一舉兩得。

貴妃心裡有數，走到虞美人床前，眼睛直視著她說：「若妳一直堅信，是本宮指使春鶯在妳糕點裡下藥引，本宮也沒辦法。可是妳好好想一想，酸梅湯裡的東西又是誰下的呢？本宮可什麼都不知道。」

最後一句話她說得極重，就是為了提醒虞美人，她既不知道藥引的事，也不知道酸梅湯的事。

如果她知道藥引的事，她肯定不知道酸梅湯的事，那麼又會是誰幹的呢？

虞美人聽出她話裡的意思，手指緊捏著被角抵在胸前，額頭的冷汗都出來了，眼睛不自覺地看向皇后。

貴妃不用往後看，就知道虞美人看的人是皇后。

想來也只有她有這樣的心機來完成這件事。

若直接一碗紅花讓虞美人落胎，栽贓給她，反倒讓人起疑，因為沒人會使用這麼低劣的手段，而且有為虞美人安胎的太醫在，若是當場立即被查出，恐怕這計劃就落空了。

像是這般，將藥引放在糕點裡，發作的藥放在酸梅湯裡，若不是春鶯主動說出，誰能想到？這兩份東西單獨由太醫來查，恐怕也查不出什麼。

所以，皇后就聯合虞美人設了這個圈套給她跳，但凡花嬤嬤沒有及時將玉蘭簪翻出，她就得揹鍋。

而且，幸好陛下站在她這邊，之前他曾開口讓她收養虞美人的孩子，若不是他有此心，恐怕她都來不及辯駁，就被打入冷宮了。

虞美人啊虞美人，簡直是「愚」美人，真真是愚不可及，搬起石頭砸自己的腳。一隻小白兔還想和大灰狼為伍，白白失去了自己的孩子，實在是可笑又可嘆啊。

虞美人眼中閃過驚懼惶恐的神色，隨後她突然尖叫一聲，痛苦地抱住頭，大聲喊道：「不是我幹的！我沒有！我沒有要害自己的孩子！」

不打自招，自作自受！

貴妃眼中閃過厭惡之色，無論她們這些妃嬪怎麼鬥，為何要牽扯上孩子？誠如剛剛皇后所說，稚子何辜？

虞美人眼中閃過絕望驚慌，抱著頭口中喃喃，不知道在說些什麼。

貴妃逼問。「說，有沒有誰在背後指使妳？妳怎麼能狠心殺害自己的孩子！」

皇帝此刻也看出這事情的蹊蹺，心中湧起一陣陣憤怒，這個他企盼的孩子，居然成了虞美人絆倒貴妃的犧牲品！

他想到剛剛小皇子巴掌大的臉蛋，模樣生得十分好看，乖巧的樣子彷彿睡著了，他的心又開始作痛。

虞美人突然發作，一把狠狠推開在眼前的貴妃，大聲尖叫。「我恨妳！我恨妳！妳滾開！滾開！」

貴妃被推了個猝不及防，身子踉蹌了下，被身後的皇帝眼疾手快地扶住，他聲色俱厲地道：「瘋瘋癲癲，像什麼樣子！」

虞美人還在尖叫，貴妃懷疑她這是在裝瘋來躲避殺子的懲罰，抑或是在逃避供出幕後主使。

皇后這時開口。「陛下，虞美人這個樣子，大約是受不了驟然失子的打擊，行為有些失常，不如喚太醫進來診治？」

皇帝沈著臉。「妳是後宮之主，這些事妳自己作主就成，治得好就治，治不好就挪到冷宮去！」

皇后眼中閃過暗光。「是。」

皇帝眼睛又掃過小喜等人，再次怒道：「陷害貴妃，罪無可恕，拖出去亂棍打死！」

「陛下饒命！娘娘饒命！」

小喜、小印瘋狂求饒，被拖下去的時候還眼神不甘地看向床上的虞美人。

虞美人頭髮散亂，眼神無光，倒是沒有再鬧。

皇帝發怒了一番，最後還不忘看向皇后。「宮裡失去個孩子，烏煙瘴氣的，妳這個六宮之主怎麼當的？」

皇后眼中閃過委屈，不甘地福身說：「是臣妾的錯，陛下息怒。」

「息什麼怒？孤的孩子已經沒了！」皇帝聲音陡然拔高。

皇后被嚇得立馬跪下，貴妃也被嚇了一跳，連忙跟著跪下的時候，被皇帝拉起身子。

她心中有些詫異，還是看陛下頭一次對皇后如此，簡直沒有留情面。

難不成，陛下也猜出虞美人背後有人，不管是不是皇后，他都有意發怒，以震後宮？

貴妃越往下猜越是心驚，不論陛下是什麼心思，她都樂見其成。上次遣散宮人就已經落了皇后的臉，如今又這般發怒，這其中怕是大有深意。

皇帝聲音威嚴地道：「皇后失職，罰閉門思過半月，貴妃暫協理六宮，任何人不得違命。」

殿內瞬間跪滿人，只有皇后直挺挺地跪著，眼底泛著讓人捉摸不透的光。

皇帝帶著貴妃走的時候，皇后才慢慢彎下身子，面無表情地說：「恭送陛下。」

第五十六章　殿試

放榜後，很快就到了殿試。

李姝色起了個大早，為沈峭認真著衣，他本就模樣長得好，如今再配一身白色長袍，腰間一條金絲繡邊的腰帶，整個人看著如竹如松，宛若謫仙。

李姝色打趣地說：「夫君，你生得如此好看，若是陛下不用你，當真是他的損失。」

沈峭聞言，一把箍住她的腰，伸出食指點了下她的鼻尖，笑罵道：「連陛下都拿來打趣，妳膽子太肥了。」

李姝色吐了下舌頭，繼續說：「所謂岳父見女婿，越見越喜歡，我這可不是打趣，說得是事實。」

沈峭心道，若是陛下知道他拱了他家的白菜，是高興還是憤怒，還不一定呢。

不過好在，阿色中意他，即使以後的路多有波折，也是值得的。

李姝色在他懷中，為他正了正衣襟，將衣服上的褶縐一點點抹平，笑道：「夫君今日穿得也好看，簡直就是我們成衣店的活招牌。」

李姝色的眼光可不只放在女顧客上，她還打起男顧客的主意，生意好起來後，她又把旁邊的店鋪也買下來，專門用來賣男裝，生意還在起步階段。

沈峭就由著她折騰，他喜歡看她全身心投入自己的事業中，雙眼發光的樣子。

他低頭，在她額頭落下一吻，低聲道：「乖乖在家等我，等為夫給妳掙個功名回來。」

李姝色喜歡他說的這句話，她踮起腳尖，印上一吻道：「好，我等你。」

沈峭走後不久，葉菁眉就過來了，李姝色招呼她看新款式的衣服。

葉菁眉進門就看到擺出的春裝，不免感慨。「阿色，別的店還在賣冬裝，妳這春裝就已經擺出來了啊？」

「春天總是會來臨的，現在擺出來也不算早，況且我還想著早點把它們擺出來引領今年的時尚呢。」

葉菁眉有些好奇從她嘴巴裡蹦出來的新詞。「時尚？」

「是啊！」李姝色指了指其中一件春衣說：「妳看這件，我在袖口部分用流蘇點綴，用的還是天水碧色。若是一人覺得這個好看，穿起來讓其他人也覺得好看，大家爭相購買，這天水碧不就成了今年的爆款？」

對於生意一道，葉菁眉雖然不太懂，但也深覺她說得有道理。

正如蘇繡也是一疋難求，京城中的貴女們爭著購買，出席各種場合都以穿蘇繡為豪，若是穿了別的，心中就不免覺得比別人矮上一截。

李姝色看葉菁眉都是穿著方便行動的便裝，每次過來，她都要拉著她試穿衣服。

一來，哪有女孩子不喜歡穿好看衣服的；二來，葉菁眉的身材是真的好，每次替她換衣服都是一場視覺盛宴。

她都不知道，看起來精瘦的葉菁眉，居然如此有料，就是常年用裹胸布束著，在身上都留下了兩道勒痕。

試衣間裡，李姝色替她解開釦子，又解開層層的裹胸布，她道：「葉姊姊，妳現今在京城，就恢復女兒裝吧，每天裹著不嫌勒著慌嗎？」

葉菁眉難得地有些羞赧。「習慣了。」

李姝色有些惆悵。「那也不能天天裹著啊，要是勒小了可怎麼辦？」

葉菁眉「噗哧」笑出了聲。「妳這丫頭，年紀輕輕，說話怎麼沒個把門的？」

李姝色不平。「我不小了，我都已經嫁人了，這話自然能說得出口。」

她拿過新衣服，套在葉菁眉身上，隨後站在她面前，幫她繫釦子。

古代的衣服就是盤釦多，有的盤釦還挺講究，花紋、樣式都要按照制度來，不能逾制，好在這只是平常穿的衣服，簡單點就行了。

李姝色靠得她如此近，葉菁眉垂眸就看到她纖長的睫毛，根根分明如鴉羽般。她做起事來投入的樣子，有種讓人驚嘆的美麗，追本溯源，她竟然覺得這種美麗與另一位高貴的人相重合。

葉菁眉有些恍神地開口。「貴妃……」

李姝色聞言一驚，詫異地看向她問：「貴妃怎麼了？」

她接話接得太快，葉菁眉有些猝不及防地被問住。「無事，就是前幾日宮裡發生的大事，妳聽說了嗎？」

李姝色微微蹙眉。「妳說的是，虞美人小產？」

「妳消息還挺靈通的。」現下詫異的是葉菁眉了。

李姝色聽王庭鈞說過一嘴，之後她就沒有關注了，難不成和貴妃有關，連忙問道：「難道這事還牽扯到了貴妃？」

葉菁眉毫無保留地開口。「是虞美人自作自受，妄想用腹中之子陷害貴妃，反倒傷了肚子裡的孩子，如今人也瘋癲，被打入冷宮了。」

李姝色心中一抖，從葉菁眉短短幾句話中，就能夠想像其中的鬥爭是多麼厲害，在現代那些宮鬥劇也不是白看的，她問：「貴妃無事？」

「無事，」葉菁眉道：「非但無事，還掌了協理六宮之權。」

李姝色的眉頭這才舒展開，她現在完全可以想像，貴妃在那場沒有硝煙的戰爭中是如何大獲全勝。「貴妃吉人天相，想來別人也陷害不得她。」

「妳這麼關心貴妃？」葉菁眉眼睛盯著她，像是想要從她臉上看出什麼東西般。

李姝色則道：「我是鍾毓村人，當時貴妃接回昭素的時候，我也在。貴妃見與我有緣，還贈與我一根玉簪，這份情我一直記在心裡，自然是希望貴妃好好的。」

「原來還有這份緣分在。」葉菁眉心道，這小丫頭確實與皇家有緣。豈止和貴妃有緣，就連睿王也對這小丫頭讚不絕口，說她乖巧懂事，是個難得的小妹妹。

葉菁眉想到這裡，微微彎腰，與李姝色平視，手指順勢捏了一把她的臉蛋說：「我們家的阿色，就是這麼招人疼。」

哎呀，被未來三嫂被調戲了，李姝色鬧了個大紅臉。

這時，門外傳來小玉的聲音。「夫人，將軍，世子過來了。」

鎮北王世子，他怎麼過來了？

葉菁眉與李姝色二人不再打趣，趕緊將身上的盤釦扣好，李姝色又替她理了理頭髮，兩個人這才從試衣間出來。

一出來，就對上世子探究的眼神，他突然開口。「妳們在裡面幹麼，怎麼是一起出來的？」

這醋意未免也太大了吧，她們兩個女子能在裡面幹麼？

面對他這酸溜溜的話，葉菁眉直接選擇無視，問：「你怎麼來了？」

「來尋妳。」世子慵懶地開口。

李姝色挑眉，默默地向旁邊退一步，擺出了看戲的姿勢。

沒承想，世子突然斜過來一眼，再次開口。「還有妳。」

李姝色微驚。「我？」

世子解惑。「是啊，睿王宴請你們夫婦二人，如今馬車已經去接沈峭，我這個閒人便被指派來接妳們了。」

葉菁眉聞言，蹙眉。「睿王為何要宴請他們夫婦？今日殿試，他都不知道避嫌嗎？」

避嫌？

世子眉間微挑，漫不經心地回道：「他頂著皇后養子的身分，有什麼事不能做？」

這話說得很直白了。

按理說，這樣的話不應該說給李姝色聽，但是沈峭今日殿試引得皇帝注意，據說龍心大悅，當眾誇沈峭有治世之心。

這場殿試受萬眾矚目，那些意氣風發的進士們也在其中受各方勢力打量審視。

這不，殿試還沒完，各方就已經有了動作。

李姝色記得這個時候，李琸睿還沒有跟皇后、二皇子他們撕破臉，雖然皇后他們對他有所懷疑，但是這麼好的刀不用白不用。

若是被人檢舉，這個鍋也是李琸睿揹，跟皇后他們無關。

所以，葉菁眉才會有此一問，既擔心李琸睿此舉會被皇帝猜測結黨，又擔憂沈峭夫婦今後的處境。

世子這話略有諷刺意味，想來李琸睿近日的動作，讓皇后他們起了警惕之心，所以才逼得他有所動作。

李姝色知道，李琸睿、葉菁眉和世子他們三人是小時候的玩伴，後來葉菁眉隨著祖父奔赴邊疆，祖父死後，她便代祖父出征，所以在邊塞待了很久，但是他們三人的感情卻沒有因此減少。

這也是為啥大結局時，世子還能活得好好的原因。他從一開始就站在李琸睿的隊伍，而他爹還妄圖聯合撫遠侯反叛，自立為王。

李姝色不知道這次宴會在那些上位者的眼中意味著什麼，但是感覺世子口中的火藥味極重，想來其中的爭鬥也不會少。

李姝色坦言。「今日是夫君殿試的日子，作為朋友，睿王請我們夫婦吃飯，我們夫婦自當前去，還要感謝世子才是。」

世子眼睛亮了下，不管那些人想要做什麼，想要毀了睿王，還是那些學子、未來的棟梁，李姝色一句話就把這話帶到友情上，請朋友吃飯又有何不可？

不過，世子眼中難得地閃過抹愧疚說：「把妳的夫君捲進來，實非睿王所願。」

李姝色則無所謂地道：「夫君出仕，即使再想置身事外，怕也是不能。」隨後，她頓了下又說：「若是睿王能夠保我們夫婦無虞，我們夫婦也會欣然踏上他的船。」

這就是她表忠心的一句。

李姝色知道原著劇情，知道未來的贏家會是李琸睿，所以她為了小命著想，根本不會站隊其他人。

還有就是沈峭，她也不會讓他走上之前那條不歸路。

那條路注定萬劫不復，還不如現在和三皇子賭一把，宴會而已，去便去了，待要如何？

——未完，待續，請看文創風1219《夫君別作妖》3（完）

2023年10月出版

娘子套路多

文創風 1198~1200

應是她執念太深，病死了也無法真正放下，
只能看著未婚夫背棄諾言，成家立業，這種人生不要也罷！
重生的她，要為自己、為家人平反冤屈，男人閃邊去吧！

重生為洗刷冤情，卻意外撿到夫君／遲裘

不能怪她孟如韞重活這一世，變得步步思量、精打細算。
前世的她身為罪臣之女，家破人亡，只得孤身上京投靠舅舅；
但世事難料，她最終落得病死，未婚夫也背棄承諾，另娶他人成家立業……
說不難受是假的，但如今因著莫名機會重新回到十六歲入京時，
既然已知道投靠舅舅後不得善終，不如趁機帶著丫鬟另尋出路！
於是她乾脆在酒樓落腳，靠著賣詞賺錢，也好避開無緣的未婚夫；
但如今的她只是個孤女，想靠一己之力為家人平反，談何容易？

窈窕淑女，君子好逑／夏言

2023年11月出版

繡裡乾坤

即便被拒了兩次婚，他依然癡心不改，
人家小姑娘走到哪裡，他就要跟到哪裡，
別說什麼男人的骨氣與尊嚴了，
他根本連堂堂定北侯的面子都不要了！
只要能順利把心愛的姑娘娶回家，臉面值幾個錢？

文創風 1205 1

上有兄長、下有妹妹，在家排行老二的雲意晚從小就不得母親喜愛，
本以為十指都有長短了，喜愛當然也有多寡之分，不須在意，
然而向來不爭不搶的她，前世卻被母親逼著嫁給定北侯顧敬臣當續弦，
理由只是為了照顧因難產而逝的喬家表姊獨留在侯府的新生幼兒，
她不懂，身為一個母親，到底要多不愛，才會這麼對待自己的親生女兒？
結果，她在懷孕四個月時被一碗雞湯毒死，連凶手是誰都毫無頭緒，
死不瞑目的她如今幸運重生，她發誓今生定要查明凶手，不再糊塗度日！

文創風 1206 2

顧敬臣雖長得高大英俊，但因常年征戰沙場，身上帶著肅殺之氣，
前世嫁給他後，由於他面容冷峻、難以靠近，她一見他就懼，何談愛他？
今生她但求表姊能長命百歲，如此她便不用嫁他當繼室，迎來短命人生，
但也不知哪裡出錯，太子要選正妃，喬家表姊竟一心一意要去參選！
不應該啊，莫非……她的重生改變了相關人物的命定軌跡？
還是說，表姊是在落選太子妃後，才退而求其次地當了侯夫人？
若真如此，那顧敬臣肯定是愛極了表姊，不然哪個男人容得下這種事？

文創風 1207 3

雲意晚發現自己花了大半個月、耗費不少心神繡的牡丹絹布不見了！
好在上面沒有繡名字，且見過那幅精緻繡件的人也不多，
否則萬一落入不懷好意的外男手中，說是她私相授受，那可就麻煩了，
經過查訪，得知竟是母親派人偷走，謊稱是妹妹所繡，送給喬表姊選妃參賽，
而靠著她的繡件，表姊的刺繡表現第一，成為太子妃人選的最終十人！
母親最重權和利，卻沒讓她去選妃，還偷她的繡件贈人參賽，這極不合理，
況且，她可以明顯感覺得出母親對表姊的偏寵，這當中莫非有什麼隱情？

文創風 1208 4

不論前世或今生，母親都一手主導著雲意晚的婚姻，
第一樁婚約，她被許配給商賈之子，在對方的姊姊成為寵妃後解除；
第二個無緣未婚夫是個窮書生，在即將考上狀元、平步青雲前也成了前任。
前世的她只以為是巧合，然重生後為了追查死因，她竟意外發現自己的身世，
原來她與喬表姊在同一天出生後就被「母親」與「外婆」故意對調了！
只因當年她的生母永昌侯夫人懷她時，有一名道士說腹中孩子帶有鳳命，
她們想讓表姊當皇后，而她當然是一生不順最好，怎可能為她說一門好親事？

文創風 1209 5 完

她萬萬沒想到，他兩次求娶她被拒這事竟鬧得人盡皆知，他還當眾認了！
難道說，其實從頭到尾都是她誤會了，他兩世喜歡的人根本是她？
是了，回想過去，包括危急時救她、替她查明身世並找齊證據等等，
若非一心關注著她，他又怎會每件事都能適時地出手相幫？
在他不畏世人取笑，第三次親自上門求娶時，她終是應了他這份真心，
無奈好事多磨，在兩人大婚之日，太子竟在大庭廣眾之下派人擄走她！
太子這又是為了哪樁？難不成……是因為她擁有鳳命的命格？

不黏不膩，享受一起努力的半糖愛情／南風行

2023年10月出版

勞碌命女醫

當穩婆接生一次的收入，一半都要拿來繳稅，
有房有馬那就有雜稅，修屋也有修屋稅，
就算啥都沒有，一個人每月也要交一百文的稅，
真是萬萬稅，沒人告訴過她，古代的稅這麼多啊？

文創風 1201 1

梅妍一穿越就是棄兒，隨著撿到她的婆婆居無定所，
雖然身分低下，但身為穩婆的她不怕沒生計，畢竟哪戶都要生產。
這不？才搬到新居秋草巷，半夜就有人喊著需要穩婆出診救人！
有上輩子的婦產科經驗，她不似在地穩婆迴避難產，保下母子打出口碑。
這趟出師順利，讓她不但有了生意，還獲得擔任縣衙查驗穩婆的機會，
只是她天性負責，又要為照護先前的產婦，幾乎每天忙得團團轉，
總算所有事務告一段落，她才慶幸能夠睡到自然醒，卻被施工噪音吵醒，
嗚嗚嗚，這秋草巷破敗已久，縣令早修晚修都好，為什麼要現在修啊？

文創風 1202 2

被判為妖邪會要人命，但那些身體徵狀根本就是生病，這讓梅妍怒火中燒，
幸好縣令非昏庸之輩，聽她有憑有據的解釋，這才順利救下遭誣陷的百姓。
不過這妖邪案的水也太深，竟然引來許多有心為民的大佬隱身市井關注?!
她一個小穩婆竟入了他們的眼，生活除了忙，就是忙，想喘息一下都難，
生活才剛穩定，又要她去照顧育幼堂的孤兒，她一個人哪有能力啊？
無奈上天自有安排，下起冰雹，她住得最近，總不能眼睜睜看著孩子出事，
孰料到了現場，竟有不配合的熊孩子作亂，所幸出現一群將士及時幫了忙，
原來是返鄉療傷的大將軍鄔桑的麾下，返鄉？這就是施工噪音的主因了吧？

文創風 1203 3

梅妍發現育幼堂的女孩們知足惜福，卻不知為何對新衣服有點害怕，
直到其中一個女孩被擄走，才知道每當她們穿上新衣就會「被」消失。
妖邪案、樣貌精緻的孤兒消失，都證實有權貴在做見不得人的勾當，
也讓她更加警惕自己平民的身分，即便跟大佬們有些來往，也不可放鬆。
所以……鄔桑大將軍離開前把三隻狗放她家是什麼意思？讓她當狗保母？
好嘛，照顧孤兒女孩們、代替遠在前線的軍醫幫鄔桑換藥，能者多勞唄！
孰不知能者不但多勞還多災，先前她在公堂上查體，如今卻關進大牢裡，
啊！原來把狗放她家，是想要保護她嗎？可惜狗狗無法對抗陰謀啊……

文創風 1204 4 完

梅妍體驗了被劫獄的刺激，只可惜劫她的不是英雄，是無恥梟雄，
幸虧她利用機智跟一點安眠藥，順利在月黑風高時落跑成功，
不過她沒被歹人弄死，卻差點把自己摔死，所幸鄔桑和狗狗及時相救。
沒想到這幫歹人的頭子竟是郡上太守，背後更牽扯到皇帝信任的護國寺，
但後續與只能坐在輪椅上養傷的她無關，如今她只管複診，日子悠哉許多，
唯一煩惱的是各種直球丟來的鄔桑，堂堂大將軍天天幫她推輪椅是怎麼回事？
沒辦法繼續裝傻，她也對他確實有好感，便在流螢漫天的池塘邊互訴情意，
誰知隔兩天這傢伙居然上門提親？等等、等等！這進度太飛越了，她拒絕！

文創風 1218

夫君別作妖 2

國家圖書館出版品預行編目資料

夫君別作妖 / 霧雪燼著. --
初版. -- 臺北市 : 狗屋出版社有限公司, 2023.12
冊 ; 公分. --（文創風 ; 1217-1219）
ISBN 978-986-509-479-9（第2冊 : 平裝）. --

857.7　　112017985

著作者　霧雪燼
編輯　黃鈺菁
校對　沈毓萍
發行所　狗屋出版社有限公司
地址　台北市104中山區龍江路71巷15號1樓
電話　02-2776-5889～0
發行字號　局版台業字845號
法律顧問　蕭雄淋律師
總經銷　知遠文化事業有限公司
電話　02-2664-8800
初版　2023年12月
國際書碼　ISBN-13　978-986-509-479-9

本著作物由北京晉江原創網絡科技有限公司授權出版

定價290元
狗屋劃撥帳號：19001626
網址：love.doghouse.com.tw　E-mail：love@doghouse.com.tw